# 寫，在動畫製作之前

動畫短片
劇本寫作

Scripting,
before Making Animations.

魏嘉宏＿＿＿著

謹以此書獻給每一位創作者。

# CONTENTS 目錄

1

## PART 1 故事概念

## PART 2 故事建構

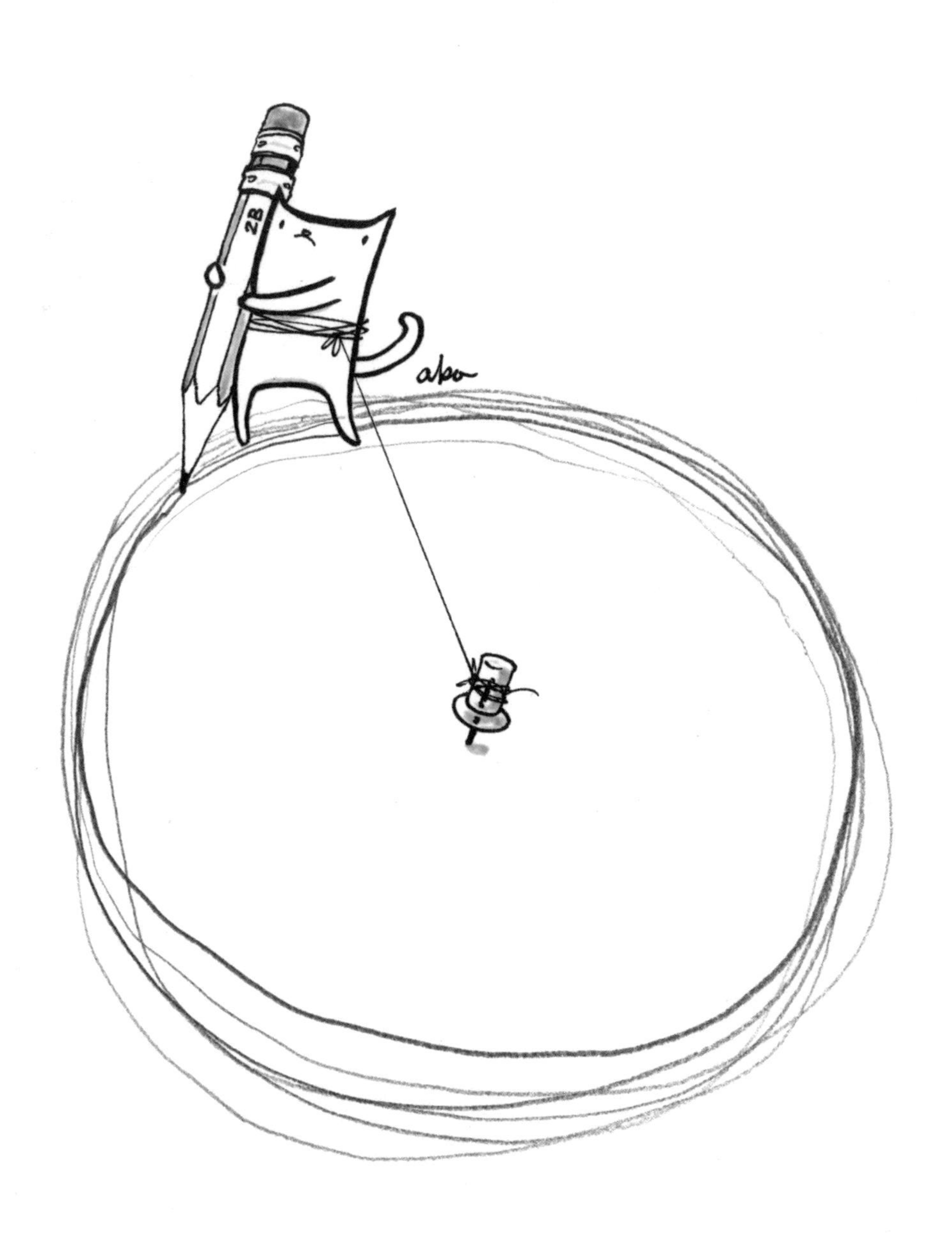
2B

# 寫，

# 在動畫製作之前

# 故事概念

在翻到下一頁之前，

請先閉上你的雙眼，

思考你對於「好故事」的定義。

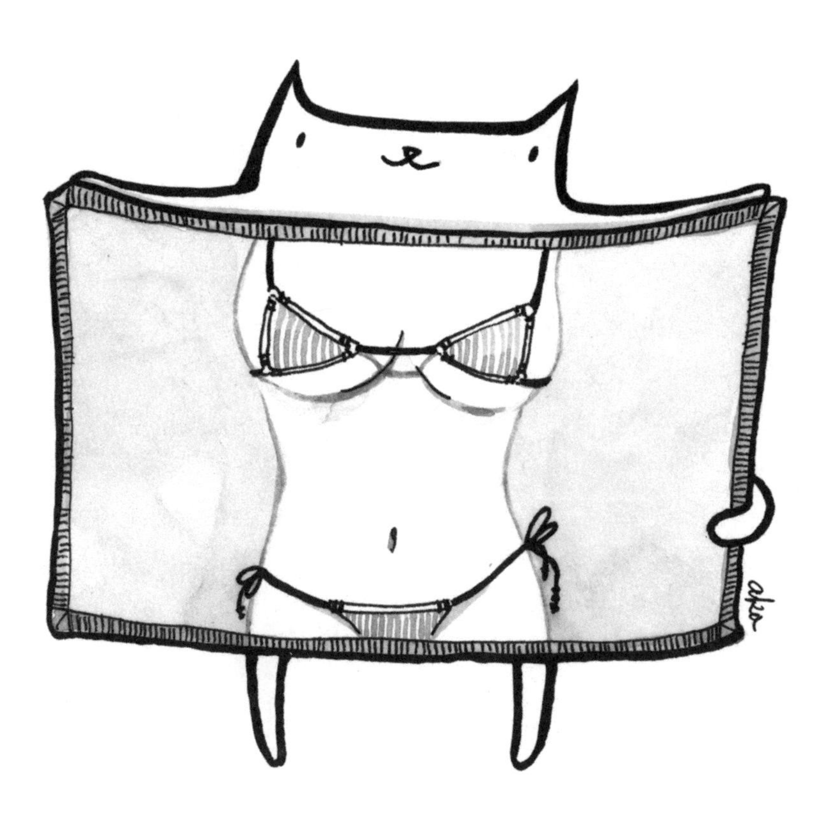

第一章

# 好故事，讓人想看下去的故事

「如果讓我用一句話來定義好故事，那就是—讓人想看下去。」

或許你聽過許多好故事的玄妙定義，但請別被迷惑，這世界很單純，那就是：「人，好好活下去；故事，讓人想看下去。」

在接受多年故事委託的經驗裡，我明白了一個道理，每位委託者因爲人生歷練的不同，專業養成所帶來的視角不同，對好故事皆有著截然不同的定義，也追求著不盡相同的極致，而當委託的市場取向不同時，故事也會有不一樣的準則。當然，針對不同的題材、不同類型，自然也會有不同的要求，但不管他們心目中好故事的準則爲何，身爲被委託者，我知道所有的準則前都有一項更優先的準則，那就是「故事必須讓人想看下去」。

「一個讓人看不下去的故事，不管故事蘊藏什麼了不起的東西，都不會是好故事。」

所以此刻，請你先忘記你曾知道的有關好故事的任何定義，忘記你學過的所有招式，忘記所有技巧，也放下「想用故事證明自己」的執念，先認知故事創作最優先的準則，也就是故事的－**「懸念」**。

當我們有了「懸念」這項優先準則，自此，剛踏上故事創作這條路的你將不再毫無頭緒，永遠有一盞不滅的明燈照亮那晦暗不明的創作之路，引領著你前進，從此每一位說故事的人得以生存下去，只因人們願意看下去。

接下來，在我們進一步探討「懸念」之前，我希望你先試著理解故事創作的兩種層次，先關注在這兩種層次上的差異：一種是**「故事材料」**；一種是**「故事帶來的感受」**。若你無法分清這兩種層次，你的創作世界將一片混沌。

一位懷孕的國中女生、一棟危樓、一片藍天、一道紅光，這些都屬於**「材料層次」**，這世上可以作爲故事的材料無所不在，也都或多或少能帶來「懸念」，所帶來的「懸念」是**「感受層次」**。當你認知到故事設計有「材料層次」與「感受層次」之別後，我們才能進一步聊**「故事的組成元件」**。

「故事的組成元件」包含故事本體的世界觀、事件、主配角、角色關係、結構等，當然也包含故事更核心的如主題、抗衡和角色需求等。故事的材料也包含故事的表現，例如：角色的動作、光影、攝影鏡頭、建築、服裝、剪輯等，所有的元件都可以從這世界裡找到多種材料（材質），而每一種材料都會帶給觀衆或多或少的「懸念」。

比方某個故事中設定主角需要追求什麼，也就是「主角需求」這項「元件」的設定，我們可以設定讓主角追求愛情、追求夢想，或追求社會正義，這三種需求的材料會對故事創作者本身產生不同力道的「懸念」，也會對這世界產生不同力道的「懸念」，比方這世界上，對愛情有強烈罣礙的人們，會被故事中追求愛情的需求強烈拉動，這是「懸念」的強度，之後沉浸其中，則是「懸念」的深度。然那些對愛情沒有感覺的人，比方十歲以下的孩童，你所設定的愛情需求可帶給他們的「懸念」便會降低，深度也會較淺。夢想實現與社會正義等亦然。

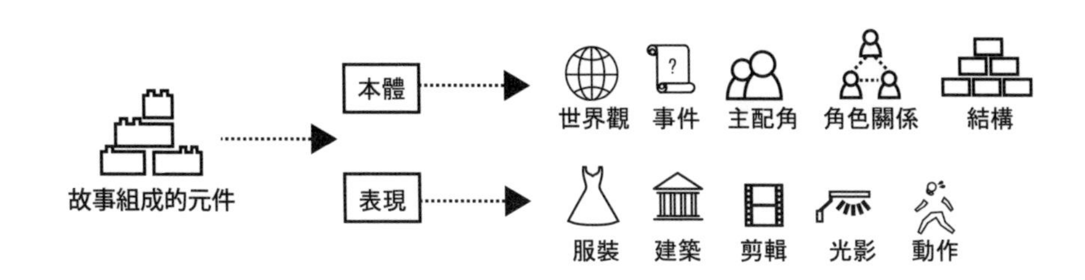


圖 1-1　故事的組成元件。

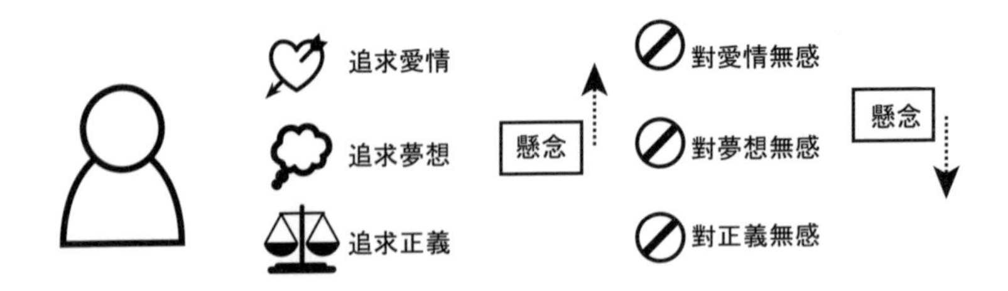


圖 1-2　設定主角在故事中的追求。

換句話說，每一種需求都會對這世界產生不同質（深度）與量（人數）的「懸念」，如果你剛開始創作，可以暫時不管世界，先要求自己能感覺出不同材料於「懸念」強度上的差異，並讓自己成爲那個「能看下去的人」，如果你野心大一點，可使那「人」轉爲特定的觀衆，或者特定的「一群」觀衆，比方你的教授、評審、同儕。如果你想以故事創作爲業，不同材料乃至於對材料的任何處理都將對世界產生不同質量的「懸念」，將是你永遠要面對的課題。

接著我們就來進行一個小小的測驗。以下是三個角色的不同需求，每一個故事的主角都各別有一個需求：

三斑是一隻蚊子，他希望能通過勇士試煉，成為勇士，而試煉是穿越捕蚊燈。

白白是一隻兔子，她拒吃紅蘿蔔，她就是討厭吃，但全世界都逼她吃紅蘿蔔……。

露露是一隻黑熊，她有個不可告人的秘密，她居然愛上了她的食物——一隻公野兔。

這三種需求設定運用了不同的策略來強化「懸念」，你能分辨哪一組的「懸念」在你心中比較強大嗎？在故事創作時你必須有自己的答案，才能在一連串的決策裡，做出正確的選擇。

這就是爲什麼故事創作者都需要具備極端敏感的感覺味蕾，他們必須從故事產製過程中的材料挑選到複雜組合，持續決定出針對特定觀衆最有「懸念」的選擇，但如果你不是天生如此敏感，就只能靠後天訓練，這也是爲什麼到處都有人告訴你，要寫好故事得認眞地去體驗人生，還得不斷地欣賞上等的故事。

創作者進行這兩件事不只是爲了累積豐富的創作材料，實際上更是爲了訓練敏感的味蕾，當你練得異常敏銳時，才能從日常生活中中獲取一般人不易察覺的珍貴材料。而如果你才剛開始從事故事創作，則你至少要有能力去分辨（未經組合的）材料在「懸念」上的強弱差異。

「故事設計從選材開始，創作者就在尋找帶有特別質感或強大的懸念。」

我們不如換一種方式來談，讓世界變得更單純一點兒。故事創作者就跟廚師一樣，首先得認識他的食材，掌握食材特性，考量食材的配色看上去如何？聞起來和嚐起來的味道又如何？而最佳食材的組合是會「讓人看了就想吃！聞了更想吃！入口之後，吃了還想再吃！」那麼這絕對就是好食材！此外，以上每一種描述不也都是在講「懸念」？你和廚師都要選材，都得選出最具「懸念」的材料來創作。

「一個好的創作者深知借力使力的道理。」

好的材料可以引發觀衆產生「懸念」，接著再用觀衆的「懸念」來強化故事本體所產生的「懸念」。接著我們來看個例子。

參考影片 1 －
Clik Clak

ClikClak 善用了觀衆對「骨牌效應」的「懸念」來設計故事，故事本體除了骨牌的設計，只有比例甚低的劇情推展，談論一個小男孩進入一個神奇的機器人世界，學會那世界的溝通方式，卻意外殺了機器人。故事大部分的篇幅僅靠著骨牌，便能懸吊觀衆的心、使我們渴望繼續看下去。從這可以了解到聰明的創作者永遠懂得借力使力。

然而選擇有「懸念」的材料，只是故事創作中的基礎工作，就像日本料理節目「料理東西軍」一樣，節目單位不遠千里尋找全日本最棒的食材，引發觀衆對這日本第一食材的「懸念」與好奇心。但你必須明白一個道理，就算你網羅了全世界最有「懸念」的材料，也不一定能創作出全世界最棒的作品，因爲你將進一步面對設計的挑戰，也就是材料處理與材料組合。

我們拿故事的角色需求設定來舉例：有個想要成爲音樂家的男孩，與另一個餓到只求一塊麵包裹腹的男孩，後者看來「懸念」力道較強，但是如果我們讓那位想當音樂家的男孩天生重聽呢？好像這殘而不廢的男孩的「懸念」就變大了，但如果我們讓那一位快餓死的男孩決定爲了一塊麵包，毒死麵包店老闆呢？

你會發現若單就一項材料評估，要判斷其「懸念」差異，似乎簡單許多，然而當材料與另一材料組合後，「懸念」的強度和質感都改變了。

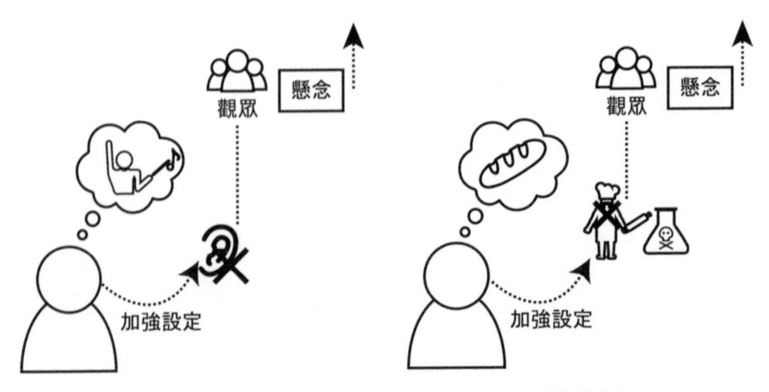


圖 1-3　不同的材料經組合後，往往會產生意想不到的效果。

故事設計是在你懂得選材之後，緊接著要面對的挑戰，而你要設計的不只是剛剛提到的需求，每個故事有故事核心設計、故事本體的設計、故事展現的設計，如此多樣的材料，從世界觀、事件、主配角、角色關係、角色需求、主題、抗衡、表演、光影、建築、服裝、剪輯等，組合之後千變萬化，並對這世界產生不同質量的「懸念」……。

「好的故事著重選材、選懸念，好的故事設計則在經營懸念。」

這大概是爲什麼很多故事創作者或多或少都有些躁鬱，但這也是故事創作如此迷人的原因之一！因爲充滿著挑戰！

說到這裡，我好像沒辦法說服你故事創作眞的是件很了不起的事，那麼我換個方式。

說故事是一輩子的事，你不一定要像我一樣，靠說故事謀生，但你這一輩子都需要說故事。你對你女／男朋友提分手的那一套說詞是說故事；欺瞞老媽是說故事；網路交友是寫故事；寫論文當然也是寫故事。進了職場，你也有寫不完的故事，自傳履歷是故事；公司內部提案是故事；對外的產品企劃行銷是故事；提出的銷售方案是故事；撰寫的標案是故事，若是可拿到高報酬的標案，更得是好故事。而各行各業中，檢察官在寫故事，律師說服法官則是在說故事，事實上甚至連你在臉書上能拿到多少讚也是因爲故事。

看到這，你是否已有所體會了呢？

接著我們回到「當我們面對充滿變數的材料組合」該怎麼辦？

每一項材料都多少帶有「懸念」，每一項材料與另一項組合後，又會產生不同的力道與質感的「懸念」，而人生中有多少變數，故事就有多少變數，千變萬化。你聽說過嗎？好故事是修出來的，我也總是喜歡這麼提醒學生，編劇界沒有李白，只有杜甫。這一路必須不斷修改直到你故事完成的那一刻，也就是「把故事當中所有的變數變成定數」的那一刻。

創作的開端，所有材料都是變數，你必須先定下第一項材料，以這第一項定數來與第二項組合後，評估**「組合結果」**，才能知道第二項的價值。在這過程當中你將不斷尋找材料來與第一項組合，定下第二項後，才能繼續去決定第三項。這就像廚師在他還不知道今天要煮的主菜是牛或是雞之前，他沒辦法決定前菜與甜點，因爲他連主菜該如何調味都不知道。因此，你必須在千變萬化的變數中，先確認一個定數，以這開天闢地的定數作爲評估其他材料是否有效的依據，也就是用這開天闢地的定數將所有變數轉爲定數。

雖然，你無法從變數去決定變數，但在過程當中，也有可能因爲第三項的加入，並沒有讓故事更好，卻發現第三項能另外推展出更棒的故事，於是你手上所有的定數瞬間變成變數，因爲第三項反而成爲你創作的新起點。就在這不斷地把變數變成定數的過程中，你可能早就扔掉了你那開天闢地的第一項定數，但若沒有那開天闢地的第一項定數，你將無法見證到一個偉大故事的誕生。這就是故事創作的過程。

「故事材料的組合千變萬化，但再多的變數也得從一個定數開始進行，所以你常常得勇敢的決定那第一個定數！」

然而即使故事形成的過程如此多磨，只要你在挑選材料與組合材料的每一道工序裡，也就是在每一次變數轉爲定數時，持續評估所帶來「懸念」的力道與質感，你就有機會造就一個讓觀衆一直想看下去的故事，如果你的故事可以「讓觀衆一直想看下去，而且欲罷不能」，那麼還有什麼故事可以比你的故事更棒呢？

說到這裡，你或許驚覺故事是線性的，是的！我們經營「一條線性的媒介」，企圖讓觀衆觀影時，同時經營出**「一條線性的懸念」**，進行一趟絕佳的感受歷程，不單單只是驚鴻一瞥，而是持續 5 分鐘、80 分鐘，抑或是 300 個小時。

現在的你開始有**「線」**的概念了。所以到底怎麼經營出一條有力的「懸念」？下個章節中將介紹最能勾動人心，又能推展成一整條「懸念」的三種最佳材料，本書將一步步帶著你認識故事設計的知識與技巧，但在你熟練設計技巧之前，以及學會透過好的設計來製造「懸念」之前，你必須懂一個取巧的捷徑－**新鮮感就是懸念**。

所有新鮮的事物都能帶給人們「懸念」，而越是市場導向的故事，越需要某種程度的新鮮感。

從選材開始，你能不能找到具有新鮮感的材料？在故事設計階段，你能不能推展出自己沒看過的故事，卻又能有效經營一趟絕佳感受的歷程，而不流於浮面的標新立異？即使你只是改編一個童話故事，你又能不能做到讓人耳目一新？

你要知道每年這世界上都會有數以千計的短片動畫推陳出新，如果你設計的故事又無趣又老套，相信你的觀眾在觀影時，也會很快就放棄你的故事。（萬一你的動畫能去參賽的話，你的作品就是評審最怕的 Cliché。）

「新鮮感雖然有點膚淺，但人類就是愛嚐鮮，而新鮮也是懸念。」

這也是爲什麼所有的故事創作者都需要大量地賞析故事，當你看多了，你才能知道什麼是老梗，當你看得更多，你才會發現其實你的創新早在三十年前就早已被實現過，如今只會讓別人誤以爲你在抄襲。

所以你看得夠多嗎？

「好好品味懸念，除了感受其強弱，慢慢你會發現它有各種口味。有的酸酸的，有的苦苦的，有的甜甜的，還有複合口味酸中帶甜，苦中帶甜，最神奇的是那種入口無味，卻後勁十足的懸念。」

## 品味懸念

「懸念」是故事設計時所追求最重要的感覺，但其實你對「懸念」並不陌生，那是每一次你瞇著眼想看清楚，或是你豎起耳想聽清楚，是遇到什麼讓你念頭一轉想一探究竟，是你每一次被什麼吸引而回頭，也是你曾經對這世界充滿著好奇。但後來你變了！因為你想要更專注在自己的執念上，所以你害怕新鮮的事物吸引你；也因為你變聰明了！開始相信自己可以從一粒沙看到一整個宇宙，從此這世界便乏善可陳。

所以，現在你得慢慢把那好奇心給找回來，如果可能，努力找回那赤子之心吧！

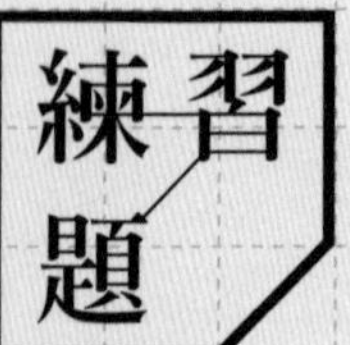


從你的「記憶」中找到十件你最有「懸念」的時刻，並描述當時引發你懸念的過程。

01

每天從你的「生活」中整理出三次產生「懸念」的時刻，並記錄下引發你「懸念」的過程（請試著持續進行數周）。

02

aka

第二章

# 三軸

常常聽到學生抱怨，他們總有不錯的創意片段，但就是不知道怎麼把這些片段組織起來。姑且不論這樣處理有沒有機會成就好故事，但我想你得先有一個概念**「找一條可以盡量貫穿所有創意的懸念」**，你可能暫時不懂我的意思，沒關係！請繼續看下去！我們先從**「戲軸」**談起。

「戲軸」是支撐整個故事的軸，如同蓋房子會有主樑支撐整棟房子，而在故事設計中最常用來當主樑的材料有三種：**「主角需求」**、**「主角的情感關係」**以及**「主角所遭遇的事件」**。千百年來，好故事都以這三種材料爲主樑，那是因爲此三者是經營線性「懸念」最有效的材料：

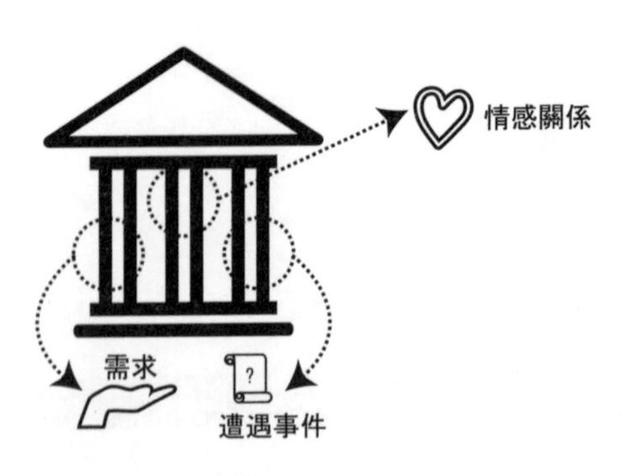


圖 1-4　何謂三軸。

## 一、主角需求

需求就是妄念，妄念是故事設計中最有效的材料。雖然我打從內心希望不是，但世界活在妄念裡，聰明的創作者總是知道由這裡借力使力。

| | |
|---|---|
| 《腦筋急轉彎》 | 樂樂與憂憂要拯救即將步入歧途的主人萊莉。 |
| 《可可夜總會》 | 小男孩米高想要成爲如德拉古斯一般偉大的歌手。 |
| 《史瑞克》 | 他要奪回他賴以獨身的沼澤。 |
| 《海底總動員》 | 小丑魚馬林要救回被漁夫抓走的兒子。 |
| 《大英雄天團》 | 阿廣要追查哥哥的死因並希望報仇。 |
| 《海洋奇緣》 | 莫那爲了拯救自己的部落，必須找回海洋之母的心。 |

## 二、主角的情感關係

人類是情感的動物，我們的心底都沉積了各種對感情的「遺憾」與「滿足」，情感當然是線性「懸念」的最佳材料之一。

| | |
|---|---|
| 《大聖歸來》 | 孫悟空與江流兒的情感發展是這故事的主情感軸。 |
| 《大英雄天團》 | 阿廣與杯麵。 |
| 《可可夜總會》 | 米高與海特。 |
| 《史瑞克》 | 與費歐娜的愛情以及與驢子的友情在這故事裡同等重要。 |
| 《海洋奇緣》 | 莫那與毛伊。 |

## 三、主角所遭遇的事件

人無法置身於世界之外，這世界大至宇宙、種族、國家、家庭，小到人體這個微型宇宙，只要動了妄念，便形成了事件。

| | |
|---|---|
| 《腦筋急轉彎》 | 以情緒爲角色，樂樂與憂憂兩情緒是主角，人類萊莉是故事的外在事件。 |
| 《史瑞克》 | 法克公爵這對立角色意圖成爲國王，引發事件牽動史瑞克的世界。 |
| 《海洋奇緣》 | 海洋之母的心被毛伊偷走，引起事件牽動莫那的世界、並引發了莫那的需求。 |

需求是故事的關鍵元件，情感發展和事件發展也是。故事創作者針對這三種元件所找到的相關材料，相較於其他故事材料，更容易延展成線，並對觀衆經營出相對有效的「懸念」，所以這三種經常用來貫穿全劇的材料－名爲**「三軸」**。

當然，能經營線性「懸念」的不只這「三軸」，舉例來說：

地上一片羽毛，車過風起，捲起羽毛，羽毛隨風飄盪，輕飄飄的在藍天裡，在白雲裡，在峽谷間，突然烏雲飄來，雨落擊落羽毛，羽毛隨雨掉落，火車駛來，啪！羽毛黏在火車車窗前，然後慢慢隨著雨水滑落。

這也是一條線，但「懸念」微弱不是嗎？而且拉動不了太久人心。我們再看一部不用「三軸」的短片：

參考影片 2 －
Little Boat

一艘漂流海上的船也可以成爲戲軸，並經營出線性的「懸念」。但「三軸」還是全世界最有效的「懸念」材料，因爲最能勾動人心，至於爲什麼，又是哪一條軸最最有效？請反問自己，你最在乎的是什麼？不外乎你自己，你的親友，以及你所處小世界的變化，眞巧！剛好就是「需求軸」，「情感軸」與「事件軸」，而這三者間，你又最最在乎什麼？

我想你應該可以很輕易地找到答案，因爲人終究是自私的動物。當創作者爲了引導觀衆從毫不在乎的狀態，進到入戲的狀態，創作者最慣用的伎倆就是建立觀衆與主角的關係，他們會讓你對主角產生興趣，然後在乎主角，當觀衆與主角關係越接近，需求軸就越有效，直到觀衆認同主角，這時觀衆彷彿自己就是主角，創作者也趁機將觀衆的渴望設定爲主角的渴望。人最在乎的終究是自己的妄念，也因此需求軸所帶來的「懸念」往往比其他兩軸來得強大。

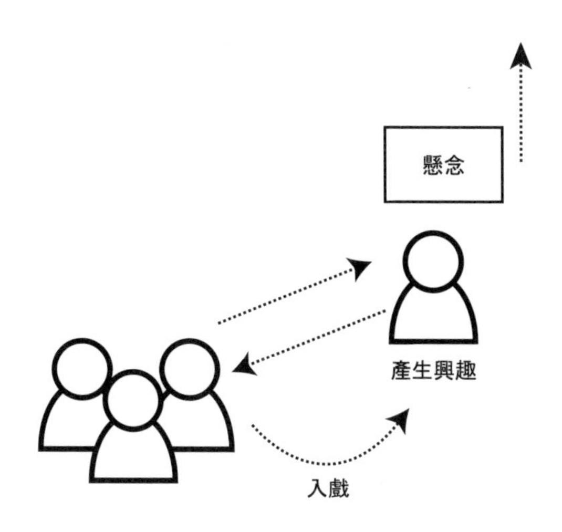


圖 1-5　需求軸所帶來的懸念。

接著我們先透過動畫長片來觀察這「三軸」如何勾動人心，再慢慢聚焦到短片上。但是在觀察「三軸」如何勾動人心之前，容我再次提醒你，「三軸」是材料層次的設計，是透過材料的設計來達成你感受的設計，少了這藝術創作的基本概念，是很多初學者進不了創作世界的關鍵。

我舉個例子：大部分初學者都讀過好幾本坊間的編劇書，讀完依舊寫不好故事，那是因爲這些好書都著眼在材料層次的介紹，所以如果這些初學者堅持下去，堅持寫個一兩年，當他們再把書拿出來讀時，往往突然茅塞頓開，原因只是那一兩年的創作過程將這概念無形中潛移默化在創作者心中，所以會再回頭讀那些好書時，也就懂了。可不是人家亂寫喔！

因爲不想浪費一兩年，故這本書會周旋在材料層次與感受層次之間，這也是爲什麼第一章談「懸念」，第二章談「三軸」，第三章談「四感」，第四章又回到材料設計的關鍵－「轉折」。

休息完了嗎？讓我們繼續看下去！

以動畫長片來說，「三軸」當中，以「需求軸」與「事件軸」爲創作者最常用來設定推動故事的動作線，也就是製造「懸念」的主軸，而以需求軸爲主軸，我們稱爲**「主角驅動的故事」**；以事件軸爲主軸，我們則稱爲**「事件驅動的故事」**兩種。

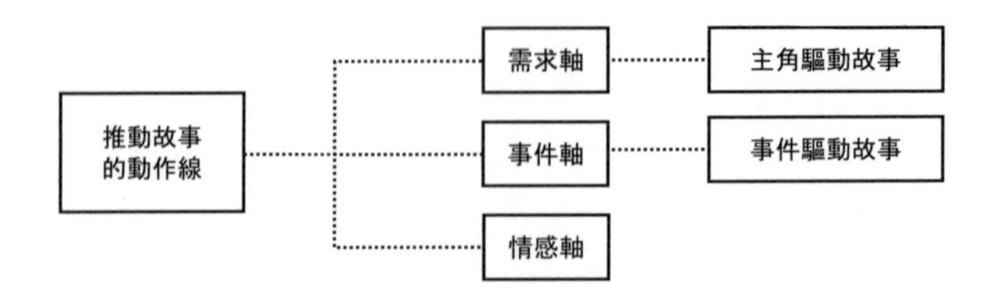


圖 1-6　推動故事。

「主角驅動」意指故事是由主角的需求作爲推動故事的主要手段，也就是主角需求造就「懸念」的主力，推動故事前進；「事件驅動」則是事件造就主角需求，由事件與主角需求交互牽動故事進行，這裡出現一個可能你會有些不解的地方，主角驅動的故事由主角驅動，事件驅動卻是事件造就主角需求，兩者再交互推動故事？

是的。剛剛我們談過，「三軸」在「懸念」的經營效果上，又以需求軸最爲有效，任何故事只要對人心的廣度（數量）或深度（影響程度）有所企圖，故事推動必定包含需求軸，不會讓事件軸優先於需求軸來驅動故事，更不會單獨由事件軸來驅動。而事件驅動的故事指的是需求軸與事件軸存在因果關係，事件爲因，主角需求爲果，更重要的是，事件經常在故事裡先一步地影響主角需求，這種故事最常見的例子是眞人實拍的災難片，災難的發展持續牽動整個故事世界，牽動主角需求，而動畫長片卻大多以需求軸驅動，多半是受到（卻不是唯一的原因）篇幅限制。

現今**動畫長片**的片長慣例在 70~90 分鐘，而一**般實拍電影**在 100~120 分鐘，**事件驅動的實拍故事**則在 120~150 分鐘。

圖 1-7　片長。

如果你打算讓事件驅動故事，並持續先一步地影響故事推展，往往就得面對面對篇幅限制極大的壓力，因爲你知道如果故事只有事件軸，那叫新聞報導，你必須讓事件造就精彩的需求軸，但你清楚沒有情感軸，故事動人的程度將大大降低，一般長片當中幾乎都有情感軸。近年來少數能不仰賴情感軸卻能獲得好評的長片－《大賣空》便是你可以拿來觀摩的絕佳例子。

所以故事如果是事件驅動，通常就得包含需求軸與情感軸，也就是「三軸」故事。我們進一步來看看「三軸」與篇幅的關係，因爲我們不會介紹長片結構，容我先借用一般人對故事結構的描繪－**「起承轉合」**，只要你安排了任一軸作爲戲軸，就必須在故事中完成「起承轉合」。換句話說，你要寫「三軸」故事，就得「起」三次，你必須把事件先鋪出來，再把主角介紹出來，建立好與觀衆的關係後，推展出主角需求，過程中還必須鋪入情感的前一兩個轉折……。

後續我們會在基本結構的章節裡介紹短片的三幕劇，進一步解釋鋪陳階段，也就是上述的「起」。

在此你必須先記得故事鋪陳段落只能占故事的 1/4 篇幅，所以動畫長片片長的 70 分鐘與實拍長片的 120 分鐘之間，時間差距不是 50 分鐘，而是攔腰砍半。故事創作者如何在接近只有實拍長片一半的時間限制下－也就是 30 分鐘攔腰砍成 17 分鐘－將「三軸」鋪好鋪滿，包含主角所處的是什麼樣的世界？事件爲主角所處世界帶來的困境爲何？事件可能的解決方案爲何？主角的罣礙或需求是什麼？這事件如何影響他的需求？並設計出適當處境讓主角的需求與事件合而爲一，然後你得建立主角與配角的情感鋪陳，讓觀衆與主角發生適合這故事的關係，或稱連結程度等，這一切必須在 17 分鐘完成。

這便是爲何動畫長片幾乎大多是「主角驅動的故事」，將「需求軸」作爲故事主軸，拉著觀衆看下去，主要的原因是爲了讓故事在 80 分鐘內說完。而這類故事即使有事件軸，也是設計來造就故事後段的意外發展（原因是單軸故事讓觀衆容易猜到故事後續的發展，雙軸則在兩軸同時推展下，觀衆較難猜到後續發展，更容易經營出觀衆的意外感），所以你會看到很多長片動畫的事件都是由主角探索，並由主角來揭露謎底，透過需求軸一路推展下去，如：《動物方程市》、《大英雄天團》和《可可夜總會》都是此類結構的故事，而《海洋奇緣》雖然不是揭露的故事，然也是類似的結構，這讓我們必須拿《史瑞克》來聊聊。

《史瑞克》是少數入圍奧斯卡最佳改編劇本的動畫長片，也是少數事件軸被推展得較完整的動畫長片，它的事件軸不僅驅動主角需求（神仙角色被法克公爵趕出王國，導致史瑞克獨居的生活被破壞），又由事件引導主角產生次需求（法克公爵與史瑞克交易，救回公主，拿回沼澤），事件軸後段又引發主角需求的轉變（法克公爵將娶費歐那公主，史瑞克決定拯救公主，追回他的眞愛），最後結局：推動事件對立的角色－法克公爵－得到報應，史瑞克也抱得美人歸。

我們進一步用《史瑞克》的前段（鋪陳階段）來一窺「三軸」故事的「懸念」經營，也就是第二篇會提到的鋪陳階段。

故事一開始，創作者知道他篇幅有限，所以一開場就介紹公主等待解開詛咒的真愛之吻傳說，這序幕是為了先建立觀眾對真愛之吻的意料，當然這也是為了後面的意料之外而鋪設，待傳說說完，轉到需求軸，創作者另起爐灶，開始建立主角渴望獨居的需求，這是這段落主要的任務，但同時必須建立角色，讓角色引發觀眾興趣，也就是懸念，這便是故事的第一股懸念。

就在史瑞克趕走那些想抓沼澤怪的居民之後，撿起居民遺留的海報，又再起爐灶，開始鋪陳事件軸，先讓觀眾看到壞人好壞，就連神仙角色都被欺負的可憐樣，這是故事事件軸的引子，也是故事的第二股懸念。

接著創作者帶出驢子角色，讓觀眾親近這驢子後，再由這事件軸的驢子去遇到需求軸的史瑞克，然後兩主角發展出情感軸，史瑞克發現此生第一位不僅不討厭他，還真心喜歡他的驢子，這是故事中的第三股懸念。

但史瑞克可是堅持獨居的，否則這故事就推展不下去，為什麼？因為後續史瑞克必須因為堅持獨居，才能因為連神仙角色都侵入他家，使他沒有選擇地必須去找罪魁禍首－法克公爵，也就是事件軸的造就者，接著創作者開始介紹法克公爵，從折磨薑餅人開始，他的壞是為了引發懸念，引起觀眾同仇敵愾，接著帶出法克想成為國王的需求，而他的需求必須仰賴迎娶一位公主才能實現，於是他的需求帶來史瑞克需求上的轉折，導致史瑞克必須救出公主，才能拿回他的沼澤。到此，故事才完成鋪陳，三股懸念匯聚成一股，強烈的牽引著觀眾跟著史瑞克去救公主。

這是故事透過「三軸」製造「懸念」的一種設計案例，但靠事件軸推展這麼多的動畫長片實屬罕見，而當你故事篇幅只有 30 秒或 10 幾分鐘，你知道你的故事主要是在經營需求軸，也就是角色驅動的故事，少有事件軸；此外，如果你設定得宜，有機會多一條情感軸，而這種狀況通常發生在情感軸就是需求軸，亦即主角需求就是追求情感的滿足。

要在篇幅有限的情況下設計短片，你必須在有限的片長內讓主角需求被順利解決，還要經營出一趟具絕佳感受的歷程。像是《史瑞克》裡就有許多**「段落」**，如：人類要趕走沼澤怪的段落，驢子被捕後想逃走的段落，史瑞克要趕走所有神仙角色的段落，或者是法克設置比武大賽，史瑞克意外贏得比賽的段落，我們稱這種段落爲**「情境」**，也是觀眾能很快解讀並形成「懸念」的處境，然後主角去解決那處境中的小故事，這部分在後續章節中我們會再仔細深究。

我想現在你已經明白，針對短片設計，你不只沒篇幅來介紹一個觀眾難以理解的世界與事件，亦只有極短的篇幅來介紹你的主角與主角需求，然後很快地就要讓主角去面對衝突階段，讓需求去遭遇阻礙。

「短片動畫通常以主角需求為主軸，且通常是唯一的軸。」

在結語前，我猜想總有認眞的讀者會追問，爲什麼《史瑞克》可以？史瑞克片長超過 90 分鐘，而且在第一幕轉第二幕時被迫雙轉，你剛好可以去研究一下什麼叫**「雙轉」**。

總結來說，本章透過長片來介紹「三軸」，我們從長片知道「三軸」經營出能貫穿故事的「懸念」，而當「三軸」能匯聚成一股，便有機會推展出劇力萬鈞的「懸念」。此外，我們也知道這「三軸」又以需求軸最關鍵，然而短片在篇幅的限制下，被迫必須以主角需求軸爲主軸，也通常是唯一的軸，何況短片在沒有市場成敗的壓力下，不用管票房，也不必在乎賣出多少 CD，或者點閱率多少，也可以不要劇力萬鈞，只要確保你故事的需求軸能順利「推展」出去，產生足以牽動觀眾的「懸念」即可。

所以何謂**「推展」**？就是指故事中「懸念」的持續，相反的，就是故事進行中，出現停滯的狀態，沒戲、沒新鮮事、沒懸念，以「三軸」來說，可能是主角的渴望沒再面對全新的處境，可能是情感發展沒變化了，可能是外在事件沒新的危機或沒繼續惡化，於是你生氣了，什麼叫沒「全新處境」？什麼叫沒「變化」？

別生氣！接下來我們終於要來討論「三軸」是如何讓「懸念」持續，貫穿到底。

請依據我撰寫的《史瑞克》鋪陳階段的描述，「故事一開始，創作者知道他篇幅有限，所以一開場……」找一部「三軸」都有的電影（如果你不確定，那麼可以參考漫威系列，全都是「三軸」電影），並照著我所撰寫的方式，分析出「三軸」如何交互影響，又如何製造出「懸念」。

01

第三章
# 四感

在揭開這神秘面紗前，我想恭喜你，你已經進入到故事創作的另一層次，雖然你還需要透過不斷實作，才能駕馭這些概念，但在理論上，你已經超凡脫俗。

因爲你已清楚「故事材料」是造就感受層次的「懸念」時最重要的原料；你也知道材料當中有「三軸」是經營線性懸念最有效的材料，透過你的設計，凝聚成一條強而有力的故事「懸念」，貫穿到劇終。但具體執行時，這三軸又是如何推展出線性的「懸念」呢？

基本上是一種材料經營出**「遺憾」**、**「滿足」**和**「意外」**三種感受的交替發生，進而造就**「懸念」**成線，持續到故事終了。在討論它們如何讓「懸念」持續前，我們還是得說文解字，簡單介紹這三種感受。

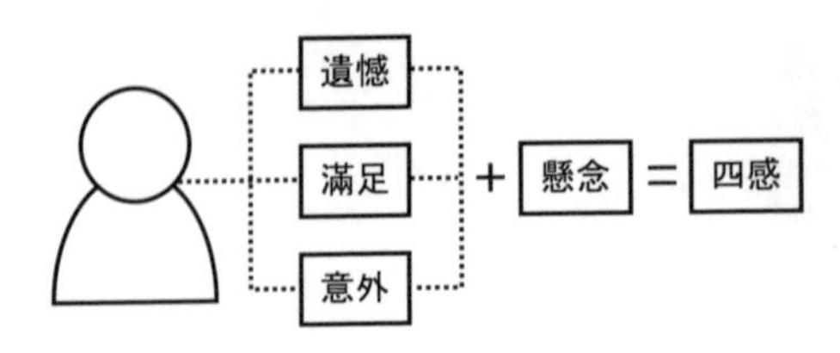


圖 1-8　何謂四感。

## 一、遺憾

人事物的本身或發展，令人感到憾恨或不圓滿，是一種負面感受，一種被抽離剝奪的感受。

## 二、滿足

人事物令人感到足夠，無所貪求，一種正面感受，一種飽滿愉悅的感受。

## 三、意外

意料之外，「意外」帶來驚訝、驚愕、驚喜，帶來意想不到的發展。

**「遺憾」**、**「滿足」**和**「意外」**三感加上**「懸念」**即爲故事的**「四感」**，什麼？你不相信故事主要由這四種感覺所構成？眞可惜！我沒辦法陪你看電影，我們就把一些用來形容電影的詞彙拿來分析吧！

| | |
|---|---|
| 驚心動魄 | 帶有強烈意外的遺憾。 |
| 感動 | 通常是指強烈的滿足感，比方角色做了偉大的事讓觀眾感動；也可能是主角做了偉大的事卻犧牲，那是滿足接著遺憾。 |
| 高潮迭起 | 遺憾、滿足的交替，且在交替間持續攀升的狀態。 |
| 引人入勝 | 帶有滿足的懸念。 |
| 怵目驚心 | 強烈遺憾帶著強烈意外。 |
| 毛骨悚然 | 強烈遺憾。 |
| 溫馨感人 | 滿足。 |
| 滑稽 | 帶有優越的滿足感。 |

你會發現所有的描述都含括在「四感」之中，「四感」就是故事感受層次的主要成分，就像酸甜苦辣，當然，故事的感受也像口感一樣，在酸甜苦辣之中還可以細分出不同層次及不同口味，只是在這階段，你需要先能分辨出這四種味道，然後你必須要能駕馭這四種味道來經營觀眾的感受歷程，等你寫了更多或分析了更多電影，你會慢慢從這四種感受中品嚐出更細緻、更深沉以及更複雜的感覺，你也能慢慢體會到各種材料的獨特質感，那時，你的故事設計便會進入另一更高的層次。我們一步步來，不急！

接下來我們進一步介紹三感是如何組合出「懸念」，當你理解後，就可選一部你覺得很棒的電影來驗證「四感」是否是故事感受的主要成份，現在請容我繼續談論下去。

戲劇中一個重大事件的發生，造成角色所處的世界產生遺憾且失衡，而角色渴望解決事件，以回到原來的平靜生活，但讓人「遺憾」的阻礙接踵而來，而且越來越難以克服……。

同時，你也在戲劇中看到主角與另一個主要角色的關係，從一種「遺憾」的關係，發展出化解的可能，又再次決裂，最後終於擁抱彼此。

我們常在戲劇中看到主角帶著某種遺憾或罣礙，其渴望彌補那「遺憾」，希冀從罣礙中解脫，而你感同身受，因爲你曾經有過同樣的罣礙，所幸主角做了勇敢的決定，孤注一擲，那股衝勁帶來了希望，無奈眼前阻礙一個比一個大，每次當他面對阻礙，面對遺憾，他總是奮起克服阻礙，這就是重燃希望的滿足，卻又遭遇到更大的阻礙，眞叫人失望！但他堅持下去，希望再現，又或有了神助，相信這次一定可以解決！不！阻礙變形了！更嚇人的阻礙排山倒海而來……。

你看到了嗎？「三軸」的推展，起於「遺憾」，因爲主角的行動，帶來了希望的「滿足」，然後阻礙帶來「遺憾」，接著便「滿足」、「遺憾」持續交替下去；反之，每一軸也可以「滿足」開始推展，緊接著是「遺憾」、「滿足」交替推展到底。你想想，這「遺憾」、「滿足」是不是很像心臟的收縮與舒張？就在這持續的收縮與舒張之間，「懸念」如運行於血管的血液，力道源源不絕；如果「遺憾」又能逐漸升高，且不斷被克服，不斷帶來希望，「懸念」就能持續下去，還會變得更強大。

「遺憾、滿足的振幅越大，懸念越強。」

意外、意料之外，總是緊緊黏著在「滿足」與「遺憾」之後，「意外」帶給觀衆一種對戲劇後續發展未知的不安，讓主角帶著觀衆一起面對全然不知接下來是福是禍的處境，激發觀衆的好奇心，而這自然是爲了協助強化「懸念」。而專業的故事創作者總在處理商業故事時，自我規範必須在全劇中開出多少全新的處境，也就是「意外」的「轉折」，協助形成故事持續且強大的「懸念」。

參考影片3－Oktapodi

我們談完「三軸」，回到短片，我們以《Oktapodi》這部短片來看穿「遺憾」與「滿足」如何經營出需求軸的線性「懸念」：

故事開始於一個「滿足」，一對深情擁抱的章魚，突然一隻手出現將粉紅章魚抓出魚缸，留下橘章魚，經營出第一層的遺憾。橘章魚發現粉紅章魚被放到磅秤上，然後就被裝箱帶上車，由此進入第二層遺憾。接著進入第三層遺憾，橘章魚想像著粉紅章魚被大卸八塊，之後橘章魚奮不顧身地跳出魚缸，追了上去，這決定帶來了希望與潛藏的滿足感，但眼看車子要開始走了，橘章魚還在店裡狂奔（遺憾），這是個遺憾，然而當車起動，意外的，橘章魚及時攀在車尾，這是一個小安心、小滿足。橘章魚是說什麼都要救回粉紅章魚，因此他克服種種困難，眼看無法救回粉紅章魚（遺憾）時，還好車子失控（滿足），將粉紅章魚甩出車外，橘章魚終於能拉著粉紅章魚逃離（滿足），無奈車子緊追不捨，兩隻章魚最終還是被抓到（遺憾），不過，車子卻飛落大海（滿足），眼看兩隻章魚終於要重逢了，就要有「大滿足」了，誰知道一隻大鳥突然從天而降，抓走了粉紅章魚（遺憾），橘章魚驚訝之餘，再次奮不顧身，衝向天際。

感受到戲劇的拉力了嗎？這是一部短片，如同大部分的短片多以「需求軸」爲唯一的戲軸，但因爲主角需求就是救回情人，所以需求的滿足同時也就是情感的滿足，成就了少數5分鐘以下的故事能包含情感軸所常用的布局設計。

若你的「三軸」沒有一條讓「遺憾」、「滿足」交替進行下去的狀態，或者你的故事的「三軸」在某個階段，「遺憾」或「滿足」的狀態停滯了太久太久……。你可以試著拿一部電影出來分析，分出「三軸」，任何一條軸在鋪陳時，你會看到創作者定義了每一條軸的「滿足」是什麼？「遺憾」又是什麼？到時候你就會發現，當他在任何一條軸上做出了「滿足」，一定緊接著一個「遺憾」，不管是「滿足」後立即轉爲「遺憾」，或者「滿足」後，走另一軸的「遺憾」、「滿足」，最後回到這一軸仍必定是個「遺憾」。當三軸都在交替「遺憾」、「滿足」，整部戲就活了起來！即使是非商業的電影，你也會發現至少有一條軸在「動」，以某種材料經營出遺憾、滿足交替，只要有一條軸在「動」，「懸念」就能持續。

請耐心地驗證這「動」的概念，理解後，進而內化爲創作心法，並於實作中熟練。後續本書會進一步說明這「動」的概念，除了「遺憾」、「滿足」交替，還有另外兩種設計。

故事的「懸念」就是仰賴每一軸的「遺憾」、「滿足」交替，而最有效率的安排是將「三軸」彙整成一條持續的「遺憾」、「滿足」交替的故事線，道理很簡單吧？然而實際在設計時卻又不是一成不變，快拿出一部部你最愛的影片，並且好好研究分析它！現在就去拿吧！

## 練習題 01

將你最愛的那部電影拿來分析，辨識出三軸（當然他也可能是單軸），分析出故事從一開始，每一軸的「遺憾」、「滿足」的構成（事件的「遺憾」用 E-，事件的「滿足」用 E+；主角需求的「遺憾」W-，「滿足」W+；情感「遺憾」R-，情感「滿足」R+），並一路簡略寫下每一個「遺憾」或「滿足」是透過什麼情節被建構出來。

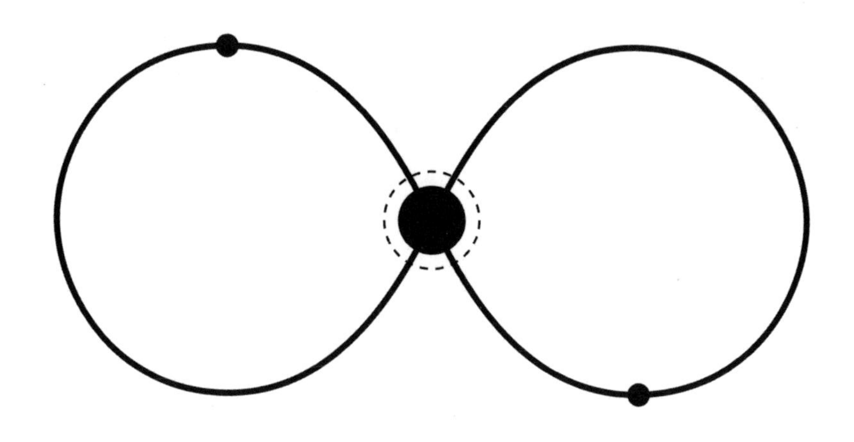

發現 Discover　決定 Decide　進行 Do it

第四章

# 轉折的基本原理

本篇將從感受層面的「懸念」，談到經營「懸念」最有效的材料－「三軸」，再從「三軸」回到感受層面，並討論三感如何讓每一軸成功經營出「懸念」，最後再聚焦故事的材料處理中最重要的技巧－**「轉折」**。

「轉折」之所以重要，是因爲故事的展現中，不論表演、光影、鏡頭、對白等，到故事的本體，從結構到「三軸」，乃至於更細部的設計，都在運用「轉折」的技巧，而故事核心的設定，更是「轉折」的設計。

「轉折」是故事設計最基礎卻也最攸關成敗的設計技巧。「轉折」對短片動畫設計者來說尤爲重要，因爲一部短片大多僅含納數個到數十個轉折的故事，做壞一個就可能毀了一整個故事，影響甚鉅。接下來我們這就來摸透「轉折」吧！

## 一、轉折，差距帶來感覺

請先看以下幾段描述：

你今天照鏡子，覺得自己美呆了！

走出辦公室，看到漫天紅霞，覺得好浪漫！

地震啦！好可怕！

他說了一句話，傷透我的心！

這四句話雖然都在描述感覺，其實每一句話都隱含著「轉折」。或許你看不出上列幾句描述中的「轉折」，那麼我們換個說法。一家你經常去的餐館，但你今天卻突然發現菜不好吃了，這「不好吃」的感覺，來自你眼下這些菜與你既存印象之間的差距（當然也可能是你味覺出了問題），也就是味覺的差距。這些「轉折」能帶來感覺是因爲兩者間的「**差距**」；漫天紅霞和地震是因爲之前的如常與此時此刻之間的「差距」；他那句話傷透你的心，是因爲你以爲他愛你，或者你以爲你們的愛情還有救，與當下的想法所產生的「差距」。發現鏡子的自己美呆了，是你心底存在著上一次的印象，或者是你上一次的心境與這一次的心境不同所產生的「差距」。所以字典裡是這樣定義「轉折」的：「指事物在發展過程中改變原來的方向、形勢等」。

「轉折」因著「差距」而帶來「感覺」，當「差距」越大，所引發的滿足感、遺憾感或意外感就越大。若你這一生曾經體驗過刻骨銘心的轉折，此刻回想看看，那次刻骨銘心的經驗內涵是不是如下：

「刻骨銘心是因為極端的滿足被澈底剝奪。」

如果沒有愛就沒有痛，不過沒有痛就沒有故事了，所以，這世界是因爲「差距產生感覺」，爲什麼我們要懂這個道理呢？因爲你寫故事是爲了要經營觀眾感覺，所以你應該明白了，原來故事設計就是在處理差距！有愛有恨，就有精采絕倫的故事。

於是你學會在故事中，埋設一個起點，讓下一個點與起點產生差距，然後讓第二個點與第三個點持續產生差距，你只要能夠讓一種材料在每一個點之間都存在著差距，觀眾的感覺就不會輕易消散，而如果你處理差距的「材料」又正好是觀眾心中的罣礙，就更有機會讓觀眾感到刻骨銘心了。

其實有時候我們根本不需要在故事裡埋設第一個點，爲什麼呢？因爲那個點早就在觀眾的經驗裡。

假如我設定一個努力實現夢想的主角，我不需要告訴你他爲什麼要追求夢想，直接就讓他跳上賊船，駛向偉大的航道，或者，直接讓她這隻溫馴的小兔子一路朝著打擊犯罪的警察夢邁進。

因爲這是個夢想匱乏的年代，大部分的人對實現夢想都存在渴望或遺憾，因此那第一個點早已深埋在觀眾心底。第一個點早就在觀眾的心底。

而觀眾因爲心底一直存在那「滿足」或「遺憾」，於是創作者直接在故事的一開始就直接剝奪觀眾的「滿足」，或者給予觀眾一次彌補的機會，所以當你確定人心之中已經存在了第一個點時，你就可以選擇不在故事裡鋪設第一個點，只需要放入有所差距的第二個點就好。還是那句老話，**聰明的創作者永遠懂得借力使力，何況篇幅有限。**

最後再強調一次－「差距帶來感覺」。還記得嗎？「三軸」的「懸念」仰賴著「遺憾」、「滿足」的交替而形成，遺憾與滿足交替就是差距，那是軸內的段落差距，就好比勵志片是夢想的希望與失望間的差距；愛情故事是追求生死相許的夢想時，此間希望與失望的差距；災難片是生存與接近死亡的差距，更是解決災難的希望與失望間的差距。

接著我們進入創作者都要懂的「轉折」內涵與運用，也就是「角色觀點敘事的技巧」。

## 二、轉折，角色觀點敘事的技巧

前面提到差距就是「轉折」，我們回頭再看一次這部短片：

參考影片 4 －
Little Boat

一艘船持續的變化，不斷產生樣貌的差距，就可以帶來人心些微的感覺，例如：小小的「遺憾」，小小的「滿足」，小小的「懸念」。然而如果你只用差距來設計故事，很難讓故事深刻。因此我們還要學會更重要的轉折設計技巧，也就是角色內在的「轉折」設計－**「發現」**、**「決定」**、**「進行」**。

這三個名詞看來如此陌生，其實它們無時無刻不在你我腦海中運作。從天亮開始，你發現鬧鐘響了，於是你決定起床，進行起床的動作時，你發現一早氣溫很低，所以你決定套件外套，套上外套，你看到公車來了決定舉手，你舉手招公車……我沒打算繼續寫下去，因爲你一定覺得好無趣，什麼鬼轉折？故事設計最攸關成效的設計？是不是買錯書了！？當你發現原來我談到的東西這麼無趣，你斷定買錯書，本身也是一種「轉折」。

很明顯的，此處所謂「轉折」爲角色面對處境，做出決定並進行之，這看來與前面所說「差距的轉折」有些不同，不是嗎？我們看下去。

你今天照鏡子，覺得自己美呆了！

「照鏡子」是你發現的處境，「覺得美呆了」是你的決定與進行。

走出辦公室，漫天紅霞，好浪漫！

「看到漫天紅霞」是你發現的處境，「覺得好浪漫」是你的決定與進行。

感覺是差距造成的，卻都隱含角色「發現」、「決定」、「進行」的流程。說到這裡，你一定很想問我到底想告訴你什麼？我想告訴你，你或許認識：

這女孩，二十來歲，她一個人在租來的宿舍裡自殘，她一開始用頭去撞牆，後來開始拿菸燙自己，然後焦慮的走來走去，最後拿了刀開始在手臂上劃，血一直流，她神情看來很痛，但她還是一刀刀劃，越劃越深。

這故事只設計「差距」，自殘的差距，帶來持續加大的遺憾，也自然帶來「懸念」。

女孩叫阿貼，那天她毒癮犯了，她知道自己不能再碰毒品，於是她開始用頭去撞牆想阻止自己吸毒的念頭，但癮頭只是越來越強，她終究忍不住撥手機給她賣毒的朋友，話筒裡鈴聲響了幾聲，她趕緊掛斷，她蜷著全身發抖的身子，點了根菸，她知道自己已經忍不住，她開始拿菸燙自己，結果賣毒的朋友回撥給她，手機鈴聲響著，不行，她想起她那天哭著跟男友發誓再也不會碰毒！但鈴聲一直響，阿貼沒接，她哭著拿出美工刀子，她開始在手臂上一劃，血一直流，但手機鈴聲仍不斷響著……。

這故事在差距之間，加入了角色的內在「轉折」（發現、決定、進行），換句話說，在觀衆全知的觀點裡，加入了女孩阿貼的觀點，然而加入之後差別在哪兒？

這是兩種故事創作者都要熟悉的敘事策略，能在觀衆心中產生不同的理性與感性歷程。下面我們換一個輕鬆一點兒的例子，細細地來研究「轉折」……。

喔！我不是忘記告訴你差別在哪兒，客觀敘事或角色觀點敘事差別在哪，「你去感覺」，然後「你有了定見」，這過程是所有創作者累積自己獨有創作技法的過程，你將持續從觀摩與實作中體會出創作的各種道理，最後形成自己創作之道，沒有一種藝術可以被聽懂被看懂，去感覺，所以差別在哪？

接下來，我用吸血鬼這主角來舉例，但舉例前，我再次提醒你，我們在差距間，加入角色觀點，帶出角色的「發現」、「決定」、「進行」，目的是爲了觸發觀衆的「發現」、「決定」、「進行」。

德古拉公爵他三叔公意外將自己的門牙變大，擋住他最重要的攻擊武器－吸血獠牙。

這段描述包含內在「轉折」裡的「發現」，「吸血鬼發現門牙大到擋住他的獠牙」，吸血鬼還沒做「決定」，也還沒有「進行」。可以再讀一次，感受一下這一個「發現」所帶來的「懸念」有多少，然後我們進入細節：

德古拉公爵他三叔公和千年殭屍這兩大魔頭已經決鬥了七百一十三場，勝負依舊難分，卻在這次決鬥中，三叔公發現臭殭屍練就了絕世武功，臭殭屍發功之後，居然全身長出尖銳的骨刺，簡直跟海膽沒有兩樣，三叔公不甘示弱，他也發功，沒想到發完功，什麼也沒長出來。喔不！有！他把自己四顆門牙給逼大啦！這可糟糕了，門牙大到擋住他的吸血獠牙，那可是他最厲害的武器啊！

你再感受一下，多了這些描述，感覺差多少？但那感覺的差異不只是因爲描述篇幅較多。

「德古拉公爵他三叔公和千年殭屍這兩個大魔頭已經決鬥了七百一十三場，勝負依舊難分」這是一段全知的描述，不透過主角引導，直接讓讀者「發現」。

下一段描述，則交由主角來引導著觀眾一起「發現」：「卻在這次決鬥中，三叔公發現臭殭屍練就了絕世武功，臭殭屍發功之後，居然全身長出尖銳的骨刺，簡直跟海膽沒有兩樣」角色觀點被塞進來了，然後是主角的「決定」與「進行」：「三叔公不甘示弱，他也發功」，再接一串三叔公的「發現」，角色觀點加入，引導觀眾一起「發現」：

沒想到發完功，什麼也沒長出來，喔不！有！他把自己四顆門牙給逼大啦！這可糟糕了，門牙大到擋住他的吸血獠牙，那可是他最厲害的武器啊！

從一開始的一行字，我們在這段落加入一個全知的發現，再加入一個主角觀點的「轉折」，觀眾會更接近故事，「懸念」也會更大。接下來，我們在「發現」上，再動點手腳：

在這次決鬥中，三叔公發現殭屍練就了絕世武功，只見殭屍突然在自己額頭上貼了一張符咒，他全身骨頭開始吱吱作響，然後一根根尖銳的針就從他衣服穿透出來，而且越來越長，越來越多，最後他全身長滿尖銳的骨刺，簡直跟海膽沒有兩樣！

這裡多加了幾個主角的發現，主角發現他「貼符咒」、「骨頭響」、「穿透衣服」、「又長又多」，是否看得出「發現」的功用？「發現」讓觀眾越來越進入故事。

接下來，我們來看看「決定」。三叔公發現殭屍出完怪招，接下來他得做個決定，請感受三叔公下面每一個「決定」：

三叔公不甘示弱，他也發功！

這是原來設定的「決定」，但三叔公可以有更多「決定」：

①殭屍得意的發完功，準備痛扁三叔公，卻發現三叔公拔腿就跑！

②三叔公拿出一顆超大的飯糰，他決定今天吃掉這顆超大的海膽握壽司！

③三叔公哭了出來，他哭著要臭殭屍別再發功啦！三叔公不打了，他怎麼也沒想到殭屍為了打贏他，居然練這種超級疼痛的武功！

事實上，創作者可以幫三叔公設定千百種決定，每一種決定都將對這世界產生不同質與量的「懸念」，你要什麼樣的觀眾，「懸念」多少，感受多深，你正在「決定」；在你設計故事當中每一個「轉折」的時候，你正在「決定」。接著我就正式介紹有關「發現」與「決定」的功能。請用生命閱讀。

剛剛提到的內在「轉折」三道流程：**「發現」**、**「決定」與「進行」**。

**「發現」**是一種垂直的上下動力，讓觀眾從全知的觀影位置，落入故事，進一步認同主角。最重要的功能在幫助觀眾入戲，也就是作用在觀眾與主角的**「連結」**上。

**「決定」與「進行」**是一種橫向的動力，拉著觀眾往故事結局看過去，也就是作用在**「懸念」**上。

所以當你發現你的故事讓觀眾「進不去」、「沒感覺」，這時該在哪裡加強呢？

有可能是需求軸鋪陳出了問題，這時花點篇幅鋪陳你的主角，讓你的觀眾去「發現」你主角的魅力；也可能是去強化那引發主角需求的原因，讓觀眾「發現」更多他爲什麼有這需求的原因，進而認同那需求；當然也有可能是情感軸鋪陳出了問題，或許是一開始你沒讓觀眾感受到男主角愛女主角有多深，或女主角恨男主角有多深，帶著觀眾去發現；也可能是事件軸鋪陳出了問題，那就帶著觀眾去感受災難有多嚇人，危機如何步步進逼。

如果你能順利帶觀眾進入你故事，觀眾看完卻仍覺索然無味怎麼辦？

那可能是「決定」設計出了問題；可能是你從來不知道故事最微觀的設計是「轉折」設計；可能是你不知道內在「轉折」包含三道流程；可能是你不知道三道流程都能造就「懸念」。但「發現」是把觀眾拉進來，「決定」是把觀眾往故事結局的方向推過去，而「發現」大多取材自人生的苦難，用的是人生常見的遺憾或渴望，是人的罣礙，因此大眾市場的故事沒人會在「發現」上創新。

舉個例子來說：創作者要形塑一位被霸凌的小孩，他可能設計成台灣鄉下國中的霸凌場面，或者叢林裡兔子被狐狸霸凌的場面，或者 TI-542 號星球上被外星小孩霸凌的場面，但霸凌的過程與遺憾，他會保留下來，因爲「發現」是爲了讓觀眾「進來」，進到故事裡，是爲了借力使力，是爲了勾起觀眾生命經驗中的遺憾處境，以便產生共鳴，當共鳴產生，觀眾就在戲裡，甚至跟那被霸凌的角色站在一起，當觀眾陷入你設計的「發現」越深，就越在你掌握之中，接下來就看你能設計出什麼決定。你必須在合情合理的前提下給個決定。如果你要這「轉折」帶來劇力萬鈞的懸念，就請給觀眾「渴求卻是他們現實中無能爲力」的決定，甚至「渴望又帶來極端滿足」的決定。

「遺憾」、「滿足」交替，「懸念」持續。以霸凌這例子來說，霸凌是情境，你拿來設計遺憾、滿足交替的材料是「生存的需求」，遺憾轉爲極端滿足，就能產生強烈的「懸念」。

參考影片 5 －
電影《即刻救援》

影片中，老爹連恩尼遜發現女兒被綁架了，這眞是個遺憾的發現，然後連恩尼遜作了一個決定，極端滿足觀眾的決定，觀眾一向很大方，他們一定回報你最強大的「懸念」。

現在我們知道了，知道「發現」之後，「決定」等著我們來設計，「決定」決定我們有沒有創意，你可以決定在遺憾處境中，設計出極端滿足觀眾的「主角決定」，形成劇力萬鈞的「懸念」。換句話說，你在「製造反差」，從遺憾的負情緒轉爲極端滿足的正情緒，反差越大，「懸念」越大。說到這裡，你大概猜到另外兩種經營懸念的設計－**「經營落差」**。

當主角面對處境，若是遺憾的處境，主角做出更遺憾的決定；若是滿足的處境，主角作出更滿足的決定。這是「落差」，「落差」越大，「懸念」一樣越大。

參考影片 6 －
電影《搶救雷恩大兵》

這部老片的這個片段，讓你感受當故事持續「轉折」到更遺憾的地方時，依舊帶來強烈「懸念」，或者阿貼自殘的第一個故事也是同樣的例子。

「決定」決定你有沒有創意，而「決定」的設計可以有哪些思考的方向？

**★經營落差。**
**★製造反差。**

當然如果你希望你的決定能勾動整個世界，你就必需知道你會做出什麼決定。

這世界夠辛苦了，人們走進戲院，點開影片，放入 DVD，大部分的人們不是爲了證明自己的聰明，也不是爲了證明自己的深度，大部分的人們苦悶了好些日子，辛苦了好一段時間；大部分的人們面對人生的難題；大部分的人們希望在你故事裡獲得片刻喘息；大部分的人們想暫時忘記現實，好沉浸在他們現實中難以體驗的感受。如果可能，或許……只是或許，人們希望能從你的故事中獲取一絲力量，好讓他們有勇氣繼續面對現實生活中的辛苦，而你可以繼續帶給他們辛苦，或者仁慈一點，讓他們喘息一下，暫時脫離那辛苦，又或者……從看了你的故事之後，開始幸福。

不論是設計**「落差」**或是**「反差」**，都能帶來強烈的「懸念」，但通常「反差」總是能娛樂更廣闊的市場，當然好故事不一定求強烈，就等你學會如何經營出強烈的「四感」，品味過很多不同市場的故事後，你會嚐到故事「四感」除了強烈，其實還有其他品味。

參考影片 7 －
The Pearce Sisters

讓我們回到**「決定」**的設計上，「決定」可不是你想設計什麼就可以設計什麼，你必須讓角色的決定合情合理。簡單的說，就是符合角色的設定。這包含：

**★角色背景的設定。**
**★角色性格的設定。**
**★角色關係的設定。**
**★故事主旨及整體發展的限定。**

你的角色必須在這四項前提下做出決定。你想想，如果你被綁架，綁匪打給令尊要贖金，令尊突然爆出連恩尼遜那段話，我相信令尊說完後應該也可以制服綁匪，因爲……綁匪已經被令尊那段話給笑死了……所以，我們一定要讓令尊說出符合他設定的決定！

在諸多限制下，請你依舊要讓你的故事天馬行空，因爲你寫的是動畫故事，你當然可以選擇讓你的天馬在地上跑，但是如果牠飛上青天更美好，更能經營出絕佳感受，又可以讓人覺得合情合理，那麼……請讓天馬翱翔於天際。

我知道這很難，難在這世界上每一個人都有一把合乎一般情理的尺，就像家母覺得海綿寶寶是神經病寫出來的故事，但如果你打算跟我一樣誤入歧途，要以故事創作爲業，職業的故事創作者就得有一把可以隨時移動的尺。大部分的人對合情合理有絕對的原則，但職業創作者會根據媒材、市場、觀衆年齡層來移動，更重要的是根據提出委託的導演或製片來移動。不過在台灣，合情合理的拿捏有另一層考量，那就是當我們遇到需要尋求政府補助的故事委託時。

補助對職業故事創作來說，最大的困難不是多少錢的補助問題，而是由一群對動畫有不同認知的人來決定給不給你補助，也就是所謂的評審們。每一個評審都有一把自己覺得合情合理的尺，在衆多評審認知不同的狀況下，所謂的「合情合理」大多會被逼到「極端合理」的角落，這時候故事創作者就得將故事寫得「相當合理」。附帶一提，台灣的動畫故事幾乎都仰賴補助居多。

這一章快接近尾聲了，我們來讓世界單純些：

1. 觀點敘事就是透過角色來引導觀衆發現處境，觀衆進而看著主角在處境中做出決定與進行。
2. 一般敘事策略採客觀全知的敘事與主角觀點敘事交互推展。
3. 材料在故事推展過程中，於不同時間點所發生的差距能帶來「懸念」，而角色「轉折」（發現決定與進行）也在設計差距，也能帶來「懸念」。
4. 別苦惱主角處境（發現）不夠特別，因爲「發現」是用來把觀衆拉進來，這裡你需要的是共鳴，不是特別。
5. 「決定」才是你要展現創意的地方，每次設計完「發現」，便該停下來，好好想一想主角可以有什麼樣更有魅力的決定。
6. 「轉折」不能只有角色「決定」，必須在「決定」之後，推展出「進行」，「進行」後，才接下一個「轉折」。

最後我們再提醒兩個「轉折」設計的基本概念：

### 1. 你不只在處理一個「轉折」，故事也不會只有一個「轉折」

「有個男人在家，突然暴徒闖入，痛扁了男人，打得男人不支倒地，當暴徒開始搜刮他屋內值錢的東西，男人的兒子剛好進了家門……」創作者讓主角帶著觀眾一起面對這「發現」。「男人於是奮不顧身，用生命保護他兒子」這是一個大家期待的決定，拉著觀眾看下去；反之「男人決定繼續假裝昏迷」，這是一個遺憾的決定，「他躺在地上，直到他兒子被暴徒打死」這是更遺憾的決定，因爲男人膽怯到眼睜睜看著自己兒子被打死。我們把這「轉折」暫時稱爲A轉折，但如果我們在前面鋪一個B轉折，比方「他正急切地將一份敵軍來犯的計劃送出去」。於是當戲推展到A轉折，觀眾都知道他爲了國家，爲了百姓，必須留住這條命，把計畫送出去，有了這個B，A轉折不僅「懸念」變強了，而且一樣有著類似「奮不顧身，用生命保護他兒子」的熱血，卻夾雜一層強烈的遺憾感，強烈到觀眾有機會熱淚盈眶。

每個故事都存在許多「轉折」，你現在清楚一個「轉折」的設計，將來得透過觀摩與實作，進一步認識轉折與轉折之間，乃至於一系列「轉折」的設計技巧。

### 2. 觀眾是帶著前一個「轉折」的感受進入下一個「轉折」

你明白故事是線性的，觀眾是在體會一個「轉折」後，帶著這「轉折」的感受去體驗下一個「轉折」。

舉例來說：當女孩面對（發現）男孩的突然告白，女孩的決定與進行是先打他一巴掌再吻他，或者吻他後再賞他一巴掌，這是全然不同的設計，也會在觀眾心中造成不同感受，帶來觀眾對這女孩接不接受這段愛情有著不同的臆測。

至於本章一開始談到的人生無趣，那是因爲我們不敢做出精彩的決定，只能膽怯地活下去，日復一日。而這就是爲什麼我們需要好故事，因爲在故事裡頭，你可以用念力炸掉鬧鐘，因爲在故事裡，再冷的清晨，身旁也有人在被窩裡溫柔的要你再躺一下，而公車來時，你會笑著看它開走，因爲今天是個看海的好日子。

當然你也可能決定在公車亭坐下，看著一輛輛公車在你眼前停下，離去，停下，離去……最後你決定起身，招了公車，並在公車上說服司機：

參考影片 8 －
The Last Knit

把車開到海邊去吧！你聽我說，活著不該只是停下，離去……。

我不是神經病，我只是想告訴你，方向盤在你手上，你可以不用每天繞著台北走，你可以去海邊！海邊有漂亮妹妹。

**「決定」**決定你有沒有創意，而**「創意」**的定義在於你到底在人心經營了什麼，你不用像本書以培養大眾市場的故事創作者爲立意，你可以往藝術市場努力，讓你的創意在觀眾心底經營出更深沉的，或者更獨特的感受，甚至勾動潛意識，撩起你我無法言喻的感受，而如果你所完成的設計只是在人心裡留下一場空，除非你想談「空」，否則這樣的設計，意義是什麼？

「你在人心裡留下了什麼？」

## 練習題

找到你生命中某一個遺憾，簡述這遺憾如何發生，既然是個遺憾，必定是你無能挽救或當下不願挽救所造成的遺憾。

現在，給自己再一次的機會，你來幫當時的你重新作決定，你可以天馬行空地重新做出**十種**決定，並比較出哪一個決定最讓你感到滿足，然後針對這決定，花個一兩天好好發想，設計出這決定如何進行，把細節都寫出來，包含動作與對白，如果你選擇的遺憾夠深刻，如果你設計的決定夠滿足，這編寫的過程該是一場讓你哭著、笑著的歷程。最後評估你在寫完之後，內心有什麼變化，那內心的創傷又有什麼變化？

但記得，所有的設計要能合情合理又能天馬行空。

「『決定』將會決定你有沒有創意。」

01

第五章

# 以轉折勾勒一個故事的形成

這章節的目的是在讀者還不具備基本設計能力前，認知轉折是材料組合與設計的關鍵思維，也透過這個章節初次看到轉折如何造就故事的形成。

我們知道作品在人心中，第一層是致使其完成一趟絕佳的感受歷程，我們也從轉折的基本原理知道反差與落差將帶來感受，差距將帶來感覺。儘管這世界用盡各種玄妙的論述來談故事形成，然而，實際上故事就是靠「差距」形成，從頭到尾。

## 一、故事是描述主角轉折的過程

故事是主角狀態改變的過程，而改變就是轉折，也就是差距。差距帶來感受，巨大的差距帶來撼動人心的感受，而所謂的**「狀態改變」**，可以是主角處境的逆轉（或順差），是情感關係的逆轉（或順差）或者想法的改變。

創作者會在構築故事前，決定主角將在這一段旅程當中發生什麼逆轉（或順差），且決定逆轉（或順差）的時間點，如果逆轉讓你困惑，其實就是需求從「遺憾」轉爲「滿足」（或由遺憾到更遺憾），是情感從「遺憾」轉爲「滿足」（或由遺憾到更遺憾），是讓人「遺憾」的價值觀轉爲讓人「滿足」的價值觀，前兩者的逆轉會設定在故事的前段，而「讓人遺憾的價值觀轉爲讓人滿足的價值觀」會著眼在故事後段，後段就讓我們後面再談，我們先描繪前兩者的形成。

需求與情感的逆轉會在前段設定出來，創作者知道主角的起點與逆轉後的差距越大，人心感受到的「懸念」越強烈，所以你知道爲什麼主角的旅程會被設定爲一趟不可能的任務，你在《刺激 1995》、《少年 Pi 的奇幻旅程》、《星際效應》都可以看到這樣的設定，舉例如下：

《海底總動員》——一隻小丑魚勇闖大海找尋兒子。

小丑魚闖大海就是「逆轉」。

或者一隻小丑魚因為一場家變從此足不出戶，終日躲在珊瑚礁裡，卻因為面對兒子被漁夫抓走，他決定勇闖大海。

《動物方程市》——一隻兔子立志維護動物世界的秩序。

或者一隻兔子不顧世人對兔子弱不禁風的刻板印象，堅持以警察為夢想，用維護世界秩序的理念來愛護這世界，並勇敢邁向目標。

《史瑞克》——一隻沼澤怪像王子般去殺龍救公主。

或者一隻沼澤怪為了奪回他的獨居生活，決定答應公爵的交易，如同許多童話故事，勇敢去拯救被火龍囚禁的公主。

這是一場不可能的任務不是嗎？第三章提到的那隻衝出魚缸拯救愛人的章魚也是。

參考影片 9 –
Oktapodi

這類故事在故事前段翻轉，設定主角在一種遺憾處境中產生讓人滿足的決定，而且這決定將是一場不可能的任務，主角就在這一場越來越不可能實現的任務中，最後達成任務。

以《Oktapodi》爲例，其中除了設定了這類故事必備的「在一種遺憾處境當中，產生讓人滿足的決定，而且這決定將會是一場不可能的任務」，你也會發現故事在一開始的遺憾狀態前，安置了一個愛情的滿足。是否安置這滿足，必須視你的故事下判斷，如同前面提到的，點與點之間必須存在差距，如果觀眾心中已經存在第一個點，你可以考慮直接讓故事從第二個點開始發展，而另一種你不安置這個建立角色關係的點，是你打算讓觀眾以某種距離觀影，不讓他們太入戲。

我們再來看設定在後段的翻轉，「讓人遺憾的價值觀轉爲讓人滿足的價值觀」。這類故事會讓觀眾持續在觀影間發生內在衝突，也就是內心糾結，而手段可能是透過主角面對內在衝突，或者不透過主角，直接讓觀眾去面對。

觀眾會在觀影時內心持續糾結，自然是因爲觀眾面對著兩種他們都認同的價值觀，這兩種對立的價值觀設定會在故事發展的一開始就設定出來，這設定也決定故事在結構上後段會出現的關鍵轉折，主角將在故事發展到 3/4 時，從一種價值觀（A）轉到另一種價值觀（B）。後續的發展則會出現兩種可能，一種是主角只是一時迷失，最後仍回到價值觀（A），另一種則是主角領悟到價值觀（B）才是眞理，翻轉後便一路往價值觀（B）堅持到底。

以《動物方程市》爲例，這故事屬於前者，故事的對立價值觀是人性或天性的對立，是人們應該相信天性決定善惡抑或人性決定，於是我們的主角一路相信人性決定善惡，否定天性，相信一隻兔子也可以在動物世界當個好警察，卻持續面對阻礙，觀眾也持續在觀影時面對著該相信天性或人性的糾結，然後觀眾看到兔子一度迷失－逆轉了，她發現自己心靈深處其實相信天性左右一切，她也因此放棄了警察的夢想，但一個契機讓她回頭，她轉回來了，重拾對人性的確信。

《動物方程市》兔子茱蒂不顧世人對兔子弱不禁風的刻板印象，堅持成為警察，無奈警局局長刻板印象作祟（相信天性），一度阻止了她的夢想，卻因為城市出現大問題，各處都發生肉食動物重現獸性的殘暴行為（天性），局長同意如果她能查出真相，就讓她成為正式警察，於是茱蒂在好友狐狸的協助下展開調查，眼看茱蒂破案有功，夢想終於有機會實現，卻發現自己心底對好友狐狸的天性有著防衛，這讓兔子一度放棄繼續追求夢想，最後在好友的協助下，查出真相，解決了世界的危機，也發現造成危機的幕後黑手卻是人們刻板印象中溫柔的綿羊。

不過這類故事無法在短片中實現，因爲形成的結構與設計過程都比較複雜，這裡只是簡單勾勒，讓你看到一種經營內心糾結的故事外觀。

創作者決定了主角的翻轉，也決定了主角是要在前段或後段進行翻轉，這時候對於主角在故事中關鍵翻轉的時間點心裡也有了底，如果是前段翻轉，最晚不能超過故事 1/4 處，翻轉後，主角會至少堅持這決定到故事 3/4 處；如果是後段翻轉，則不能晚於 3/4 處，主角會至少從故事 1/4 處就堅持某種價值觀，直到 3/4 處進行翻轉，我們喜歡稱這種翻轉叫**「折」**，在折與折之間，我們有個專有名詞，也就是**「幕」**。幕的部分我們將在三幕劇中討論。

當創作者知道關鍵的「折」在故事哪個時間點，創作者會進一步去考慮對於前段產生「折」的故事，在故事後段要不要再「折」，要「折」幾次，對於後段產生翻轉的故事，則是進一步設計故事前段的「折」。

但對於短片動畫來說，你最多只能「折」兩次，也就是在故事前段的遺憾處境下，那讓人滿足的決定的「折」與不可能的任務後，轉爲達成任務的「折」。這時候你一定想問，在這兩「折」之間要幹嘛呢？

## 二、衝突階段的轉折設計

中段也在設計轉折，只不過主角不會進行逆轉，主角會在那場不可能的任務裡，堅持著逆轉後的需求或價值觀，一路堅定地去面對各種困境，這部分我們會在三幕的衝突階段詳細討論。

## 三、所有的動作都在處理轉折

當我們設定好逆轉的**「折」**，我們就知道故事會有幾**「幕」**，我們有了**「幕」**之後，進一步決定故事中段要讓主角面對多少困境，而每一段困境從發生到解決，我們稱它爲**「段落」**。當我們設定好每個**「段落」**，我們便進入**「場」**的規劃。

所謂**「場」**的規劃，簡單來說，是順著故事發生的時序，以場景爲單位進一步將段落細化，於是我們將故事的發展以「第一場」、「第二場」……依序編號，並在每一場當中簡述該場的「動作」。

這裡的**「動作」**也是專有名詞，並非指角色的表演，而是這一場當中發生了什麼事情，然後這裡又出現另一個專有名詞，我們稱這細化爲場的文件爲**「分場大綱」**。

有了分場大綱，下一個步驟就是進行每一場的動作設計，也就是以畫面與聲音來設計每一場**「發生了什麼事情」**，如果你設計的是 4D 動畫，那麼就包含了畫面的立體效果、戲院現場的光影效果機、泡泡效果機、震動的座椅或者味道的效果機，你的設計就不僅僅是畫面與聲音了。

而每一個「動作」設計，也在處理「轉折」，這包含角色內在轉折的處理（發現、決定、進行）、材料差距的處理，以及感受層次，也就是「遺憾」、「滿足」交替所帶來的持續逆轉，都是轉折設計，我們再一次拿第三章提到的章魚故事來說明：

參考影片 10 －
Oktapodi

故事開始於一個滿足，一對深情擁抱的章魚，突然一隻手出現將粉紅章魚抓出魚缸，留下橘章魚，經營出第一層的遺憾，橘章魚發現粉紅章魚被放到磅秤上，然後就被裝箱帶上車，進入第二層，接著進入第三層遺憾，橘章魚想像著粉紅章魚被大卸八塊，橘章魚奮不顧身跳出魚缸，追了上去，這決定帶來了希望與潛藏的滿足感，但眼看車子要開始走了，橘章魚還在店裡狂奔（遺憾），當車起動，意外的，還好橘章魚已經攀在車尾，這是一個小安心、小滿足，橘章魚是說什麼都要救回粉紅章魚，他克服種種困難，眼看無法救回粉紅章魚（遺憾），還好車子失控（滿足），將粉紅章魚甩出車外，橘章魚終於能拉著粉紅章魚逃離（滿足），無奈車子緊追不捨，兩隻章魚終究被抓到，大遺憾，還好，車子飛落大海（滿足），兩隻章魚終於要重逢了，眼看就要大滿足，誰知道一隻大鳥突然從天而降，抓走了粉紅章魚（遺憾），橘章魚驚訝之餘，再次奮不顧身，衝向天際。

在角色的內在轉折的處理上，你可以看到故事的敘事觀點是跟著橘章魚，讓橘章魚面對遺憾處境，決定進行一場不可能的拯救任務，接著帶著觀眾經歷幾次轉折（發現決定進行），故事一度轉到魚販觀點，又回到橘章魚的觀點，而故事中則完全不帶有粉紅章魚的觀點。

在材料的差距設計上，讓這故事持續形成差距的材料就是那條迂迴又充滿轉折的道路。這條路因爲迂迴與下坡帶來高速，貢獻了「懸念」，這條路也直接讓章魚與魚販兩方的需求遭遇到兩個重要的轉折，導致車子打滑停下，章魚們也才有機會牽牽手，更導致魚販最後開車衝向大海，你不覺得這條路一整個在幫章魚嗎？你當然知道這條路不是本來就在那裡，而是由創作者決定出來。

參考影片 11 – Canned

《Canned》是一部與《Oktapodi》非常相似的短片動畫，也有一條蜿蜒的馬路，同時也有著類似的功能，不過《Oktapodi》處理得更合情合理，也精采許多。

這裡補充一個動畫創作概念，所有的材料，包含章魚故事裡的那一條馬路，都可以成爲角色，可以安排他的內在轉折，故事裡的任何一草一木都可以成爲觀點。

要寫動畫，你得相信**「萬物有靈」**，你唯有相信才能想像，也才能進入角色，推展它的內在轉折，如果你不相信，就很難發展出奇幻故事。舉個例子，十二月來了一個颱風，一般人可能會寫個男人在冬天遇到颱風眞是倒楣的故事，如果你相信萬物有靈，你的想像範圍會擴大到一草一木，故事可能是颱風「發現」他從沒在冬天來過台灣，所以一直沒機會嚐到燒酒雞，所以「決定」十二月來那麼一趟，甚至是颱風發現眞愛，而決定定居台灣的浪漫愛情故事。

在「遺憾、滿足」持續的反差設計上，故事從兩隻章魚的愛情開始，帶來滿足（第一個點 / 滿足），後來因爲魚販而分離（第二個點 / 遺憾），然後章魚堅持救回愛人。這就是差距，是在強烈遺憾時，主角明知不可爲而爲之的行動，瞬間帶來滿足感，這關鍵轉折形成了強烈的「懸念」，拉著觀衆入戲，接著觀衆看到主角展開拯救行動（第三個點），眼看有機會滿足，卻不斷被魚販阻礙，持續讓故事在點與點之間維持著差距，帶著觀衆看下去。

繼續我們來介紹對白的轉折設計，主角說的每一句話，都來自主角「發現」對方說了什麼，然後主角反應出決定與進行，故事便在兩方交互轉折的情況下推展，只是故事在敘事時，敘事線會跟隨著主角的觀點，著眼於主角的內在轉折上來敘事。

以下是《史瑞克》第一集裡史瑞克與驢子的對話，前情提要是驢子一心想跟史瑞克生活在一起，然而史瑞克想趕他走，就在兩人邁向史瑞克的住處時，驢子看到史瑞克家門前插著立牌「別靠近！小心沼澤怪！」，忍不住駐足端詳著。（★符號爲解說）

驢子：看來……你不常有客人吧！？

史瑞克：我喜歡一個人……。

★史瑞克面對驢子的問題，「冷冷的回答及表述的內容」是他的決定與進行。

△史瑞克一路往住處走，頭都沒回的說，驢子急忙跟上去。

★驢子發現史瑞克的明示，決定趕緊跟上去。

驢子：我也是耶！你看我們又有臭味相投的地方，就像你遇到討厭的人，你努力暗示他走開，但他們就是不走，然後接著又是一陣尷尬的靜默。

★驢子又決定找理由讓史瑞克願意收留他。

△史瑞克走到了家門前，回頭冷冷看著史瑞克，一陣靜默。

★史瑞克發現驢子這麼說，決定給他一個「一陣靜默」。

驢子：……我可以跟你住嗎？

★驢子決定死皮賴臉直接問。

史瑞克：什麼？

△史瑞克攤手不可置信的回頭看著驢子。

★史瑞克一臉不可置信。

驢子：我可以跟你住嗎？拜託！

★驢子可不管史瑞克大聲，決定用下一招。

△驢子裝出一副討好的表情。

史瑞克：當然－

驢子：眞的！？

史瑞克：不行！

★史瑞克決定玩他。

△驢子激動撲向史瑞克，前蹄都頂住了史瑞克的肚子。

驢子：拜託！我不要回去那裏，你不知道被當成怪胎的感受是什麼……嗯……或許你知道……這就是我們爲什麼要在一起啊！你一定要收留我！拜託！拜～託！

★驢子說到史瑞克不懂被當成怪胎的感受，卻發現史瑞克不也是怪胎？自己有了轉折，順著話鋒，繼續找理由說服史瑞克。

如果你還記得，當創作者面對發現，他永遠知道發現之後的**「角色決定」**是他創意的地方，而「決定」不只決定創作者有沒有創意，「決定」也決定基調。以喜劇爲例，你會發現你的笑點都落在決定上，舉個《冰雪奇緣》裡的對白爲例：

雪寶：我感覺不到我的腳！我感覺不到我的腳啦！

阿克：（你摸的）那是我的腳……。

而當轉折的「遺憾、滿足」有巨大的逆差，例如：從極端「遺憾」，轉爲極端「滿足」，差距越大，感受越強，「意外」越大，「懸念」也越大。舉電影《即刻救援》爲例：

Bryan Mills：我不知道你是誰，你要什麼，如果你要贖金，我可以現在告訴你，我沒有錢付你，我有的是一種很特別的專長，一種我賴以維生很久很久的專長，一種對你這種人會覺得像噩夢一樣的專長，如果你現在放我女兒走，一切就當沒發生過，我不會找你，不會追殺你，但如果你不放，我會去找你，而且找到你，殺掉你。

## 結語

本篇章節，爲你打開第一道故事創作的暗門，我像許多創作者一樣，摸索了幾年，在日以繼夜的編寫自己的原創與接受委託的各種故事中，拿到第一道門的鑰匙，但我沒辦法直接把鑰匙交給你，你得自己贏得屬於你自己的那把鑰匙，而贏得的方法其實很簡單－寫下去。

寫下去，總有一天你就會拿到鑰匙。慶幸的是，你已經進了這道門，你知道門裡的寶庫中央放了三盞發著白光的燈，那三盞分別是外在事件所帶來的「懸念」，主角需求所帶來的「懸念」，情感發展所帶來的「懸念」。你知道原來好故事就靠這三道光，接著你看我拿出三稜鏡，放著每一盞燈前，你驚覺每一道白光穿過三稜鏡都射出三種顏色的光，這就是故事的三原色。

你還記得我怎麼稱呼他們嗎？嗯……「滿足」、「遺憾」和「意外」，這三原色形成了「懸念」，你拿著三稜鏡在燈前把玩了好久，你說你眞想偷一盞燈回去，我說不用，將來你拿到鑰匙，這裡所有的燈、所有的寶物都是你的，這時你才驚覺萬物都透著不同的光，有的是純粹的滿足光，有的是混雜著「意外」與遺憾的光，原來這世界上所有的材料都會發光！我還是不厭其煩地提醒你－

「記得，跟著白光走。」

你看著我挑了幾件發光的寶物，拆了寶物，我邊拆你邊說可惜，卻發現我把寶物拆開，怎地每件寶物都是由「轉折」所組成。是的，所有的故事都是「轉折」組成，是光影的「轉折」，是造型的「轉折」，是故事的「轉折」，每一個「轉折」都透著各色的強光，然後我開始想拆了「轉折」，你發現我拆得有點兒手忙腳亂。「轉折」不好拆，因爲每個「轉折」都一氣呵成，人們總把「轉折」看著是一整塊東西，其實每個「轉折」都是由三個環節所構成，我忙了半天，還是拆出了一塊「決定」給你看，因爲我要你記得，這環節決定你能不能成爲故事創作者，也決定你能不能成爲有創意的人。

你現在已經知道寶庫裡的一些秘密，我現在只有兩種選擇，一是殺了你，二是逼著你寫下去。你要這把鑰匙，就只能靠自己寫下去，慶幸的是你再也不用像我花這麼多時間摸索，你已經知道故事創作的重大秘密，只要照著做，好好利用這些秘密，你不用幾年就會拿到鑰匙。當然你也可以選擇不寫，你不會拿到鑰匙，往後你連來過這間寶庫都不會記得，而且你會活得比拿到鑰匙的人們快樂很多。

—因為我某種形式殺了你，殺了你渴望說故事的靈魂。

同上一章的練習，找到你生命中某一個遺憾，簡述這遺憾如何發生，當然那遺憾會是遺憾，必定是我們無能挽救或當下不願挽救，所以產生遺憾。

針對這遺憾，你這一次讓老天重新作決定，發想出十種不一樣手法的「老天決定」，並比較出哪一種決定最讓你感到滿足。

01

# 寫，

## 在 動 畫 製 作 之 前

# 故事建構

最困難的是下決定，

剩下的只是堅持。

在認識故事概念之後，我們進入結構。結構由「三軸」所構成，然而針對動畫短片，在篇幅的限制下，故事往往會以「需求軸」來建構。

如果你沒忘記的話，就會明白主角的需求軸是「三軸」當中經營觀眾「懸念」最有效的軸，原因除了因爲人心在意需求，也因爲你建立了一個能讓觀眾在乎的主角，緊接著你進一步設計給主角的遺憾，將觀眾推向與主角更親近的關係，也因爲如此親近，主角在遺憾中所採取的行動將拉著你一路跟著他走，所以幾乎所有的故事都有主角，而所有的好故事必定有一條精彩的需求軸，而動畫短片更在篇幅限制下，爲求效果，需求軸經常是唯一的軸。

好故事一定會有好結構，就像蓋房子一樣，堅固的房子有造就它堅固的結構，造型特殊的房子有特殊的結構，一棟摩天樓也不會是一粒粒沙堆疊起來就能成爲摩天樓。

結構有多重要呢？這麼說吧！劇本寫了十年之後，你煩惱的可能不再是創意，不再是該怎麼表演，怎麼設計對話，因爲你駕輕就熟，你最大的挑戰會落在結構上。我想你一定聽過**「三幕劇」**吧？

**「三幕劇」**是商業故事最常用的結構，是好萊塢最愛用的結構，卻也是你我最習以爲常的結構，即使你沒有察覺，但你現在看到大部分的「大眾」影視作品絕大多數是三幕結構，有大眾，當然就有反大眾（大眾的相對名詞並非藝術，因爲大眾也是藝術），反大眾的創作者自然討厭慣例，三幕劇的確已經是個被反覆運用著的影音敘事慣例。

你可以看不起三幕劇，請用力看不起！但前提是在你能「駕馭三幕劇之後」再來看不起它。老實說，上乘的三幕劇並不容易，容我修正，是很不容易！所以儘管看不起他，同時也偷偷地用它吧，因爲它能幫你寫出好故事！那如何偷偷地用呢？透過了解三幕劇的知識便能讓你在還不知道如何下手前，就先替你勾勒出可能的輪廓。

新手總是把故事看成「一坨」。是的！一坨故事，就像蓋房子，新手因爲不懂結構，故事中各種創意沒有章法的如砂石一樣堆疊而起，堆成一座土丘。繼之，稍有經驗的，則看成「一條」，起承轉合，撐了一根竹竿就打算蓋到二樓去。而你現在不同了，在你眼中，故事已經有了三根樑柱（三軸），有主樑，還有副樑，結構穩固，接下來你繼續理解「三幕」之後，絕對可以穩穩地把房子往更高的樓蓋上去。

三幕讓你知道，「三軸」會被切成三個段落，每個段落有各自的任務，這就像專業的畫家畫人臉，他會先確定要畫誰，什麼角度，然後在紙上畫出五條橫線，再畫三條直線，在這十五個交叉點中，畫家知道哪一個位置是畫眉毛，哪個位置畫眼睛、鼻子及下巴，三幕劇讓你可以在著手設計前，先勾勒出你故事的輪廓。

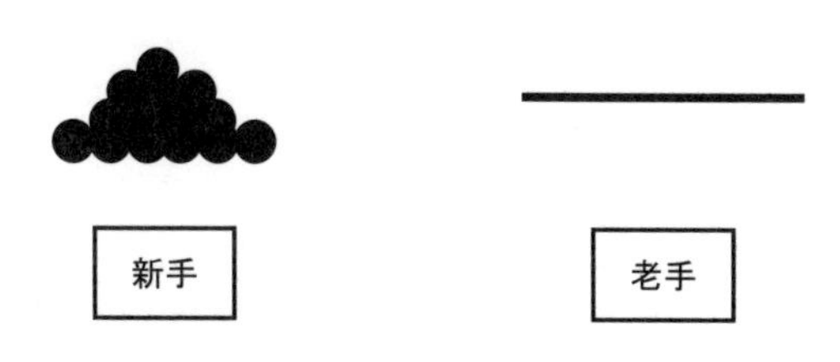


圖 2-1　故事組成。

第六章

# 三幕結構的輪廓

故事基本結構，可分三個段落，我們以幕來稱每個段落，在短片的三幕結構裡，會有這樣的時間規劃：

**★第一幕 鋪陳，最多占 1/4 篇幅。**
**★第二幕 衝突，至少占 1/2 篇幅。**
**★第三幕 解決，最多占 1/4 篇幅。**

一般在 5 分鐘以上的故事，三幕的時間比例可以維持在 1/4：1/2：1/4，例如 4 分鐘的故事，鋪陳、衝突和解決各幕時間分別是 1 分鐘、2 分鐘和 1 分鐘，幕與幕之間存在一個關鍵「轉折」。如果片長少於 5 分鐘，經常衝突階段會大於 1/2，這時第一幕與第三幕會跟著縮短。

至於爲什麼會有這樣的比例？我後面解釋，因爲我們得先了解三幕各自的任務，現在容我先將短片常見的唯一軸－需求軸擺入三幕，加以說明。

| 第一幕<br>鋪陳<br>最多占1/4 | 第二幕<br>衝突<br>最多占1/2 | 第三幕<br>解決<br>最多占1/4 |
| --- | --- | --- |

圖 2-2　三幕比例。

## 第一幕　鋪陳

第一幕主要的任務是 1. 介紹主角需求；2. 介紹主角；3. 介紹相關角色；4. 主角所處的世界。其中又以介紹主角需求爲最優先的任務。如果你的故事除了需求軸，還包含情感發展，則還有 5. 建立主角與情感對象的關係。

我們先談最優先的任務－主角需求的建立。

你知道故事會以需求這元件的某一種材料來推展到底，材料可能是「追求夢想」，或者「追求愛情」，或者「追求生存」，並以「遺憾」、「滿足」交替的方式推展到底，而這條需求軸必定有個開端，也就是創作者把主角的需求介紹給觀衆的設計，介紹的方式必然透過一個「轉折」，也就是一組「發現、決定、進行」，主角將面對某種處境（發現），這處境在感受層次上，將是一種剝奪的設計，讓主角在處境中，失去或眼看即將失去某種材料，比方眼看失去愛情，或即將死亡，主角在面對這處境，將形成主角的決定，或者更戲劇性的說法，透過這處境「擠壓」出主角的決定，在決定的設計上，你記得鋪陳反差與落差，然後在主角決定後，進行這決定。

而這組建立需求的「轉折」，最晚不能晚於 1/4 處，也就是觀衆必須在短片進行到 1/4 前知道主角的需求，這「轉折」可以在故事一開始就發生，也可能在鋪陳階段中間發生，而通常創作者會選擇讓這「轉折」就在迫近 1/4 處發生，爲什麼呢？

爲什麼需求建立通常就在這位置？

因爲有經驗的創作者會選擇先建立主角，讓觀衆先親近主角，甚至愛上主角，觀衆會因此更在乎主角的需求，需求所帶來的「懸念」也就越大。

因爲如果故事仰賴所處的世界來推展或辯證，你自然需要先建立主角與所處世界的關係，才能推展到需求建立的「轉折」。

也因爲如果主角的需求與配角相關，你自然必須先介紹主角與配角的關係，才能推展到需求建立的「轉折」。

更因爲如果觀衆對主角的需求很陌生，對那材料的生活經驗不足（沒有深刻經驗），或者創作者希望那建立需求的剝奪所帶來的遺憾感更強更深刻，以便在觀衆進入衝突階段時，帶著更強烈的「懸念」進入，創作者會考慮先讓觀衆感受一下那材料所帶來的滿足，這當然也勢必發生在需求建立的「轉折」之前。

如果你主角的需求建立在觀衆陌生的邏輯上，你一定在需求建立的「轉折」前便介紹這邏輯。

以上都是創作者會選擇將需求建立的「轉折」置於接近 1/4 處的原因，因爲在需求建立的「轉折」之前，鋪陳階段有太多任務。

我們進一步用需求軸的「遺憾」、來看第一幕：

主角「滿足」→主角「滿足」遭到剝奪帶來「遺憾」→「遺憾」處境擠壓出主角決定→決定後進行所帶來的「滿足」或希望。

然後我們回頭用反差所帶來的「懸念」來思考爲什麼需求建立的「轉折」會迫近 1/4 處。

通常需求建立的「轉折」會是鋪陳階段反差最大的「轉折」，也就是第一幕當中「懸念」最大的「轉折」，而當你知道觀衆通常能忍受故事在一開始的「懸念」不足，同時你知道故事在進入鋪陳階段，有整整一半的篇幅要推展，你把那股較強的「懸念」安置在 1/4 處，是合理的選擇，讓這「轉折」所帶來的「懸念」，用力推觀衆一把，推進運轉的第二幕。

## 第二幕　衝突

這一幕主要的內容是主角需求進行時，遭遇到一波又一波的阻礙，且持續加大的阻礙。其需求軸的「遺憾」、「滿足」爲：

主角在追求需求的「滿足」→遭遇阻礙，帶來「遺憾」→主角堅持追求，帶來「滿足」→面對更大的阻礙所帶來的「遺憾」→直到主角遭遇最大的阻礙，形成故事最大的遺憾感，眼看需求難以達成（進入第三幕）。

## 第三幕　解決

這一幕主要的內容是介紹主角需求如何解決，是在絕望時出現轉機，此轉機也促使主角繼續堅持，而這堅持則帶來更大的滿足。最後介紹主角需求如何被達成，也形成故事最後的滿足（或遺憾）。其「四感」爲：

出現一個意外的「轉折」→主角絕望間有了希望→再度堅持而帶來「滿足」→解決問題的過程中，「遺憾」、「滿足」快速交替，最後主角解決問題→需求獲得「滿足」。

適才，我們在第一幕談到需求建立的「轉折」是「懸念」較大的「轉折」，所以放在接近 1/4 的位置，以便將觀眾推進第二幕；同樣的，在第二幕與第三幕間也會製造這樣的強烈反差，將觀眾推進第三幕，也就是前面提到的在絕望中重燃希望。如果片長超過 7 分鐘，很可能我們會在第二幕中間（Midpoint）再放置一個高反差的「轉折」。

看到這裡，你突然明白，故事之所以存在各種結構的設計，是爲了維持「懸念」的力道，而這力道的形成則來自於反差與落差的設計。你也終於明白爲什麼本書花了大篇幅來介紹感受層次，因爲元件的組成與結構設計都只是爲了經營感受而存在。

你的作品從來不是劇本，不是電影，你的作品在人心裡，電影或劇本都只是媒介，透過這媒介，你的作品是媒介在人心裡所經營出的絕佳感受歷程，這歷程是你的第一層作品。

參考影片 12 －
Father And
Daughter

《Father And Daughter》訴說一位小女孩送爸爸上船後，等待爸爸回來，希望再見到爸爸的故事，這短片大體便如上述的結構與內容推展，較特別的是這部短片在結構上有清楚的中間點（Midpoint），將衝突階段分割成兩部分，前半部帶著趣味，後半部轉入憂傷，這種在衝突階段安置中間點的故事，通常片長超過 5 分鐘。另外，這裡有兩個特點需要你順道思考：

這部影片全以全知視角敘事，帶來了什麼效果呢？

第二幕全在「女孩期待見到父親，落空到老」的遺憾過程中渡過，編劇是如何讓遺憾與滿足得以交替？記得嗎？當遺憾、滿足交替時，就有如心臟的舒張與收縮，得以讓懸念持續進行。

當然本片的音樂份量很重，重到溢於影像之前，這是另一股拉著觀眾繼續看下去的動力，也是動畫短片經常採用的策略，而實拍片則通常會讓音樂含蓄烘托故事，忌諱喧賓奪主。

有了三幕初步的概念，我們開始設計故事囉！

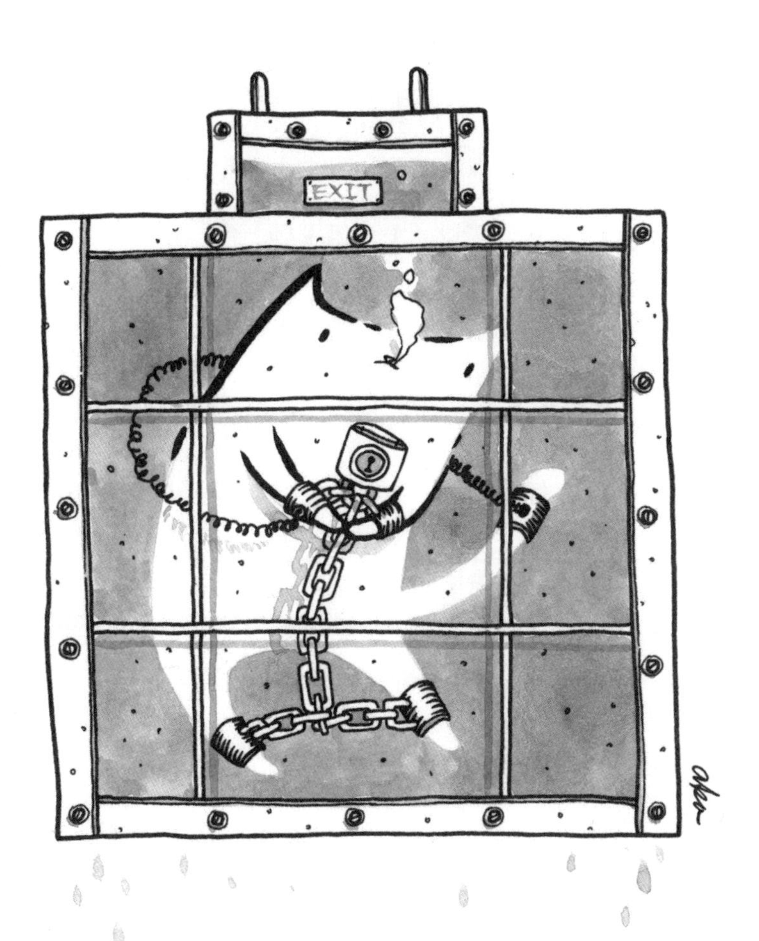
EXIT

第七章

# 需求軸的建構

本章進入了具體的設計方法，也就是認識具體操作**「一個短片故事形成」**時你所應該具備的知識。

我們將以**「主角需求軸」**為主要的討論內容，因為這是動畫短片必然存在的軸，我們同時也將從**「主角設定」**作為故事開發的第一個定數，以順應大部分剛起步的創作者習慣從角色開始發想故事，更是配合動畫創作者的創作流程－總是在故事還沒成形前，就急著進行角色美術設定的習慣。

你將在這章節看到材料如何一步步被組成故事，也將窺見設計流程背後所蘊含的創作思緒，同時你也將看到範例故事的錯誤是如何被修正，這一切都是為了建構你故事設計在實際操作上的知識。然而你也必須知道，從角色設定做為故事開發的起點，存在相當的開發風險。

故事創作者在創作初期，因為無從著手，往往會從頭開始發展，他們習慣先想像角色，只因人物或動物是最容易幻想的材料，然後不知不覺順著人物、動物，一不小心就決定了「主角」，接著只好順便去設定主角該有什麼樣的「需求」，再從「需求」去思考該搭配什麼樣的「阻礙」，進一步評估各種遭遇所帶來的「四感」質量。

但一個主角可以設定出無數種需求，每一種需求又可以選擇無數種阻礙，一個主角也可以搭配千百種配角，面對一個龐大的變數群，每一組需求與阻礙都帶著不同的戲劇基調，也可能隱含不同的故事主旨。

這樣的創作流程，創作者將一路處於對未來發展手足無措的狀態，這就像一位雕刻師面對一塊木頭，雕刻前完全不知道自己要刻什麼，拿起雕刻刀便刻下去，然後從每一刀去決定下一刀該怎麼刻，這位雕刻家將永遠在無法確定能雕出好作品的狀態下，在歲月流逝間，在體力持續耗損之際，惶然的雕刻下去……。

然而這樣的流程更大的風險在於你無法預估成品的品質。

你的作品是一趟絕佳的感受歷程，如果可能，透過作品進而帶給觀衆啓發。專業的創作者爲了確保作品完成那一刻的品質，他們必須先在材料的選擇與初步組合的過程中，先確定手上的組合已經出現優質故事的「可能」，那是指「三軸」帶來的感受歷程的精彩程度，是主題帶給世界的啓發，是兩難的拉扯程度，是反差的幅度，是操作人心的強度與深度，是故事結束之後繼續影響觀衆的力道……當那「可能」高到讓創作者安心，創作者才會著手編寫，然而「主角」或「主角需求」只是故事的元件之一，只是故事的初始設定。

所以本章雖然從主角開始設定，目的是爲了在你腦中建構一套故事的雛形，但本章在需求設定之後，就會先一步定下結局，再回頭來設計衝突，這結局當然可能在設計過程中進行調整。但在調整前，你的創作過程是舒服的，因爲這結局將協助你對整個作品更進一步的想像，進而協助你從這預想去評估成果；你會決定一個自我評估有機會寫出好故事的結局，這將帶給你創作的信心；這結局也讓你的創作有了目標，你沿路所面對的所有設計都有了評估的依據，你會更有效率地完成故事；更重要的，你開始練習「跳躍性思考」，在決定一個故事元件之後，預先從這元件去找到另一個足以影響故事成敗的元件，進行評估，等你腦中建構更完整的劇本概念，你會加入更多影響成敗的元件來進行預想，創作的失敗率便會越來越低。

後續我們也會在第四、五篇的創意技巧中加以介紹，指引你找到夠份量的材料。

等等！我們從「主角設定」做爲開發起點，你可不要因爲效果不好，就不認眞！本章節主要在建構你具體故事設計的知識，你一定得熟稔這些基礎知識，才能理解後續各篇的內容。

## 一、選定主角

「你決定的第一個定數，一定是讓你很有感覺的材料。」

我們既然要先選定**「主角」**，就一定要選一個你很有感覺的角色，就像我喜歡蜥蜴，牠帶給我滿足感，所以蜥蜴就是我們的主角。

記得嗎？我們必須先從無數的變數中先決定一個定數，然後用這定數去把所有的變數轉成定數，每一次故事設計，你都得先定下一項材料，才能去一一評估後續搭配進來的材料，同時，你必須逐漸讓自己沉浸在這創作裡，而你之所以會投入這創作，全都仰賴你對這創作「有感覺」，那來自於你對材料或設計「有興趣」，所以對於你的第一件材料，越有感覺越好！本章既然是從「主角」作爲第一個定數，所以一定是要選你有感覺的主角，然後呢？

你開始進行資料蒐集與田野調查，去找到更多材料，讓自己更沉浸在這創作中。

## 二、資料蒐集

「在資料蒐羅間，任何帶給你四感的訊息都值得你記載下來。」

首先，我們得先好好認識蜥蜴，你可以從書上或網路上尋找相關資料，當你對故事設計的知識越豐富，創意的技巧越熟練，你就越能精準地選出有用的資訊。當然，在我們還沒介紹技巧前，容我先針對前篇的故事設計知識來舉例說明：

絕佳的感受歷程皆由「四感」所組成，那可能來自蜥蜴因不同的種類所帶來的不同樣貌，而帶給你不同的「四感」。比方說變色龍的「變色」帶給你的「懸念」，又或者是從紀錄片看到牠的動作所帶來的「四感」等。

再舉例，你也知道故事一定得設定主角需求，你能蒐集到多少蜥蜴的習性？不論掠食、交配、生活習慣等，你找到多少習性，就有多少需求供你設定爲需求軸。

接著你就會知道你將會有什麼樣的配角或對立角色。所以在瀏覽資料時，蜥蜴的天敵是什麼？共存的動植物是什麼？有多少資料就可以有多少配角供你選擇。

相同的，即使你故事一開始的發展，並不是從主角開始，而是由一間百年老店，或者某族群文化的某種習俗，你一樣可帶著故事設計的知識與技巧去找出符合實用的資訊。

我們再舉一些例子，以避免你沒頭緒。

1. 從主角找「四感」：哪些品種的蜥蜴其「樣貌」、「成長過程」能引發人們的「四感」？讓人感到「滿足」？「遺憾」？意外？或「懸念」？

2. 從角色關係找「四感」：蜥蜴與哪些動、植物間的互動讓人產生「四感」？

3. 找需求：蜥蜴的各種習性都各自存在某種需求？

4. 找阻礙：除了人類是萬物的天敵之外，還有哪些動植物或者氣候會危及牠的生命安全？

從資料蒐集當中，你也可以找到寓言或啓發人心的材料，以蜥蜴隱喻、諷刺人性或人類大小社會，例如：

1. 蜥蜴的某種需求與人類類似。

2. 蜥蜴某種處境正呼應了人類生存的某種處境。

3. 蜥蜴的某種特性正好可以拿來啓發人類。

這部分將會在「寓言」及「理性操作」的章節來介紹。

## 三、田野調查

「田野調查和資料蒐集到底要進行多久才夠？」

其實永遠不夠。因為你進行得越多越久，你總會找到更上等的好材料。唯一確定的是在有限的時間內，盡量去做。

對於故事創作者來說，田野調查是創作過程裡的歡樂時光，因爲你必須親自到現場，你將直接去體驗「四感」，這時的你無須苦思設計之道，而如果材料又正好帶給你強烈的滿足感，那肯定是一趟對創作對人生都豐盛的旅程！

比方我決定用蜥蜴當主角是因爲我愛蜥蜴！整天看蜥蜴就開心！更別提要去跟牠們玩！不過開心歸開心，進行田野調查時，千萬要把你的感官都打開來，尤其是**聽覺**與**視覺**，因爲影音故事主要就是仰賴著聲音和畫面，請用你獨特的味蕾去感覺，並記錄下來吧！

以蜥蜴爲例，你可能會去動物園或寵物店進行調查，請將所有你目睹或耳聞能夠激發你「四感」，同時又是故事關鍵元素的資訊記錄下來。

不同的環境也將帶給你不同的刺激，啓發你不同的創意。進一步來說，如果你能夠親自與蜥蜴實際互動，又將產生更多且更深刻的感覺。

有一句話說得好：「踩久了鞋子裡的小石子，也就忘記痛了。」朝夕相處容易麻痺你的感官，就像鞋子裡的小石頭，踩久了就讓人難以眞正評估出所感受到的質與量，因爲這就是人性。這時候你該安靜地坐在書桌前，好好重新感受那些記憶裡的經驗，或者帶著你第一次與蜥蜴邂逅的心態，重新去體驗。

同時，你必須明白一個道理，親自去體驗和看紀錄片是不同的，紀錄片終究是被該名創作者加工過的故事，從鏡頭、光影到剪接等都經過創作者的處理，是「二手的材料」。一種題材，每一位創作者都有類似的關注、類似的體悟，卻又因爲「人」各自獨特各自精采，每一位創作者都有各自的關注與獨特的體會，那紀錄片導演篩選後的內容，會不會剛好篩光了你眞的在乎的材料？淘汰掉你有獨特感受的材料？

## 四、檢視材料，找到最有感覺的材料

「先好好把故事設計出來，當你把故事藝術搞定之後，再來處理故事的表現吧！」

在資料蒐集與田野調查之後，你的籃子裡將會有兩種類型的材料，一種是你只知「四感」，卻不知道如何處理的材料；另一種是帶有「四感」，且知道怎麼處理的材料，也就是你大概知道這些材料可以組成故事的某部分，或者知道如何將材料轉換爲創意，進而構成故事。而後者這些材料當中，又因爲你已知曉短片需求軸的重要，相信你應該已經掌握了一些可以直接進行故事結構性設計的材料。

舉例來說，你看到蜥蜴掠食昆蟲的畫面，這畫面已經包含了主角、對立角色、角色需求，故事已然成形。此時先別急著設計故事！先把蒐集來的材料攤在桌上，一件件重新感覺一番，比較之後，去找出你最有感覺的材料，即使這些材料不是可以直接建構主角需求軸的材料，即使你知道這些材料還得花一番功夫才能成爲好故事，可能是一個讓你深感遺憾的場景，可能是一個讓你充滿「懸念」的事件，可能是讓你好滿足的角色，甚至是對某種角色的造型感到意外。這時若你採用**「最有感覺」**的材料，不但有機會成就好故事，更能引發你對這故事創作的熱情。

由此，請拿出讓你最有感覺的材料作爲你故事設計所定下的第一個定數，比方說角色的整體造型，你覺得圓滾滾的角色讓你滿足，所以你忍不住開始發想，甚至開始動手畫出來，當你畫出你認爲很有感覺的主角，便情不自禁地一口氣畫完了所有角色，甚至是所有場景，就這樣你畫了三個月、五個月、一年……。

但我想你必須要有個認知，不管在故事開發的流程裡投資了多少精力和時間，有一天你都得必須逐步發展主角的需求軸，若不進入這一條軸的設計，那麼就會像設計一棟房子，你花了許多時間去想房子的「正門」該如何富麗堂皇，但當你連主樑都不知道在哪兒（更別提主樑的結構），這房子就將連門都沒有。在故事發展初期，在故事尚未成形之際，當你投入過多時間與精力在某個細節的開發上，將會毫不自覺地陷入創作的暗黑「陷阱」！

以剛剛的角色設計來說，你是因爲想看清楚主角，所以越畫越有感覺，甚至到了最後你愛上了角色，你開始希望無論如何一定要把這些角色放入故事。我想你應該聽說過影視圈有電影製片把自己剛交往的女友塞給導演和編劇，逼他們重寫劇本，逼他們無中生有的在劇本裡創造一個全新角色，好讓他女朋友飾演，現在你正在做同樣的事！你的感性完全控制了你的理性，你也正讓一些枝微末節去決定你故事的發展，如果這麼說你還不懂我意思，那麼換個方式說好了－「你正讓一扇門決定你房子怎麼蓋」。

現在你手上已經有許多讓你「有感覺」的材料，或許你會想問，可不可以在這階段就把蒐集來的好材料串在一起，這樣是否能成爲好故事？

答案是－**不會**。

請先檢視一下你這階段蒐羅在手的好材料，不管是從田野紀錄還是資料蒐集得來的，那些跟故事表現有關的材料，比方美術設定參考、表演參考、聲音參考等，或許有機會硬塞入故事，但如果材料與故事結構有關，你會發現這些材料裡面都是不同屬性的角色，也都有不同的需求，你沒辦法用不同需求的情節去拼湊出一個好故事。

讓我們耐心看下去，接下來的篇幅，就會進一步討論故事結構的組成，當你有了「四感」、「三軸」、「轉折」等概念，你對「三幕」便有了基本了解，本章將繼續討論「需求」、「阻礙」（衝突）與「解決」的設計。

## 五、主角初步設定

「一部動畫影片的形成，每個階段都是不斷不斷地在進行創意的工作。」

我們的主角是一隻蜥蜴，得幫他取個名字才行！這很重要！名字可以幫助我們接近角色，也能幫助我們想像。因此我決定將我的蜥蜴取名爲「大得抖」。

爲什麼呢？因爲他舌頭太大，總是掉到嘴巴外邊，當然也有可能是他說話時，因爲大舌頭而大舌頭，雖然我不一定會讓大得抖說話，就像我們不一定會在故事裡出現他的名字一樣，但這些設定都足以讓創作者更投入到這故事的設計上，至於其他外觀設定，我想就先維持一般蜥蜴的樣貌吧！我的大得抖有雙大眼，綠色的身體，大大的嘴巴，至於他是王子還是公主？幾歲？容我之後再定，因爲我知道後面才會設定到**「角色需求」**。

**角色需求**對故事的影響，遠**大於**角色樣貌，而角色需求與角色性格息息相關，角色性格又影響角色樣貌。

因此，我會在需求設定時，再進一步決定角色的樣貌與性格，將來故事完成後，會進入一個階段叫做**「美術設計」**，美術設計當中有一項工作叫**「角色設計」**，我可以在角色設計時，再慢慢確定主角的樣子。

此外，也順帶提到另一種流程，有些創作者的作法是先替主角完成**人物小傳**，也就是先將主角完整的成長史與生活狀態寫出來，再根據小傳的角色來發展故事，這樣的流程可先將角色確立，但也因此限制了故事後續的推展。

我的作法則是選擇保留一點兒彈性，角色初步勾勒後，我知道觀衆是來看我的衝突階段的設計，不是來看我怎麼設定一個角色的成長，不是來看我故事的鋪陳階段，更不是來看我怎麼收尾，他們就是爲了「衝突階段」來看戲，我會在我掌握衝突階段約略的樣貌後，再來決定主角的細節設定，就算沒辦法先掌握衝突階段的輪廓，最起碼我也會先找到漂亮的主角需求，一種能強烈拉動觀衆，或者是帶有特別質感並能拉動觀衆的主角需求，接著再來完整地設定主角。

最後請記得！別試圖一次將所有變數全轉爲定數！學著讓創作流程化！拿捏好每一段流程應該投資多少，一步步完成，才能把故事做好！故事比你想像中複雜，如果你還想要一次把所有變數轉爲定數，那麼我想說的是：「這一行夠多憂鬱青年了！眞的不缺你一個！」

## 六、設定主角需求

「主角需求就是在關鍵轉折中的決定。」

**「決定」**將決定你有沒有創意，而「需求設定」也逼近故事設計最核心的設定，尤其對單軸的故事而言，好的需求已經決定你故事成敗的大半。所以什麼叫「好的需求」？如果你在還沒有好創意之前就先設定了主角，並進一步設定主角需求，這時候好的需求就是：

1. 你最渴望的決定，且必須是符合主角設定的需求。

2. 你能滿足你深刻遺憾的需求，且必須是主角能形成的需求。

如果你先想出好的創意才來設定需求，那麼好的需求則是**「能讓那創意更好」**的主角需求。舉例來說，你的創意是一隻「罹患嚴重色盲」的變色龍，所以每次她要隱身，總是變錯顏色，這時你的主角需求可以是：

變色龍只想在熱鬧的動物世界有自己獨處的角落。也可以是變色龍想靠著自己獨特的移動方式贏得街舞大賽。

你知道第一個會比第二個有機會發展出好故事，因爲第一個需求能讓創意有更優秀的實現。

如果你希望更多人愛上你的故事，你不只得用你的心來評估，還得學著用目標市場的人心來評估。去找到不只能勾動你，而且能勾動市場的需求設定。

接下來是需求具體發想的方向，你可以借用**「馬斯洛金字塔」**。

馬斯洛金字塔列出人類普遍的需求，並顯示人類追求需求滿足的順序，越基本的需求，置於越下層，分別是最下層的生理需求，然後更上層的是安全需求、愛與被愛的需求、捍衛自尊的需求、擁有知識及理解事物的需求、追求美的需求，直抵金字塔頂端的自我實現的需求，另外當然還有這七層之外的特殊需求，不過特殊需求屬於限制級，請放心！本書是普遍級，我們專心討論前七種需求設定就好。

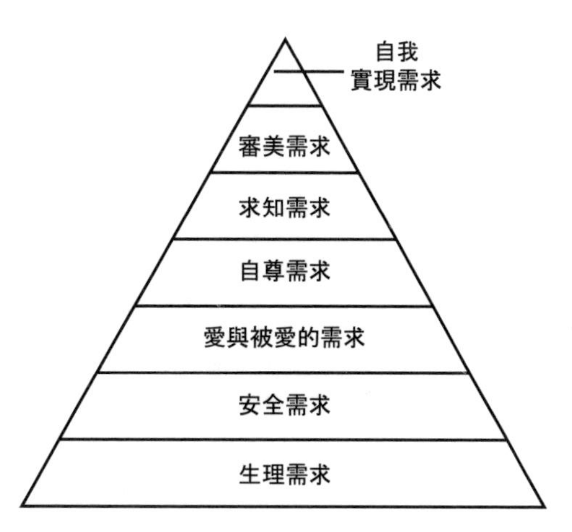


圖 2-3　馬斯洛金字塔。

以大得抖爲例，大得抖被老鷹追捕，他要活下去，這是生理的需求；大得抖要保護自己的家園是安全的需求；大得抖渴望有玩伴是愛與被愛的需求等，請找出你最有感覺的需求來設定爲主角需求。你會發現你最有感覺的需求，要不，是在最下層，要不，是你生命中很在乎卻沒有達成的需求。

接下來我們來談談這金字塔藏著的秘密：

**★馬斯洛金字塔反映了人類需求的階層特性。**

**★馬斯洛金字塔反映了各種需求經驗在人口數量上的分布。**

而我們也知道人類經驗多寡與故事敘事有這樣的關係：

**★觀衆有豐富經驗的需求，以及觀衆有過深刻感受經驗的需求，那麼你需要鋪陳的篇幅即使很少，觀衆依然能夠解讀。**

**★觀衆有過深刻感受經驗的需求，懸念越大。**

我們將這些秘密轉化爲故事設計的知識，自我實現（最上層）需要更多的篇幅鋪陳，才能達到生理需求（最下層）同樣強烈的「懸念」，例如：你只要一個畫面，「主角痛苦按著淌血的傷口跑」，一個畫面便能立竿見影，觀衆立刻就能解讀出主角的需求。

反之，主角想「成爲音樂家」的需求，你覺得需要多少情節，才能讓觀衆明白主角的需求是成爲音樂家？進一步發想，要鋪陳「成爲音樂家」的需求達到「主角痛苦按著淌血的傷口跑」的「懸念」強度，需要多少篇幅？你將需要更多經營、更多「轉折」，要用更長的篇幅，觀衆才能理解主角「成爲音樂家」的需求。當然，那如果你希望主角的自我實現需求能達到生理需求那樣的「懸念」強度，那你將需要更多篇幅推展。

這也是為什麼你會看到很多 1 分鐘上下的動畫短片，在篇幅的限制下，為了讓故事仍有足夠比例的衝突階段，必須仰賴「生存需求」能被快速解讀的特性，因此大多採用生存需求作為需求軸。我們以安錫影展的幾部開場動畫為例：

參考影片 13 －

參考影片 14 －

參考影片 15 －

參考影片 16 －

參考影片 17 －

參考影片 18 －

我們進一步把這概念運用到故事設計的**「內部設計」**上。在故事中，你可以將主角需求設定為生存以外的需求，但永遠不用害怕這主需求的篇幅不足，因為你永遠可以鋪進「生存需求」，而不會破壞「懸念」的持續，這是不論長短片都常用到策略，因為生存需求幾乎不需要鋪陳。

我們來看個例子，你就會明白：

這是「兩機器人在異星球找尋人類下一個棲地」的故事，需求設定在「尋找可以讓他們攜帶的種子順利生長的環境」，如果沿著這需求發想情節，故事應該發展成「兩機器人尋找棲地所面臨的環境、他人或個人所帶來的阻礙」，或者「種子容器也可以帶來阻礙」，而故事實際發展的內容卻落在兩角色遭遇生存危機上，最後當兩角色逃離危機，生存需求解決後，兩角色就意外地找到了棲地，就找到了？！

參考影片 19 －
Planet Unknown

這位創作者在敘事的策略上，避開已經鋪陳的主需求，轉而落在角色生存的需求上，這故事依舊讓大衆覺得推展順暢，就因爲馬斯洛最下層的需求，觀衆解讀最快，鋪陳的篇幅可以最短，但「懸念」卻相對強大。

用這例子讓你看到生存需求可以在故事推展間，如何被靈活運用。當恐怖的隕石墜落後，兩機器人逃跑，創作者不需要多做解釋，觀衆就可以立竿見影地知道主角的需求，故事也由原本鋪陳好的需求，順暢轉到這生存需求上，也因爲生存需求能被快速解讀，故事得以維持足夠的衝突篇幅，但你就是沒辦法隨機加入馬斯洛第二層以上的需求，因爲上面每一層都需要更多篇幅的鋪陳，這一鋪下去，推展立刻中斷，「懸念」立刻衰弱，並同時擠壓到衝突階段的篇幅，導致衝突縮短。反之，生存需求卻可以直接置入，並能帶來強大的「懸念」。

當你懂了這道理，下次萬一你遇到故事的主需求所推展出的篇幅太短時，你又想不出來怎麼讓主需求可以推得更長，你就知道可以加入什麼了。當然，這是偷機取巧的做法，懂故事的人都看得出你像那篇故事的創作者一樣，把故事寫歪了。

爲什麼我一直要強調生理需求？強調求生的需求？因爲你設計的是短片，你將面對相當大的篇幅限制。

我們回到大得抖，我們知道大得抖會決定作一件事，他會在一個「轉折」裡形成這決定，也就是需求，你知道這需求形成之後，後續將展開**「需求遭遇阻礙」**的過程，這是衝突階段，占片長一半，我們也知道這需求前面通常會有一個「發現」。

所以大得抖的需求可以設定爲馬斯洛金字塔內的任何一種需求，但發想時要注意，你千萬不要用「自我實現」、「愛與被愛」、「生理需求」這種籠統的名詞去發想，而是具體的想出畫面，比方大得抖被貓追（生存需求），清楚想像出主角與對立角色的表情和動作，大得抖想吃蒼蠅（生存需求），或者大得抖渴望贏得「舌頭拉單槓」冠軍，你才能更有效的比較哪一個你比較有感覺。

最後你挑出幾個你比較有感覺的需求，再進一步發展看看，看能推展出什麼好戲，最後選出一個你覺得最好的。你或許會問，什麼叫最好的？

「自己很有感覺之外，還能帶給故事最大貢獻的，就是最好的。」

眞討厭我給了這麼抽象的說法，我說明一下你就了解。所謂**「最大貢獻」**，我們不只比較大得抖與需求組合後所散發的「四感」，還要評估這組合往後推展，能不能經營絕佳的衝突階段或者帶來解決階段的好戲，如果可以帶給故事一系列有趣的發展，這是**「量」**上的最大貢獻，或者可以「一轉入魂」，這則是**「質」**上的最大貢獻。

所以或許「大得抖愛上蝦仁腸粉」這需求看似比「大得抖想吃蒼蠅」來得有趣，有趣是滿足感，或者帶有相當「懸念」的滿足感，但如果「大得抖想吃蒼蠅」推展下去，你能在衝突階段想出很多好戲，反之，「大得抖愛上蝦仁腸粉」，你想破頭也想不出什麼好戲，那你就只好吃蒼蠅了。

我們再複習一下，需求基本設定的具體方向：

1. 生理需求。

2. 安全需求。

3. 愛與被愛的需求。

4. 捍衛自尊的需求。

5. 擁有知識及理解事物的需求。

6. 追求美的需求。

7. 自我實現的需求。

8. 其他特殊的需求。

請記得，觀眾是來看你的衝突階段的！

最後，馬斯洛金字塔的需求分層可以作爲你需求設定的方向，金字塔也預告你設定的需求所需要的篇幅多寡與帶來的「懸念」大小，這概念讓剛起步的創作者能對需求設定有初步的掌握，但是當創作者越來越理解人性與世界，將發覺馬斯洛金字塔其實無法完整描繪人類需求的眞實樣貌，所以善用這金字塔，但也別忘記這個奇妙的世界還等著你親自去體驗、去探索，有一天你會有一座自己的金字塔－以你為名。

## 七、再次面對你蒐集來的好材料，挑選出與主角需求相關的材料

如果你設定好主角的需求，在你往下推展故事前，你不妨回頭再檢視一次你手上的好材料（田野調查與資料蒐集），因爲需求已經很接近故事核心的設定（他還不是最核心），所以現在你可以用你設定給主角的「需求」當篩子，把蒐羅來的紀錄與資料好好再篩選一次，這些篩選出的材料都可能在你後續的推展過程中用得到。

舉例來說，你設定變色龍主角的需求是「變色隱身」，以便他能在那熱鬧的動物世界，擁有片刻的獨處與寧靜，於是你會把蒐集得來，那些與變色相關的一切整理出來。例如：可變的顏色種類、經常變色的各種處境，變色的原理等，這些材料在你進一步處理故事時，都有機會直接植入故事，或者成爲後續進一步發想細部創意的材料。

而這時你篩選出的材料也就能夠直接「串」成故事，因爲需求一致。但通常直接串是串不出上乘故事的，因爲好故事終究是搭配出來的。故事設計不像串肉串，只是把天南地北的材料串起來就能成就好故事，故事也不像肉串，只求看一眼豐富多彩就能被吃光的東西。故事以經營人心爲目標，從而形成核心概念，以此概念推展出「三軸」結構，再從這結構發展細節，每個細節、每個動作、每句對白都在呼應核心，從核心、結構到細節彼此關聯，環環相扣，故事才有機會在人心經營出一趟絕佳的感受歷程。

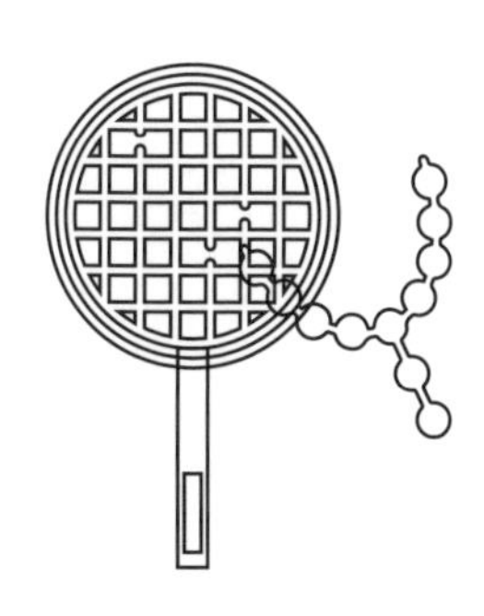

圖 2-4　篩選材料。

## 八、設定擠壓出主角需求的處境

於是我們有了大得抖的需求：

大得抖是一隻綠蜥蜴，他想過馬路。

讀完上面，不知道你會不會覺得少了什麼？再讀一次，你或許開始懷疑這是不是個好需求？請記得！當你選擇這需求時，代表著是你對這需求有強烈的「四感」中的某一種，而且你也試著拿這需求推展看看，推出了一些好戲，你才會選這需求。所以我相信你將來設定的任何需求一定比我的「大得抖要過馬路」的「懸念」還要強烈，而如果你都照做，卻單看那需求，還是覺得平凡，那是因爲這段描述只有「決定」，沒有「發現」。

**「發現」**讓觀衆進入故事，進而認同角色。我們只要在決定和進行前面，鋪設一個發現，也就是造就主角需求的處境，讓這「轉折」湊成「發現、決定、進行」，就是三條，絕對可以讓你贏一堆牌，觀衆也會更有感覺，更在乎故事，更接近角色。

大得抖在沙漠裡追逐一隻肥美的蜻蜓，他拼命跑、拼命跳，拼命的吐舌頭，無奈蜻蜓飛過車水馬龍的馬路，大得抖這才發現馬路對面居然有一座花園，花團錦簇，別說蜻蜓肥美，到處都是胖胖的蝴蝶、圓滾滾的蜜蜂，大得抖決定飛越馬路！

現在，過馬路這需求是不是「懸念」強大很多？所以從今以後，你不會以單一的發現或單一的決定進行而來評估創意的好壞，你知道一組完整的內在「轉折」，包含「發現、決定、進行」，你會用一組「轉折」來評估。回頭我們再聊一下角色設定，再繼續談下去。

現在我們以這組「需求建立」的「轉折」來看，這時候大得抖的體態該是胖？還是瘦？哪一個能讓這需求有更好的表現？

這時候大得抖的體態應該如何呢？骨瘦如柴，對吧？把他弄乾扁，對比昆蟲肥美，這樣的樣貌讓他的需求更迫切，所以我們一開始只對角色作粗略的設計，不把角色樣貌寫死。

或者我們再來一個處境，用更極端的生理需求，如下：

大得抖拼命地跑啊！後面尾隨一隻眼鏡蛇，血盆大口不斷朝他咬來，但大得抖卻發現眼前是車水馬龍的馬路！眼看眼鏡蛇就要追上來，大得抖對著眼鏡蛇大吼：「你可以得到我的人，但你得不到我的心！！！」轉身，衝進馬路！

「處境壓力越大，懸念也就越大。」

你會發現以上主角所面對的兩個處境壓力不同，當你設計的處境（發現）壓力越大，擠壓出的決定力道就越強，「懸念」也越強；如果你希望觀眾再更加靠近你的故事，你知道「遺憾」、「滿足」交替的效果，就讓大得抖在吃飽喝足的那個午後好好睡一覺，來個滿足之後更滿足，再讓大得抖遭到眼鏡蛇襲擊（遺憾），他差點兒被一口吃掉！死裡逃生！沒命狂奔！

「注意第一幕的篇幅長度。」

當然你不能漫天發展這段處境，因爲你知道第一幕只能占片長的 1/4，當你片長預設只有 8 分鐘，你就必須在 2 分鐘內，完成角色建立，完成主角需求的建立，如果還有情感或外在事件，都必須在第一幕之內鋪成完畢。不過還好你記得前面的提醒，你讓故事由需求軸單軸支撐，如果你沒有預設片長，那從故事開始到主角需求形成的篇幅有多長，你的總片長就是那篇幅的四倍。

故事推展到此，需求建立的「轉折」已經完成，你知道這是故事關鍵的「轉折」，你後續會進一步明白整個故事將與這轉折息息相關。現在我們針對這關鍵「轉折」來思考兩個問題：

**1. 針對創意的形成流程，這需求建立的「轉折」，創作者會先決定「決定」，再去鋪發現，還是先決定「發現」，後續去鋪決定與進行？**

通常會先決定「決定」，因為當創作者找到一個很有「懸念」的決定，這夠強大的「懸念」將隨著「決定」。持續貫穿第二幕與第三幕，提供了形成好故事的更大機會。創作者也可以進一步以這「決定」預想出第二幕與第三幕的可能發展，能更有效地評估形成好故事的機會。有了一個漂亮的決定，你可以再從這決定回頭去設定各種發現，也就是主角將面對的各種處境。

然而這並不表示故事不能從主角的處境開始發想，有了發現（處境）之後，再去決定要將這關鍵「轉折」推展成反差的「轉折」，讓主角在遺憾的處境中做出令觀眾滿足的決定，或者以具落差的「轉折」，讓主角在遺憾的處境中，對照最初那更遺憾的決定。

但你千萬不要忘記，不論動畫短片或者喜劇，並不需要讓觀眾認同主角，頂多只需要讓觀眾接近主角、喜歡主角，或者對主角帶有些許「懸念」，因為你只有 5 分鐘的篇幅，現實上，你不可能讓觀眾深深認同主角，或深深沉浸在故事裡，這也是為什麼動畫短片很少會以主角極端遺憾的處境作為開始，這一方面要經營出極端遺憾的感受，多少仰賴篇幅與足夠的寫實符號，另一方面如果預設是喜劇，一個太悲慘的主角將毀了喜劇。

**2. 一個擁有強烈遺憾的處境，轉爲一個極端滿足的決定，就是好的關鍵「轉折」？**

不一定！你的評估標的不是「遺憾」、「滿足」，而是「懸念」，一個好的關鍵「轉折」必定帶來相當的「懸念」。我舉兩個例子，一隻狗狗被車撞斷了腿，但他殘而不廢，勇敢又快樂地活下去。另一個例子，一隻狗狗被車撞了，他氣急敗壞地回頭把整台車咬爛。

這兩個例子都在經營反差，但「懸念」的強弱卻有相當的差距，然而「懸念」才是你評估的標的。第一個例子，即使我能想出更讓人滿足的「狗狗決定」，依舊只能經營出觀衆些許的「懸念」，但這並不表示尋找需求轉折的高反差是錯誤的發想方向，只是高反差不一定懸得住觀衆，你必須在「遺憾」、「滿足」的設計裡，不斷用「懸念」來評估。

## 九、初步預設故事可能的結局

「當需求設定出來時也代表著你的結局必定出現在需求消失的時候。」

你無法讓主角的需求不被解決，這就像你約了一票朋友去海邊，卻在集合要出發時，你突然告訴大家不去海邊了，去爬山！你聽到三字經的咒罵聲了嗎？因爲你一開始就用需求勾引觀衆，觀衆跟來了，他們就等著看需求如何被解決，也就是需求如何消失，主角需求是故事的主要「懸念」來源，你必須帶著他們到海邊，你必須讓故事推展到需求消失的那一刻。而在故事設計裡，需求消失只有四種可能：

參考影片 20 －
Luis Cook
The Pearce Sisters

1. 需求得到滿足。

2. 需求滿足且領悟。

3. 需求不滿足但有領悟。

4. 需求以其他方式消失，例如：主角死亡、昏倒或者搞笑劇那種「被炸到外太空」。

其實若想讓你人生中的需求消失，也就只有這四種可能呢。

參考影片 21 －
Backkom

以大得抖爲例，大得抖可以是順利通過馬路後卻發現那蝴蝶飛、蜜蜂繞的花園只是場騙局，也可以是沒通過馬路卻領悟了「吃飽」沒比「活著好」的道理，當然也可以是被卡車輾過沒死，被夾進卡車輪胎紋路裡，隨著滾動的輪胎一路向西。

請選擇一個你最有感覺的結局，然後往下一步走，如果你希望你的故事除了經營一段絕佳的感受歷程之外，還能帶給觀衆啓發，那麼你的結局就不單只是挑一個你有感覺的，因爲結局的處理深深關係到觸發觀衆思考或領悟，這部分的討論我們就等到「理性操作」的章節再來進行，在那之前，我們先專注在感受歷程的設計技巧上。

參考影片 22 －
Heading West  Cyndi Lauper

## 十、發想可能的阻礙

當我們有了結局，接著就可開始發展衝突階段。衝突階段的簡單定義是需求遭遇阻礙的過程，阻礙來源有三種：

**★來自環境。**
**★來自他人。**
**★來自個人。**

### 1. 來自環境的阻礙

「在幻想中幻想。」

在發想的訣竅上，當你發想環境阻礙時，你必須在腦內構想出具體的場景，甚至想像自己是處在那場景中的主角，才能有效地想出該環境將如何阻礙主角，比方你想讓一隻壁虎困在某處好幾天，以便讓壁虎在好不容易逃離後，突然聽到蒼蠅聲並放眼望去……好肥美的蒼蠅啊！這時，你得找個壁虎會合理出現的地方，而且貞切的把那環境擺到你腦裡，比方客廳，然後讓自己變成一隻壁虎，在那客廳裡尋找可以困住自己的地方，如果第一個客廳不行，你得換幾個你看過的客廳，如果貞找不到夠精采的，你再考慮弄個可以困住壁虎的家具擺進客廳裡。

壁虎被困在地毯裡五天了，好不容易地毯在人類走動間擠出一道皺摺，壁虎終於看到一道光從皺褶透過來，他拖著虛弱身軀，爬向那道光，用他最後的一絲力氣爬出了地毯，他爬出來時，整隻壁虎還是扁的呢！

當你能在幻想世界進行幻想，你會找到更多一般人找不到的創意，當你有更多創意的點子，你就比別人擁有更多的創意來篩選，自然有機會在「質」上贏過眾人。

「上進式結構確保懸念持續加大。」

當你篩選出許多質感絕佳的阻礙，你便可進一步安排這些阻礙的順序，這時你得注意，你必須確保每一次的衝突都比上一次的衝突張力大，才能懸住觀眾，也就是維持所謂的**「上進式的結構」**。

衝突要逐漸加大，最簡單的作法是把阻礙逐漸加大，但你也可以把主角變得越來越弱，主角一路變弱，即使同等級的阻礙，衝突也會逐漸擴大。

好囉！我們趕快回來欺負大得抖！

首先，我們得想個「四感」夠好的馬路，然後路旁會有個花園，那可以是……高速公路？可以是城市間的馬路？當然也可以是 F1 賽車的跑道？這些環境的阻礙有什麼呢？哪一個可以給你最多精彩的阻礙？除了車輛急駛而過。喔！車子大大小小，有時候還有掃街水車經過，還有馬路會有坑洞或碎石也是很合理的，偶爾車輛經過還會滴下油漬，可能很滑喔！若你沒讓自己實際置身在那環境裡，你還真想不到某些特別的梗呢！

## 2. 來自他人的阻礙

「故事要短，你要能設定出不需要鋪陳的情境角色。」

你當然可以讓一隻北極熊來阻礙大得抖，讓他因故從北極來。北極熊爲什麼來到這條馬路？又是因爲什麼原因決定阻止大得抖？但你沒這樣的篇幅交代這來由，你又不能讓他就這麼突然出現在馬路上，所以短片動畫的阻礙角色，必須從環境裡發想，在確定環境之後，再進一步從環境裡找到可以合情合理出現的阻礙角色，「他人阻礙」就是**「對立角色」**。

以長片來說，對立角色通常會在第一幕就出場，並建立他的需求，但在短片裡，對立角色通常受限於篇幅，會選擇觀衆一看就知道他意圖的角色，以便當他們在出場時無須鋪陳。簡單來說，就是會在情境裡合理出現的角色，比方搭公車時，創作者不需要解釋司機爲什麼握著方向盤，不需要解釋乘客爲什麼站在走道上，而情境中的人物需求也無須鋪陳，不需要對「公車車門前，那慌張掏口袋的乘客」的需求多作解釋，因爲觀衆有相當的乘車經驗，他們的經驗讓你只需要呈現幾個具體的情境符號，就能立刻懂了，並能輕易地猜出乘客需求。

我進一步針對「爲什麼越短的故事越仰賴情境」來舉例：

一位乘客在公車車門前慌張掏口袋，你會知道他是在找零錢付車資。

一位男性在公廁裡慌張掏口袋，你八成會解讀他是在找衛生紙。

一位女士面對台下滿場的聽眾，在講台上慌忙地翻找隨身包包，你一定以為她找不到講稿。

但是如果你要讓觀衆知道那名公廁裡的男人實際上是爲了找打火機，觀衆一定無法從動作猜出來，你就只好加入對白或動作，進一步引導觀衆猜到他原來是要找打火機，但故事設計不是你想解釋什麼就可以讓戲停下來進行解釋，因爲這樣解釋，不只占了篇幅，更將導致推展中的故事突然停滯，「懸念」突然斷掉，這種斷裂的狀態對故事而言絕對不是好事，更糟的是，很可能讓原本沉浸在你故事中的觀衆突然因爲你冗長的解釋，而從故事中抽離出來。

所以大得抖已經有個對立角色，就是那隻逃走的蜻蜓，那隻蜻蜓肯定不希望大得抖來到花園。不！是整座花園的昆蟲都不希望，所以整座花園的昆蟲都要阻止大得抖，感覺張力還滿大的！先留著！我們再想想有沒有別的，我們得置身在環境裡發想，高速公路上有天空，天空裡有鳥，鳥可以是阻礙，行駛的車輛能合理從底盤掉出什麼生物出來嗎？好像不會……馬路上呢？壓扁的癩蛤蟆乾？癩蛤蟆乾阻止他？這又不是動物版的喪屍片！不合理！蜥蜴……可惜蜥蜴身上沒毛，沒毛，身上應該不會有跳蚤吧？而且爲了要讓跳蚤阻止大得抖過馬路，我還得在鋪陳階段加入跳蚤跟大得抖的恩怨，不然他何必去阻止大得抖過馬路？？？再想……我好像也想不出來，那就換一條馬路吧？不！就這條馬路……再想想看！

「只要願意花心思去想，就一定有所得。」

請堅持下去！我呢，先往「個人的阻礙」介紹下去，我沒有拋棄你，我只是還有太多知識想分享給你。

### 3. 來自個人的阻礙

「這條創作路上，必須面對別人對你合理性的檢驗，所以開始習慣每次設計時，先把合理性考量進來，開始去研究不同類型的故事在合理性上的標準是什麼？慢慢你就能拿捏好分寸。」

**「個人的阻礙」**，亦即來自主角自己的阻礙，而自己所帶來的阻礙又可分爲兩種**「生理」**和**「心理」**。生理上，我們可以讓大得抖沿途受傷，過馬路的阻礙就跟著變大，我們可以讓灰塵矇了大得抖的眼，可以讓輪胎壓過大得抖尾巴，痛得他暈頭轉向，這都是生理的阻礙，但如果讓他突然緊張到心臟病發呢？

這就要看你怎麼去設計，透過好的設計去解決掉合理性的問題，你可以在第一幕鋪陳他有心臟病，接著在途中心臟病發就合情合理了，但你一鋪陳，觀衆就猜到你要讓大得抖在途中心臟病發，意外感全沒了！那不鋪呢？直接在途中心臟病發？你可以設計一個極端的處境，一個恐懼到足以讓觀衆相信任何人都可能心臟病發的處境，否則很容易淪爲「編劇說了算」。

那麼再打個比方好了，小得抖突然跳出來跟大得抖求婚？好像不太合理……如果是來自心理的阻礙呢？要通過車水馬龍的馬路，肯定讓大得抖恐懼，恐懼就是心理阻礙，大得抖衝過去的途中驚覺滿地都是蜥蜴乾，那肯定讓他腿軟，是恐懼的加劇，萬一途中他發現有一具乾屍是他好朋友，或者是心愛的阿花？「阿花！！！」大得抖抱著那扁扁的阿花嚎啕大哭，心愛的阿花變成「阿花乾」，可以合理地讓大得抖失去理性，可以歇斯底里，可以不想活了！心碎也是心理的阻礙，可以喪心病狂？好像太誇張了！

然而這裡又出現了類似剛剛的問題，要不要在第一幕鋪陳阿花與大得抖的愛情呢？在短片中，這一鋪，觀衆一定猜到後面會出現阿花的梗，那不鋪呢？直接讓大得抖一看到阿花乾屍，抱著她痛哭，喊著「阿花啊！我找妳好久啊！」

合理嗎？就看你怎麼透過設計，讓觀衆覺得合理，也看你要對哪種觀衆說話，因爲你知道合理性將隨著你要操作的人心不同，而有不同標準，而人心某種程度就代表**「市場」**，合理性也因爲預設的故事類型不同，而有不同標準，就如同前面提過的。

## 十一、找出能讓故事懸念持續加大的線性材料來架構故事

你懂故事是由「遺憾」、「滿足」與「意外」來形成一整條故事「懸念」，而這條「懸念」的**「質感」**和**「量的大小」**是你追求好故事的起碼標準。

**★越來越難以克服的阻礙。**

在前面的段落，我們用大得抖發想，已經想出許多衝突的情節，但這些情節都是點狀的情節，我們需要一條能讓「懸念」持續加大的線，也就是故事中將有一種材料（或兩種）在推展的過程中能持續產生「差距」，以便造就越來越強大的「懸念」。你可能對我這幾話感到似懂非懂，我們直接用例子來理解：

我們先做個假設，假設我們前面發想出來的情節的「戲劇張力」，從「環境阻礙」發想出來的情節張力小於「他人阻礙」，「他人阻礙」小於「個人阻礙」，於是我們照著順序串起來，就能造就出持續的差距，持續的戲劇張力的增加，也就是上進式的結構，於是我們會得到一個這樣的故事：

大得抖拼命追著蜻蜓，他的舌頭如鞭子一般朝著蜻蜓甩去，舌尖始終差那麼一點兒就能黏到蜻蜓，無奈蜻蜓卻飛過車水馬龍的馬路，大得抖這才發現馬路對面居然有一座花園，花團錦簇，別說蜻蜓，到處都是蝴蝶、蜜蜂！

這時大得抖決定冒死衝過馬路！他一衝出去，就差點被輪胎壓過！還好他即時閃過，在不斷駛過的車底盤下計算秒數，打算在車陣裡，衝過一顆顆滾動而過的車輪，哪知道他算準秒數衝了出去，地上居然有機油！他失足滑了出去，這可慘了！迎面輪胎滾來，他就要成為胎下亡蜥了！他拼了命轉身，四肢像游泳一般拼了命滑啊滑，千鈞一髮之際，他在車輪前停下，輪胎滾過去，他趕緊翻身跳離油漬，這次他懂得小心了，再次算準秒數後，衝！一個車道、一個車道地往前衝，這時蜻蜓在對面觀看，他可慌張了！

於是他登高一呼，大批的昆蟲開始朝大得抖輪番俯衝，試圖干擾大得抖，大得抖不為所動，一個車道、一個車道地往前衝，但他算秒數時，卻發現地上好多被壓扁的蜥蜴乾，原來他不是第一隻想衝過馬路的蜥蜴！

大得抖看著沿路越來越多蜥蜴乾，恐懼也越來越大，萬一一失足，他也會變成蜥蜴乾啊！大得抖害怕起來，又讓他差點讓輪胎給壓到，可是當他看到一隻隻肥美的昆蟲在空中盤旋，而對面花園更有大批昆蟲圍觀，彷彿是體育館看台上滿滿的觀眾！他知道只要順利過了馬路，這一輩子都不會再挨餓啦！

大得抖拔腿開始往前衝，卻在一具乾屍上發現一張熟悉的面孔，是阿花！阿花啊！！！大得抖抱起那具乾屍，哭喊著，阿花！我找妳好久啊！阿花……。

大得抖抱著阿花哭著，大得抖憤恨自己的無能，沒辦法給阿花好生活，才讓阿花決定離開大得抖，才讓她慘死在馬路上，大得抖哭得死去活來，說他也不想活了！就在這時，他發現乾屍阿花的頭朝著花園方向，口中還含著兩隻一起被壓扁的蜻蜓，只有阿花知道大得抖愛吃蜻蜓啊！這下大得抖這才知道原來阿花沒有要離開他，而是去抓了兩隻他最愛吃的蜻蜓，要回來找他一起享用。大得抖終於明白阿花是愛他的，他決定帶著阿花一起離開車道，找個地點埋葬阿花，他望向來時路，一片荒蕪啊！

「阿花……值得更好的！」大得抖毅然抱起阿花衝過車道，朝著花園狂奔……。

這故事的衝突階段，每一組衝突都不相關，分別屬於不同的材料，一下子面對環境阻礙、解決環境阻礙，一下面對他人阻礙、然後解決他人阻礙，面對個人生理的阻礙、解決阻礙，又面對心理的阻礙、解決心理障礙，你拿來跟先前分析過的《Oktapodi》比較一下，去感覺兩者間的差別：

「用最少的材料說好一個故事。」

兩者都是故事，故事設計沒有「是不是故事」的問題，只有**「夠不夠好」**的問題。

《Oktapodi》除了等著被救的章魚之外，只有兩個角色－主角和對立角色，一個奮不顧身要拯救愛人，另一個奮不顧身要抓到牠們，兩角色需求的對立與衝突從頭貫穿到尾，這是第一條讓故事「懸念」持續加大的線性材料。然而這故事還有第二條，那是故事裡的地中海坡道場景，如果你還感覺不出這場景對故事的重要性，我們試著這麼想像，就讓魚販與章魚在魚店水族箱旁進行衝突，也就是故事開場的場景，應該就能察覺那條地中海坡道對整個故事「懸念」的影響有多大。而兩角色在這有效的場景裡持續衝突，持續的「遺憾」、「滿足」交替，我們越來越認同主角，越來越討厭對立角色，也對主角的需求越來越感動，你也會發現你在觀影的過程中，越來越進入故事，感受也越來越深刻。

參考影片 23 － Oktapodi

如果我們用阻礙的設計來看《Oktapodi》。故事劇情是一隻章魚從魚販手中要救回他的愛人，「一條路」幫牠的故事。或者是一位魚販要帶走一隻章魚，面對另一隻章魚（他人阻礙）與「一條路」（環境阻礙）阻止他的故事。

而示範故事採用了大量的角色，阻礙都是點狀且短暫出現，也因為未經鋪陳，阻礙雖然合理，所帶來的意外都屬唐突的意外，整篇推展完，觀眾也始終與故事保持某種距離，而整個故事，也少了《Oktapodi》裡所經營出的「同仇敵愾，期待壞人被懲罰」所帶來的一整條「懸念」。

「給材料越多篇幅，越有機會寫出讓人感受深刻的故事。」

觀眾感受越深刻的故事，當然越接近好故事，而「造就深刻」除了仰賴好的設計，篇幅是否足夠也是個關鍵，例如：用最少的材料說完一個故事，而每項材料也都至少推展出兩個轉折，甚至推展成線，使每項材料也同時有**「篇幅」**來造就深刻。

有經驗的故事創作者在發想故事時，常常不再是從中找到一種好材料，而是先找到一條能推展成線的好材料。當他們找到第一條線，便接著決定要不要用這一條線併入另一條線，甚至第三條線。當然，你很難將兩條不相干的線直接併成一條，你必須先定下一條，再用這一條來構思另一條該如何併入。

回到大得抖，我們得找到第一條能讓「懸念」持續加大的線性材料來架構故事，而懸念加大該如何設計？如果你沒忘記前面的內容，只要材料在故事中引發觀眾關注，創作者讓材料發生合理的「差距變化」，「差距」越大，「懸念」就越大。

我們一樣拿前面那示範故事來修改，先定下第一條讓「懸念」持續加大的線性材料，抽樑換柱後，你將更能感受到故事的差異：

大得抖衝過馬路，每一次阻礙都讓他受傷，這時眼看就可衝過馬路，最終卻仍逃不過被壓成蜥蜴乾的命運。

我們用原本一系列的阻礙橋段，換上這一條大得抖的身體的「差距」，每一次阻礙都讓他受傷，讓主角這材料持續產生「遺憾」的差距，「懸念」就會更大，但是你會發現這故事怎麼讀起來怪怪的，哪裡怪呢？

「故事的復原特性。」

原因是你很不習慣動畫角色被處理成悲劇？這道理會在理性操作的章節提到，也就是故事的復原特性，好人應該有好報，壞人應該得到懲罰，大得抖也不是壞人，爲什麼還會被壓成蜥蜴乾？我們趕快把這原理補強進來。

大得抖終日戲弄昆蟲，有一天他發現一隻肥美的毛毛蟲，他便開始調戲人家，人家就一路逃，大得抖還不善罷甘休，人家只好勇敢地衝向車水馬龍的馬路，大得抖居然糾纏上去……。

然後我們接回第一篇故事的衝突階段，讓他和毛毛一路遇到阻礙：

毛毛蟲一路驚險逃過沿途的阻礙，大得抖卻一路受傷，一下子尾巴被輾過，一下子腳被壓過去，越來越慘，過程中他差點抓到毛毛蟲，卻又讓毛毛蟲逃走，最後毛毛蟲順利逃到對岸，沒想到大得抖帶著滿身傷，居然也越過馬路，只見大得抖淫笑，一定要淫笑，因為他是壞人，壞人淫笑著對毛毛蟲說，「這字界蘯沒有偶大得抖得不到的毛毛同！！！哇哈哈！！！」然後馬路上一輛車駛過，扔出了一袋垃圾，大得抖剛好被砸中，死了。

我們保留了「大得抖一路越來越慘」，「保留了沿路的各種阻礙」，但調整了角色與角色需求，好讓故事符合復原特性，故事就不怪了。然而這一篇與大得抖的示範故事比較，故事「懸念」是否有加大？請先別管故事上不上乘，因爲這一章節在介紹故事設計的基本技巧，我們就一個故事一路介紹設計流程，也一路調整內含的元素，讓你看到錯誤，感受到錯誤，也看到調整前後的差異，你將因此更了解每一種元素的特性與效果，等基本設計介紹完，後面緊接著介紹形成好故事的創意技巧。

「你以為你只加了一點什麼在故事裡，其實這一加，整個故事就已經不同了。」

所以「這一篇」與「示範故事」兩篇故事，你覺得你進入故事的程度是否有所不同？哪一個比較抽離？哪一個比較投入？這一篇「懸念」是否較大？只因爲這一篇加入了一條讓「懸念」持續加大的線性材料，但是如果你細心一點就會發現，這一篇的質感其實與示範故事的質感已經不同，也與更前面那段描述的質感不同：

大得抖衝過馬路，每一次阻礙都讓他受傷，他一路越來越慘，最後眼看就可衝過馬路，卻依舊被壓成蜥蜴乾。

不同在哪？這一篇所處理的已經不再是「遺憾」差距，而是「滿足」的差距，因爲大得抖被調成壞人，壞人一路被懲罰，你則一路滿足。

故事只有夠不夠好的問題，沒有是不是故事的問題，我們讓一種材料（大得抖越來越慘）產生持續的落差，形成持續加大的「懸念」，也讓大得抖變壞人，造就觀衆期待壞人被懲罰的「懸念」，故事因此好看了一點兒，動人了一點兒，你還可以在毛毛蟲上動手腳，並推展成線，甚至毛毛蟲與大得抖，也能推展出情感線，我們還可以讓阻礙不那麼零散，就只用一種材料來製造阻礙，但重點還是你能不能讓這單一種阻礙材料持續推展出差距，才能經營出更紮實的一整條「懸念」。

以下是讓「懸念」持續加大的線性材料的取材方向：

### 1. 持續差距的主角

如同過馬路，一路越來越慘的大得抖，你可以讓你的主角每一次克服阻礙時，阻礙都造成主角身心的影響，導致達成需求的勝算更低，比方每一次克服，每一次受傷，或每一次都帶來內心的障礙。

當主角走向越來越不可能實現的方向，阻礙又一波比一波大，戲劇張力也就越來越大。

### 2. 帶來持續差距的世界、事件或環境

《Balance》就是一個動態的環境，這部古老的偶動畫建構了一個簡單卻又充滿意外的平台，透過這平台的變化來論述人性的貪婪。又《Oktapodi》則仰賴一個充滿驚奇的環境帶來戲劇的意外。

參考影片 24 －
Balance

### 3. 持續差距的對立角色

參考影片 25 －
Feed

## 4. 帶來持續差距的物件

參考影片 26 －
The Last Knit

## 5. 持續差距的角色關係

如同《Oktapodi》裡的章魚與魚販。

這段落我們就用《The Last Knit》來總結，編織是材料，這材料被推展成線，造就故事「懸念」持續加大，他造就了主角需求的轉變，一開始是爲了野心而織，後來因爲執著而織，最後她爲了活下去而織，就因爲這材料發生在懸崖邊。

用最少的材料來說故事，你才有篇幅來經營出觀衆心中的「深刻」。

## 十二、從阻礙的解決到故事的解決設計

當你確定了主角需求，便接著設計了一連串的阻礙讓主角面對，你開始幫主角設計解決阻礙的方法，每一個阻礙都是一個大坑洞，故事創作者就是每天挖洞給自己跳！可是當你把洞越挖越大、越挖越深，當跳進每個洞後，又再想辦法從洞裡爬出來，但爬出來只是基本的要求，你還要讓這爬出來的行動帶給觀眾驚心動魄甚至拍案叫絕的感覺，聽起來很自虐吧？創作者深深明白一件事，洞越大，「懸念」越大，「遺憾」感也越大，創作者如果能帶著主角爬出洞來，觀眾滿足感就越大，所以好的故事創作者從來不怕把洞挖大。

不過這也難怪百憂解是職業故事創作者的良伴。

上述步驟一到十二是故事設計的基本流程，這基本流程就像剛開始學畫的素描課一樣，繪畫老師總會要你畫個一年半載才跟你談創作，故事的初學者也能透過這基本流程不斷演練，進而認識故事元素，了解故事組成的變化。不過你倒不用拿這基本流程練個一年半載，你大可一邊熟練第四篇的創意技巧，先形成好創意，然後再用這基本流程來實現那創意，完成故事。畢竟再厲害的創意，你也得把主角的需求軸推展出來，故事才會完成。

## 十三、完成三幕設計，繼續修改下去

本章從主角設定談起，之後又談到主角需求的馬斯洛金字塔，然後是四種結局、三種阻礙，然後是你以主角需求軸發展成三幕的故事。但到這裡，你只走完故事設計的一半路程，另一半路程是**「修改下去」**，這概念可能是故事創作者最重要的設計概念。

「修改下去。」

因爲好故事是修出來的，沒有一個故事一開始就是好故事，每一個好故事都有如醜小鴨的成長過程，只是這隻超醜的醜小鴨只有創作者自己看得見，以示範故事來說，它的目的是用來解釋線性材料對故事的重要，但即使這是一隻醜到不能再醜的醜小鴨，我們也可以讓他慢慢成長、慢慢變美，目前示範故事面臨兩個問題，第一是觀衆並不太支持大得抖去追蜻蜓，更不支持大得抖順利抵達花園，除非昆蟲都變壞蛋，一開始就欺負大得抖，觀衆才會支持大得抖追殺蜻蜓；第二是阿花乾，讓我們開始考慮要不要故事的開端先鋪陳大得抖和阿花的愛情與愛情的困境，然而當我們解決了這兩個問題，產生了新的版本，我們會繼續發現新問題，繼續看到故事不足的地方，好故事終究是搭配出來的，而好的搭配，仰賴創作者不斷修改故事，但創作者也明白一件事：

藝術沒有完美，創作者永遠只能接近完美，越來越接近，卻永遠不可能完美。

「請繼續修下去。」

請以你喜歡的主角，參考本章流程，發展一篇需求軸的故事。

01

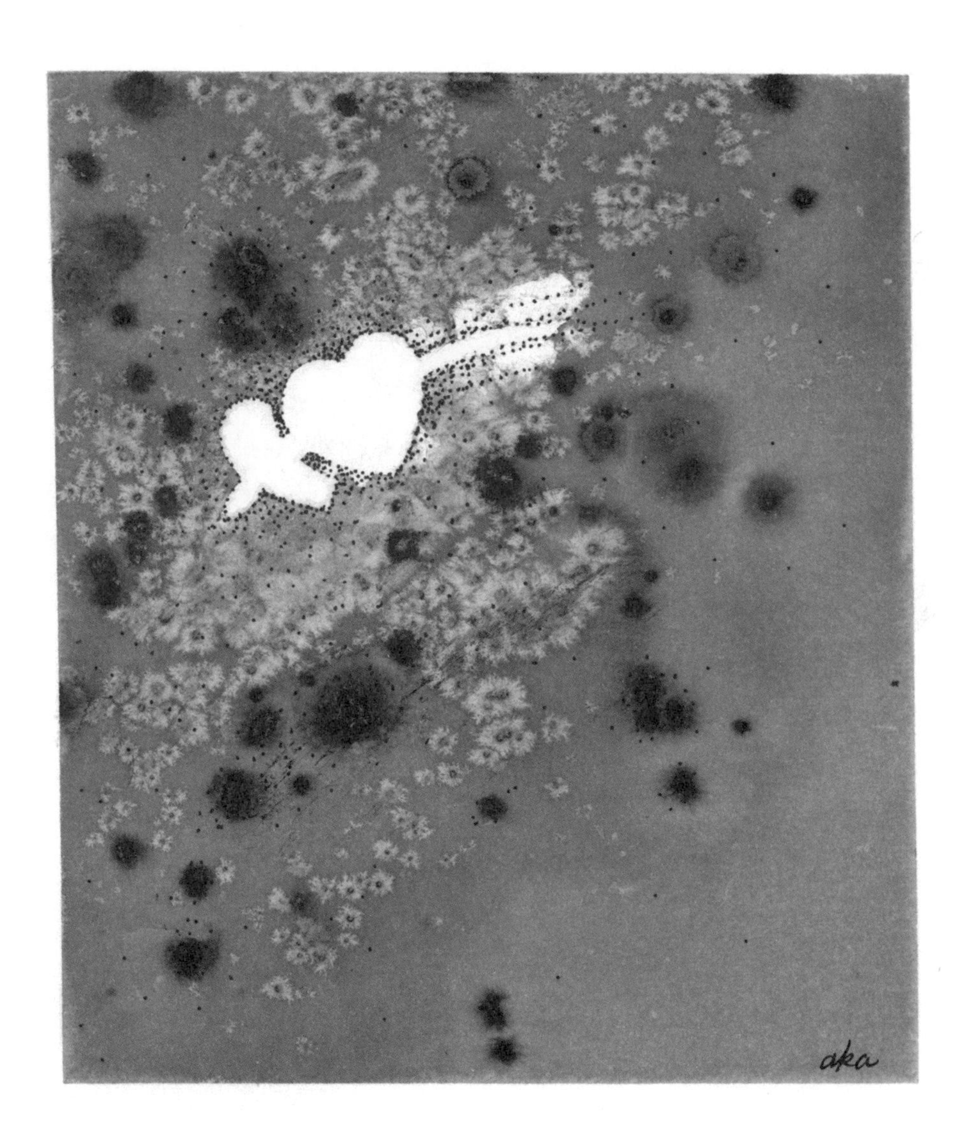
aka

第八章

# 加入情感軸

5分鐘上下的動畫短片通常以主角需求爲故事的主軸，甚至是「唯一」的軸，如果故事除了需求的推展，也包含了情感的推展，則首先你要知道，在篇幅的限制下，我們很難如長片在鋪陳階段分別去鋪陳「雙軸」（主角需求軸與主角情感軸），接著我們要能清楚分辨出兩種不同的故事，一種是故事「以情感發展爲主軸」，另一種是「以情感爲手段」，藉此達成設計的某種目的。你必須先決定要發展哪一種故事，因爲兩種故事的設計策略全然不同。我們先來談談故事以情感發展爲主軸的故事。

「別忘記！好故事，修下去。」

## 一、以情感發展爲主軸的故事

這類故事的主角所追求的是情感的滿足，它可能是愛情故事，也可能是親情故事。我們在前面提到的《Oktapodi》和《Father and Daughter》，或2013年奧斯卡提名的《Paperman》等，這類故事主角的需求就是追求情感的滿足，這時需求軸就是情感軸，我們也將看到主角在追求情感滿足的過程當中，持續的「遺憾」與「滿足」的交替推展。

## 二、另一種以情感爲手段的故事

這類故事一開始設計時就不是要說一個與情感爲主的故事，只是透過情感來協助故事主軸的推展，或者強化主旨，甚至只是具功能性地用來建立角色等。

《積木之屋》隱含的主旨是在談關於地球的暖化問題，是個以環保爲主題的故事，故事講述一個被大海淹沒的世界，那世界的房屋只好不斷隨著海面上升，不斷往上加蓋，但是有一天一位獨居的老人（也就是故事的主角）將一支菸斗不小心掉進了海底，故事便以找回菸斗爲需求軸，隨著主角一路往海底潛入，一路帶出在堆疊屋子的每一層中，他曾經擁有的幸福回憶，一路回憶都是滿足，但終究是往事只剩回憶，終究屋子會被埋在海底，讓我們每一次看到他的幸福回憶都感到遺憾……。

事實上，《積木之屋》的情感並非太難推展，只需設計幸福回憶間的些微差距，但因爲那是老人無法追回的過去，這讓老人找回菸斗的這無趣的需求，伴著這條情感線，讓故事一樣出現「遺憾」與「滿足」的交替進行，不但增加了故事「懸念」，也讓我們在一次次目睹幸福幻影消失時，感受也逐漸深刻。

以《積木之屋》來說，這類故事的情感只是手段，在發展的方法上，可以參考理性操作的烘托手法，這是屬於主旨先行的故事，也就是創作者先決定要談什麼主旨，再來發想故事，創作者必須避免讓觀眾覺得是在說教，而情感的推展永遠是埋藏主旨最好的手段。

當然，各種故事都可能以情感來協助故事推展，情感如何協助故事，端看每個故事而定，本章則將重點放在「以情感爲發展主軸」的故事上，也就是主角需求就是**「追求情感滿足」**的故事。

參考影片 27 －
積木之屋（la maison en petit cubes）

## 一、爲主要角色設定一種情感關係

「真誠又獨特的情感發展，這帶有你獨特情感的故事，將有機會打動人心。」

人際間存在各種情感，例如：五倫的情感，上司與下屬、親子關係、夫妻關係、長幼關係與朋友關係，而單就男女關係、夫妻情感之外，還有愛情關係，甚至小三關係、跨物種戀愛……。

每一種情感都能挑起這世上某一大群人的共鳴與連結，那麼，哪一種情感最有市場？自然是愛情關係。不過你倒不一定要讓主角去追求愛情的滿足，因爲短片並沒有市場壓力，你該做的是去找出你的親身體驗，經驗豐富的情感，甚至帶有相當遺憾的情感經驗來設定爲主角的需求，而故事也將因爲你的經驗、你曾經的感受，進而將許多親身經歷，不論事件發展、人物、光影、色彩、對白、角色互動（表演）等轉化爲有效的符號，加入故事當中。

## 二、情感軸的處理

「等你懂差距後，你可以考慮讓遺憾更遺憾。」

情感軸設計的訣竅乃在「遺憾」、「滿足」的交替上，當你設計好一個「轉折」將帶來「滿足」，你知道，通常這情感「轉折」前面的情感「轉折」會是「遺憾」，而後面也應該是個「遺憾」，讓「遺憾」、「滿足」交替，故事「懸念」就能持續。

我們回到大得抖，我要讓大得抖和毛毛發展出情感軸，也決定維持原創意，讓「過馬路」作爲主要衝突階段，我們得先決定大得抖和毛毛要發展哪一種情感，父子？母女？兄弟？蜥蜴跟毛毛蟲怎麼能設定爲血緣關係的情感？

他們眞的不能是母子嗎？大得抖和毛毛當然是異類，但是當你直觀說「不可能！」，你直接劃掉一大片創意的海闊天空，難道媽媽不能像是帶有蜥蜴習性的媽媽，就像我們現實中都看過虎媽一樣？有個宅男兒子像毛毛蟲一樣溫吞？這聽起來就「像是個」隱喻家庭關係的故事，但創意就這麼回事，而當你一直說「不可能」，你就越往「老梗」走，「老梗」不一定是難看的故事，但一定不會是讓觀衆耳目一新的故事。

但也有另一種創作者，他絲毫沒警覺到大得抖和毛毛是兩種不同的物種，他只管天馬行空，卻忘記有一大群觀衆無法接受大得抖和毛毛是血緣或者愛情關係，他直接推展，故事一開始就讓一隻蜥蜴拼死拯救毛毛蟲，讓觀衆不只進不了故事，還在觀影間滿腦子困惑，忙著思考這創作者到底在說什麼？這類創作者毫無自覺他該在故事鋪陳階段，帶領觀衆先接受這樣的關係，也因爲創作者的過度自我中心，而讓作品有了市場的侷限。

「天馬行空，不是你一個人騎著馬在天上飛，是你能載著一群你在意的觀眾飛上青天。」

「看清楚自己，也就能針對自己的弱處補強。」

我們繼續來折磨大得抖和毛毛，我們要讓主角需求是追求情感的滿足，該是哪一種情感？

參考影片 28 －
BoJack Horseman

## 三、用你現實中在意的情感，作為情感軸的材料

我想起我曾經暗戀過一個女孩，一段只有序場，但後面什麼都沒發生的暗戀過程（我甚至覺得無法用「關係」來定義這場關係）。在我眼中，我們就是不同世界的物種，她完美無瑕，如天使一般，我見識過她的魔法，只消一笑，整個世界都變溫暖，她的美好讓我覺得我就像在凡間某個汙穢的角落苟延殘喘的髒東西，於是我選擇遠遠看著她，也只好遠遠看著她，深怕弄髒她，而唯一我會靠近她的時候，是她需要幫忙的時候，但不知道為什麼，每次我現身，我不由自主地板起臉孔，冷冷幫完，冷冷離開，我想起當時的種種，我想起自己的自慚形穢，然後我想起 Radiohead 的 Creep⋯⋯。

於是我決定就用我經驗過的情感關係來設定大得抖與毛毛的關係，這親身經歷且帶著某種遺憾的情感關係將提供我許多有利於創作的素材。接著我會直接進入衝突階段發想，探索這樣的關係可以讓我推展出什麼樣的衝突階段，我知道要讓情感的「遺憾」、「滿足」交替，我知道車水馬龍的道路可以持續帶來阻礙與危機，我知道大得抖會跟著毛毛衝過馬路，我想像著⋯⋯。

那一天在林葉間，大得抖第一眼見到毛毛蟲毛毛，原本要一口吃掉她，沉睡的毛毛卻讓大得抖捨不得吃，因為大得抖發現毛毛是他這一輩子見過最美的毛毛蟲，那一天大得抖看著毛毛有多久，他吃蟲的本性對抗著毛毛的美麗就有多久，不過本性終究敗下陣來，直到毛毛醒來的那一刻，大得抖才倉皇躲進草叢裡，也從那一天開始，大得抖總是悄悄躲在草叢裡，欣賞毛毛的美麗。

大得抖終究必須回到族人身邊，回到那弱肉強食的世界，那一天他和族人遭到一群烏鴉偷襲，他和另一隻蜥蜴逃了出來，此時他居然想去找烏鴉理論，希望烏鴉能放過蜥蜴，從

此與蜥蜴和平共存，這可讓夥伴笑掉大牙，夥伴問他那烏鴉不餓死？大得抖居然回說可以吃樹葉啊！大得抖想起那美麗的毛毛每天啃著樹葉，他不禁也撈了一片葉子啃著，這可讓他的夥伴懷疑他一定吃了什麼毒蟲子，腦袋燒壞了。

但好景不常，他族人為了躲避烏鴉的攻擊，決定遷徙到毛毛所在的樹林裡，大得抖趕去通知毛毛，他知道毛毛再不離開，早晚被吞進肚裡，大得抖只好現身，吼著要毛毛離開，但兩人語言不通，大得抖眼看族人就要來了，心一橫，開始假裝攻擊毛毛，毛毛以為大得抖要吃她，倉皇逃走，大得抖看著心愛的毛毛因為害怕他而離去，大得抖既安心又難過，他真不希望自己能帶給毛毛的只有恐懼，但為了讓毛毛脫離險境，他只能繼續裝出兇狠的模樣，一路驅趕毛毛遠離危險地帶。

毛毛卻傻呼呼往族人前來的方向衝去，大得抖只得回頭擋住族人，哄騙族人往其他地方覓食，就在這時，毛毛沒頭沒腦的衝到大得抖和眾蜥蜴面前，大得抖只好動手阻止族人追捕毛毛，讓毛毛逃走，並和族人扯破臉，但族人這麼多，大得抖哪阻擋得了，毛毛被蜥蜴們逼到無路可逃，衝進了車水馬龍的馬路，大得抖心想，毛毛這種爬行速度要過馬路，必死無疑，大得抖決定衝進馬路去救她，但毛毛以為大得抖是來吃她，她一路逃，卻慢慢發現這隻蜥蜴（大得抖）的詭異行徑，她開始懷疑或許這隻蜥蜴不是來吃她，尤其當她差點被車輪壓過，這隻蜥蜴居然不顧自己安危，冒險救了她，還壓斷了自己的尾巴。

但毛毛還是無法確定這隻蜥蜴真的是來保護她的，她仍沒命的逃，直到大得抖拼死阻擋追上來的族人，毛毛才知道這隻蜥蜴真是在保護她，最後受了重傷的大得抖帶著毛毛逃離了族人的攻擊，衝過了馬路，毛毛衷心感謝大得抖，但大得抖已經奄奄一息……。

## 四、進入設計，你會找到更好的組合方式

推展到這裡，我知道這故事有機會在情感的「遺憾、滿足」間，加入一條內心衝突，那是主角大得抖面對「本性」與「愛」拉扯的故事，出現這種可能，總是讓創作者雀躍，因爲故事如果可以同時包含外在的衝突，又有情感的「遺憾、滿足」，還能經營出角色的內心持續衝突，則必然有機會發展出更飽滿的故事。

但要往這方向推展，我極可能必須讓大得抖的族人更具象地被鋪陳出來，於是我讓族人來協助具象「本性」的寓意，讓主角持續面對族人（本性）與毛毛（愛）的兩難抉擇，也就造就了主角的內在衝突。

我們把這問題擱著，先來檢視故事現有的「遺憾、滿足」推展：

（故事一開始走大得抖觀點）大得抖發現毛毛是滿足；要吃掉毛毛是「滿足」；發現毛毛美麗是「滿足」；自己無法依照本性吃毛毛是「遺憾」；內心掙扎是兩難；決定不吃毛毛是「滿足」；偷窺毛毛是「滿足」；但帶有距離的遠望是「遺憾」；族人遷徙到毛毛棲地的決定，帶來大得抖「遺憾」；他衝去拯救毛毛是「滿足」；面對毛毛，怕他拼命逃走是「遺憾」；但能救毛毛卻也帶給大得抖「滿足」；發現毛毛傻呼呼往族人方向去是「遺憾」；大得抖現身阻止族人是「滿足」；但毛毛終究衝到族人面前是大「遺憾」；爲救毛毛與族人扯破臉是「滿足」帶有「遺憾」；毛毛因此順利逃走是「滿足」；毛毛衝進車道是「遺憾」；大得抖勇敢衝進道路救援是「滿足」；毛毛誤以爲大得抖要吃她是「遺憾」；大得抖在車道不斷拯救毛毛是「滿足」；大得抖在車道持續受傷是「遺憾」；毛毛終於明白大得抖是來保護她，是「滿足」；大得抖受了重傷是「遺憾」；毛毛順利逃脫是「滿足」，衷心感謝大得抖是「大滿足」；無奈大得抖已經奄奄一息是「大遺憾」。

我約略知道情感軸已經存在「遺憾」、「滿足」的推展，但有點可惜，「遺憾」、「滿足」的交替間，始終維持著差不多的振幅，直到收尾時，振幅才開始加大，有沒有可能讓這「遺憾」、「滿足」交替持續遞增呢？

以上，是一種可能的推展，一種版本，故事創作者儘管每個故事都在暗地裡努力發展出許多可行的版本，但他永遠知道只有一個版本會讓世界看到，當然那版本一定是創作者在有限的時間與精力下所完成的最好版本。所以這一個版本夠好嗎？

「夠不夠好這問題將纏繞著你，直到你放棄故事創作。」

## 五、用最少的材料說好故事

而就算這版本夠好了，卻爲了要補強大得抖與族人關係，而出現了大量的角色，片長也跟著增加，我們可以先不管片長，但我們難道不可能以大得抖和毛毛兩角色就推展出一個既有情感軸，又有內心衝突的故事嗎？發想間，出現了一種可能的內心衝突！那就是將敘事觀點全然轉換到毛毛身上，透過毛毛的觀點來敘事，讓內心衝突發生在毛毛身上，或許便可用最少的材料說的故事。

## 六、透過掌握每個主要角色的觀點，找到更多創意的發展

在換到毛毛觀點來敘事前，我們先回頭檢視一下這版本關於敘事觀點的安排。故事一開始走大得抖觀點，後來也帶出毛毛觀點（發現大得抖怪異開始），最後雙觀點一併推展。

如果我們現在決定走毛毛的觀點，毛毛所面對的內在衝突會在於她該相信蜥蜴的本性或者相信自己的直覺，然而若是走毛毛觀點，我預料很可能得因此放棄一開始決定的第一個定數，也就是來自我親身經歷的情感關係，但我們如果不推展看看，就永遠沒辦法眞的確定，於是另一個版本被推展出來：

毛毛隻身在樹林間，卻遇到蜥蜴（大得抖），毛毛知道自己小命不保，因為以她的爬行速度，絕對逃不過大得抖的追捕，毛毛只能等著大得抖吃掉她，她膽戰心驚地等著，大得抖卻始終沒有動口，毛毛等了好久也餓了，只好邊吃邊等，每一口都像是最後的晚餐，但怪了！大得抖就是沒攻擊她，毛毛開始懷疑這隻蜥蜴或許真的跟全世界的蜥蜴不一樣？或許這隻蜥蜴吃

素？或者嫌她不好吃？或者早就吃飽了？毛毛漸漸感到心安，便自顧自地繼續過她的日子。對於經常出現的大得抖也不再防衛。

毛毛也一度想接近大得抖，但終究因為害怕而退縮，沒想到退縮時卻意外滑下樹葉，眼看就要摔到地上，那蜥蜴居然救了她，毛毛被救回樹葉上，嚇得躲進樹枝的縫隙裡，但心底卻是暖呼呼的，她決定明天一定要當面謝謝蜥蜴，就在隔天她鼓起勇氣要去答謝蜥蜴，蜥蜴（大得抖）突然衝到她面前，說了一堆她聽不懂的話，最後露出猙獰的面孔，開始攻擊毛毛，毛毛沒命地逃，她好後悔自己當初沒逃走，怪自己居然認為這隻蜥蜴很特別，不會吃她，也在這時，她看到蜥蜴（大得抖）奮不顧身阻止大批的蜥蜴追捕她，終於她發現……原來她的直覺沒錯，這隻蜥蜴真的是來幫她。之後毛毛一路逃，卻發現退無可退，她決定衝過車輛急馳而過的馬路，大得抖也果然奮不顧身跟著毛毛，一路在車陣裡解救她，最後帶著她衝過馬路……。

這是以毛毛爲敘事觀點的版本，也推展出情感軸中的幾個「轉折」，這故事其實對女性觀衆的連結較大，尤其是受過男人的傷，徬徨在該不該相信男人的女人身上，但我卻在推展之後發現我不只沒辦法讓第一個定數實現在故事裡，我還發現如果不鋪陳大得抖不吃毛毛的原因，也就是讓觀衆經歷「大得抖因爲毛毛美麗，而無法吃掉毛毛」的「轉折」，觀衆會覺得「大得抖沒吃掉毛毛」很詭異，很不合理；反之，如果我一開始就帶雙觀點，也讓觀衆經歷大得抖捨不得吃毛毛的「轉折」，雖然觀衆一目了然地明白大得抖的動機，我卻同時拿掉故事中一大段的感受，就是「毛毛想接近大得抖，卻又害怕被對方吃掉的危機感與懸疑感」，而這一個段落不只篇幅很長，且是一種混雜著恐懼與溫馨的複雜感受。

這個時候你得面對決策的兩難，你必須細細品味兩種發展，然後做出取捨，或者像我一樣相信，只要願意想，一定有辦法找到兩全其美的修改方向，然後繼續想辦法。

當然你也可以選擇現在就放手，就把這版本的故事交出去，然後安慰自己故事設計是一門與遺憾共存的藝術，沒有完美的故事，我們永遠都會帶著遺憾，放手把故事交出去。

## 七、面對一連串抽象選項時，請你跟著心走

故事推展到此，雖然以毛毛觀點敘事還有一項決策未定，我們已經可以來評估這兩個版本「我親身經歷的情感材料」與「毛毛觀點敘事」，到底該選哪個版本？這時候我得拿天秤出來，秤秤看，到底是「我親身經歷的情感材料」還是「毛毛觀點敘事」重要？我可以客觀針對兩者在故事裡的效果來評估，但最後我還是得跟著心走，我仍相信「我親身經歷的情感材料」能帶給故事獨特的性格，且也有機會讓觀眾獲得更深刻的感受，我決定回到大得抖觀點，回到那一開始的定數，且用單一觀點來敘事。

我估計我很可能不讓衝突階段只出現穿越馬路的橋段，因為單單依靠穿越馬路這外在阻礙發生的同時，還要情感軸能持續產生漂亮的「遺憾」、「滿足」交替，似乎有些困難。

還記得嗎？當你說不可能時，你就放棄了一片創意的天空。所以我想趁機引導你去體會故事發展常見的另一個問題。

我想繼續說下去，我就得找到另一段衝突階段。

在故事設計的過程中，我們因為知道衝突階段對故事的重要性，經常會先發想出衝突階段（過馬路），此後，我們在故事發展的過程，會先入為主地相信這衝突階段是唯一可用的衝突階段，其實我們就現有的推展軸線就可能發現有其他段落可以推展出另一段衝突段落，有時候這新發掘的衝突階段甚至比預設的衝突階段還來得精彩。

那是一片茂密叢林，層層疊疊的樹葉遮住日光，林葉下暗無天日……。

在叢林某個角落，蒼蠅飛舞，大大小小的蜥蜴搶食著一具動物的腐屍，一隻小蜥蜴趕來，那是一隻舌頭垂到嘴巴外的小蜥蜴，他也想擠進那群搶食的蜥蜴裡分一杯羹，無奈嬌小的他一擠進去，不是一巴掌被拍出來，就是被大蜥蜴們一口甩出來，這隻小蜥蜴沮喪之際，發現混亂搶食的現場有一隻蛆掉出來，小蜥蜴一個箭步衝過去，無奈有更大的蜥蜴搶先一步，小蜥蜴眼看對方身形比自己大，還一臉凶狠模樣，他只得退開，還想繼續擠

進腐屍看看，但對方一口吃掉了蛆，卻猙獰的看著他，一副接著想吃他的模樣，嚇得小蜥蜴趕緊逃離……。

小蜥蜴逃離間，卻被什麼絆倒，居然是一支蝗蟲的殘肢！小蜥蜴開心叼著殘肢就跑，還好沒人來搶，小蜥蜴逃到了一處林葉稀疏、透著陽光的叢林一角，開心啃著美味的蝗蟲殘肢，但啃完還是餓啊，小蜥蜴苦笑，鑽進落葉間，沉沉的睡著了，也不知到睡了多久，他半夢半醒間，朦朦朧朧看到輝煌的日光下映著斑斕的色彩，美得炫目，小蜥蜴滿足的笑了……。

他發現原來是枝頭一片枯葉下有東西，他定睛一看，喔！是一隻有著斑斕色彩、好美的毛毛蟲！毛毛蟲！小蜥蜴三步作兩步衝上樹幹，一邊舔著嘴角，他發現毛毛蟲沉沉睡著，他索性爬到毛毛蟲身邊，當他張開血盆大口要一口吃掉毛毛蟲時卻猶豫了，小蜥蜴忍不住多看了毛毛蟲一眼，真的好美！再看一眼吧……真的好美！不行！小蜥蜴甩著頭，他狠心張口，但終究沒辦法吃掉毛毛蟲，小蜥蜴氣得一頭撞向樹枝……回頭，還是覺得毛毛蟲好美，他開始舉拳猛揍自己的臉，然後回頭……還是好美……。

就在這時毛毛蟲醒了，小蜥蜴倉皇地跑到樹幹後躲起來，小蜥蜴這會兒又搥自己的臉，搥到臉腫還流血呢！「我幹嘛逃？她是毛毛蟲啊！」小蜥蜴偷看那毛毛蟲悠悠醒來，繼續吃著樹葉，沒想到毛毛蟲居然發現他躲在樹幹後，小蜥蜴嚇得縮頭，不敢再看，他想像著毛毛蟲應該拔腿飛奔逃離吧……。

小蜥蜴不禁打量起自己，看著又髒又醜的自己，他苦笑著，「難道還希望自己有機會跟她作朋友嗎？我們是不同世界的生物……」小蜥蜴越笑越大聲，也越笑越淒涼，絕望間，他卻發現毛毛蟲從旁探出頭！毛毛蟲不知何時已經爬到他身邊，困惑地看著他，小蜥蜴愣了半晌，猛然舉起雙臂，還露出一臉凶狠，他想把毛毛蟲趕走，誰知道毛毛蟲卻笑了，她這一笑，小蜥蜴突然覺得整片叢林都明亮起來，小蜥蜴索性更大聲的吼，裝出更猙獰的臉孔，毛毛蟲笑得更開心了，叢林也瞬間更明亮了……。

小蜥蜴加碼更用力吼，然後等著毛毛蟲再次開懷大笑，但這次毛毛蟲卻驚訝地看著他，小蜥蜴發現自己嚇到毛毛蟲了，看著毛毛蟲轉身拼命的逃，小蜥蜴過意不去，追上去向她道歉，毛毛蟲只是更害怕地往樹下逃，小蜥蜴最後停下腳步，憂傷的看著毛毛蟲一路沿著樹幹，爬到地面，然後叢林也再度被陰暗籠罩……。

就在這時，他驚覺林間好幾隻蜥蜴從地面、從枝葉間飛奔而來，他的族人發現毛毛蟲了！小蜥蜴惶然搖頭，也不管樹有多高，一躍而下，擋在毛毛蟲面前，他吼著對毛毛蟲說有好多蜥蜴要來吃她，但毛毛蟲哪聽得懂他說什麼，只想更快逃離小蜥蜴，小蜥蜴眼看有一隻大蜥蜴已經迫近，就是那隻跟他搶蛆的兇狠蜥蜴啊！小蜥蜴一口叼起毛毛蟲，拼命的跑，他卻看到眼下毛毛蟲一副哀求的模樣，淚水直流，小蜥蜴知道毛毛蟲誤會了，他拼命搖頭，但毛毛蟲只是哭得更傷心，小蜥蜴無奈繼續跑，大大小小的蜥蜴連番撲向他，小蜥蜴拼命的閃躲，最後逃到叢林邊緣的馬路旁，馬路上一輛輛汽車急駛而過，而蜥蜴們也已經將他團團圍住。

蜥蜴們露出猙獰的笑容，步步進逼，而毛毛蟲也看到了，只見小蜥蜴叼著她轉身衝向馬路，這可讓所有的蜥蜴都傻了，看著小蜥蜴狂奔間差點被輪胎輾過，然後滾了幾圈，在一輛輛急駛而過的車底盤下回頭望著眾蜥蜴，嘴巴還叼著斑斕的毛毛蟲，幾隻蜥蜴貪婪跟進馬路，有些被壓死，有些幸運逃過，繼續追捕小蜥蜴，小蜥蜴只得叼著毛毛繼續往前衝，一邊躲避群蜥攻擊，但這一次卻來不及閃過輪胎，半個身子被輪胎硬生生的輾過，小蜥蜴受了重傷，他依舊拼命的跑，但他再也沒有剛剛的靈活，不時讓來襲的蜥蜴咬中、利爪畫過，小蜥蜴只能拼命的跑，他終於帶著毛毛蟲來到了最後一道車道，他知道他滿身傷痕，再也跑不動，他索性爬過去，眼睜睜讓輪胎輾過身子，終於順利帶著毛毛衝過了馬路，他可以鬆口讓毛毛蟲走……他鬆了口，但這次毛毛蟲沒走，她轉身咬住小蜥蜴，用盡力氣將小蜥蜴拖離車道，小蜥蜴驚訝地看著自己被拖進了路旁的矮樹叢下，然後毛毛蟲居然窩進他臂彎裡，小蜥蜴裝出猙獰的臉口，想吼卻再也吼不出來，而毛毛蟲卻沒離開的打算，只是靜靜窩在他臂彎裡，小蜥蜴幸福的笑了，但眼前逐漸朦朧……。

毛毛在小蜥蜴臂彎裡硬化為蛹，日子一天天過去，一隻斑爛的蝴蝶破蛹而出，展翅卻直飛天際，那蝴蝶一路朝著天上飛，翅膀拼命的拍，最後她停在半空中盤繞著什麼，不久我們看到一隻帶有天使翅膀的蜥蜴開心跟著蝴蝶嬉戲，是小蜥蜴！

這只是另一個可能的版本，這版本沒有考量市場，單純跟著心走，或許你會覺得這故事有些憂傷，其實我們只要順著原來的情節，讓小蜥蜴在面對處境，有著搞笑的表情與表演，我們讓他每一次受傷都能爬起來，讓他順利帶著毛毛活著逃離，即使最後奄奄一息，因爲毛毛一個吻，小蜥蜴也將醒來，最後小蜥蜴和毛毛也就快樂的生活在一起，讓他們有另一種「來自不同世界的生物也能在一起」的美好結局。

「悲劇是喜劇的背面，如同月亮一般，好的喜劇創作者都很憂傷。」

請以本章為範例，找出兩個角色，讓主角需求即為情感滿足，推展出一篇需求軸即為情感軸的故事。

01

aka

# 寫，
## 在動畫製作之前

# 靈感

靈感是天才的女神。

她並非步履蹣跚地走過，

而是在空中像烏鴉那麼警覺地飛過，

她沒有衣帶供詩人抓握。

她的頭是一團烈火，

她溜得快，

像那些白裡帶紅的鶴，

教獵人見了無可奈何。

第九章

# 取材到設計

「故事不是作品，它是你與觀者之間的媒介，讓你的作品在人心裡佇足。」

當創作者發現一項有機會發展出絕佳故事的材料時，那麼這發現就叫－**「靈感」**。

靈感一詞來自 Inspiration，是指人事物觸發創作者創作的想法，至於如何觸發，字典並未多加解釋，但卻在每一位創作者的創作過程中清晰可見，那是創作者發現材料帶來「四感」的某幾種，那「四感」勢必強大、深刻，或特別到了某種程度，進而驅動了創作者相信這材料有很高的機會形成好故事，成了創作者創作的動力。

這讓我不禁好奇「靈感」這一詞的出處，相較於英文 Inspiration 的定義著重在「啓發」，「靈感」在中文字面上已經清楚宣示「感」在創作上的重要性。

「那四感勢必強大、深刻，或特別到某種程度，進而驅動了創作者相信這材料有很高的機會形成好故事，成了創作者創作的動力。」

這幾句話對於經常創作故事的老手來說習以爲常，但對沒有創作經驗的人們便會有些難以揣摩，接著我會進一步說明。

有些創作者是因爲深感社會的不公不義、憐憫受害者，內心義憤塡膺因無法化解而創作，那是社會所帶來的遺憾。有些創作者因爲生命無法中經歷過彌補的憾事，鬱悶難解而創作，那是人生的遺憾。當然，有些人是因爲自卑，需要創作者的榮耀而創作。同時，也有些人在社會或人生的遺憾裡，領悟到某種道理而創作。

這是人事物帶給創作者的領悟，是一種參透世理的滿足，還有些人是因爲發現了珍貴的材料，想知道材料可以做出何等上乘的故事而創作。就像是愛寫喜劇的創作者發現絕佳的喜劇材料，愛寫愛情故事的創作者發現一種刻骨銘心的愛情關係，驚悚片創作者發現別人沒發現過的驚悚材料般，都讓創作者想一試身手，這都源自找到好材料的「懸念」與滿足。當然，也有些人爲爭名奪利而創作，那是爲了追求滿足。

以上都是驅動創作者相信有很高的機會形成好故事而造就創作者進行創作的例子，皆源自於「靈感」。這些靈感都相當的強烈，且都源自於強大的企圖心，同時也將帶來強大的創作動力，讓創作者一意孤行的創作下去。

當然不是所有的靈感都這麼乾柴烈火，一發不可收拾，有些創作者認爲創作不需要負擔這麼大，故事創作可以是怡情養性的興趣，也可以只是拿來交作業、拿好成績然後畢業，這時候只要材料帶來的「四感」能讓創作者成就一個不錯的故事即可。

當然，即使你只是爲了交作業，爲保險起見，你的靈感還是要有些篩選標準，比如必須達到「那四感勢必強大或深刻，或特別到某種程度」，才有機會在你的老師心中造就絕佳的感受歷程。

這麼談下來，你應該已經了解「那是創作者發現一種材料……驅動了創作者相信有很高的機會形成好故事而造就創作者進行創作的動力」的意思，但我其實只針對靈感作解釋，創作者能發生**「有用」**的靈感，其實有一個先決條件，就是創作者得先知道怎麼運用靈感，所以靈感其實與創作經驗息息相關。

因爲創作者知道那絕無僅有的材料將「如何」構成故事，才會相信那材料有機會形成好故事，這也是爲什麼初學者在一開始取材，經常選錯材料。所以如果你也是初學者，你亦將經歷這樣的過程。雖然不可能一口氣把所有技巧學好，而技巧事實上也學不完，你知道你將隨著自己逐漸成熟的設計經驗，越來越能準確抓到有效的靈感，這靈感勢必帶給你「成就好故事的好材料」。

這就像廚師一樣，要開發新菜，他絕對不會先去找「鹽巴」這麼枝微末節的材料，他會先去找一樣舉足輕重的食材，比方一塊上等的肉，然後用這塊上等肉去決定配菜。以及其調味與料理方式。好材料是你可以拿來當主菜的材料。

難道就不能從普通的材料下手，再慢慢找到上等材料來組合嗎？可以！你可以從微不足道的材料著手，開始故事設計，但你就得面對風險，你創作的摸索時間也會更「漫長」，創作過程相對「煎熬」。二鳥在林不如一鳥在手，何不先找到「成就好故事的好靈感」，降低創作的風險，避免在限制中摸索而面對毫無所獲的窘境？

而當你認知要從好材料下手，你還要明白兩件事：

首先，你的材料不論是帶有「懸念」、「意外」、「滿足」或「遺憾」，你將材料複製在故事當中，觀眾就會感受那「懸念」、「意外」、「滿足」或「遺憾」。

其次，一部30秒到5分鐘的短片，約略只有數個到數十個「轉折」，透過這數十個「轉折」，你必須經營出觀眾的感受歷程。你跟別的創作者比較的是這數十個「轉折」，能帶來多強烈、多深刻或多特別的「四感」？這就是「質」的比較；至於能有幾項可與之比擬的？則是「量」的比較。

我們用個比喻來說明，若你要設計一款能標價上億元的珠寶項鍊，這時你手上如果已經握有世紀寶石海洋之心，或者十幾顆五克拉的鑽石，那麼你經成功了一半，剩下的只是設計問題，也就是敘事技巧的問題。

接下來，本篇將逐步帶領大家學會如何等待靈感、找尋靈感、品味靈感，然後在本篇最後一章輕鬆聊聊創作做準備。喘息片刻之後，進入第四篇的創意技巧，探討如何用技巧來找出屬於自己的海洋之星。

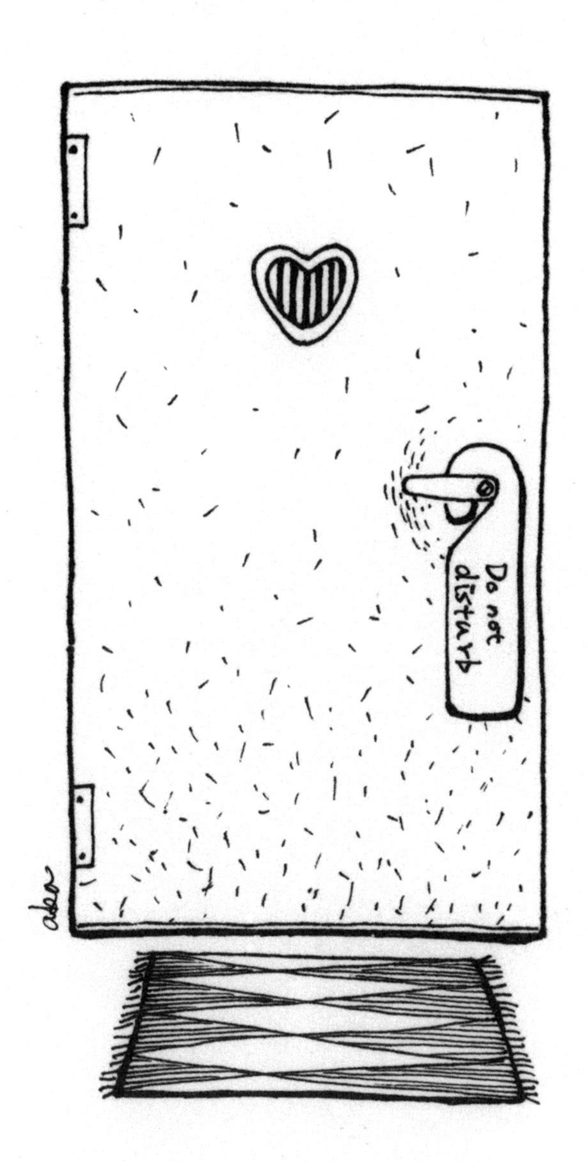
Do not
disturb

第十章

# 等待靈感出現

我們一起等待繆思女神降臨，她隨時會來。

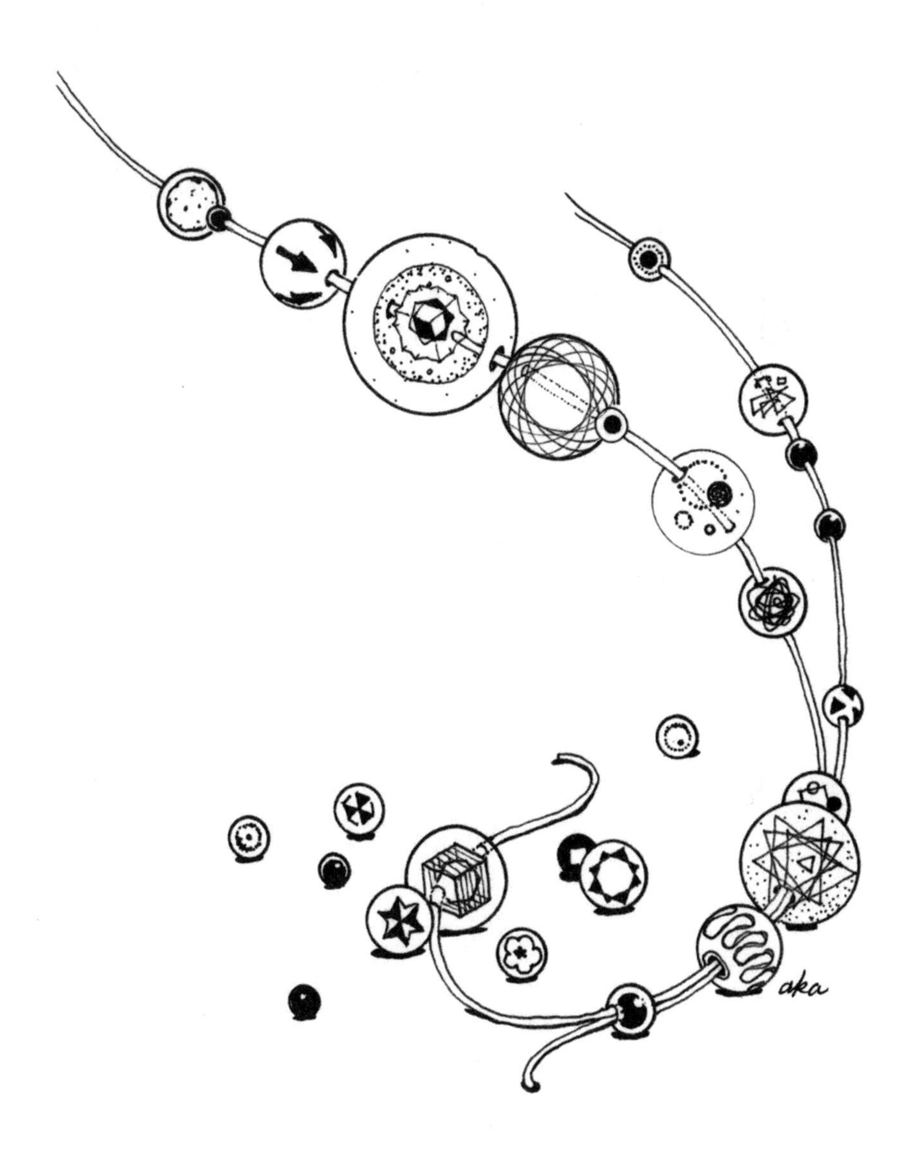
aka

第十一章

# 抓取靈感

繆思女神隨時會來，所以不能罵髒話喔！不過我們就這麼乾等嗎？或許我們可以透過方法，把繆思女神騙進來！

請拿一張 A4 紙，空下標題，然後畫出四個欄位，分別填上「懸念」、「意外」、「滿足」與「遺憾」，接著畫出許多列，分別填上「人」、「動物」、「物」、「造型」、「表演」、「人物互動」、「場景」；「事件」、「情感」、「處境」、「需求」等。前半部是故事展現上的材料，後半部則是故事本體的材料，你如果想到其他故事元素，請自行增加，最後請在標題欄寫上「我的生命材料」六個大字。然後請你進入你的回憶，找出你經歷過最有感覺的「四感」材料，並在對應的欄位裡詳細描述。你也可以運用坊間販售的資料卡，一張寫一種材料，然後分門別類歸納在資料夾內。

首先請描述你是如何遇上這材料？你那當下的反應是？這材料後來的發展是？撰寫的方式忌諱全知客觀描述，請你用你的觀點來敘事（你發現，你決定，你進行），描述每個「轉折」的「發現」、「決定」與「進行」。

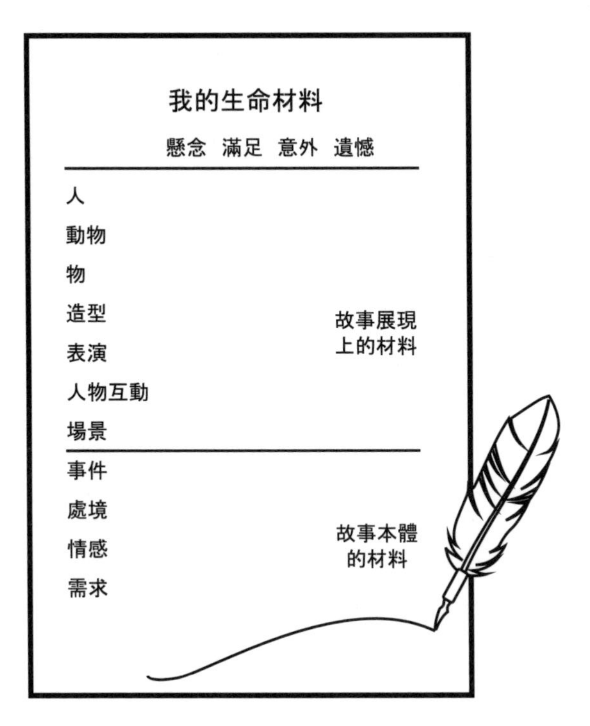
我的生命材料
懸念 滿足 意外 遺憾
人
動物
物
造型
表演
人物互動
場景
故事展現
上的材料
事件
處境
情感
需求
故事本體
的材料

圖 3-1　抓取靈感。

參考影片 29 －
Presto

參考影片 30 －
Le Dernier Jour
D'Un Condamne

參考影片 31 －
t.o.m

接著分析你爲什麼對這材料產生那樣的感覺，你開始進行一些「前置作業」，這就像你剛挖到一塊礦石，你先磨掉包覆的石頭、灰塵－寫下來龍去脈；接著將寶石拿來初步的分析－材料的四感分析；看看是什麼成分，接著想想這塊寶石將怎麼使用－這材料可以推展成什麼樣的故事。以上全寫進表格裡，經過這撰寫與思考的過程，這材料也已經記在你腦海，你會記得好一陣子，就算忘記，你還是可以在需要創作材料時，隨時把這生命材料表拿出來看。

有什麼東西（物）讓你又「滿足」又「遺憾」？或者你也曾遇過什麼人讓你引發一連串的「四感」？幫主角選一段「四感」豐盛的旅程吧！

如果故事創作是你想培養的技能，你將每週花個幾個小時來新增你的生命材料，你一邊回憶，也一邊將這一週體驗到的好材料寫入，一個欄位一個欄位的寫著，或者一張資料卡一張資料卡的寫下去，從此你再也不用像別的創作者終日苦惱著沒有靈感，你永遠有，你有一堆，你只需要挑出最好的。

我們隨手拿一些材料來進行前置作業：

## 1. 貓腳底板（動物）

如果說貓的腳底板能帶給你滿足感，那麼這就是點狀的材料。因爲即使你把這東西放在角色身上，牠也不可能一直抬著腳，但你可以讓腳底板落在故事的主軸上，那腳底板就會一直出現在故事裡，創作者在創作過程和觀衆在觀影過程都因此有持續性的滿足感，或許這故事是在說水泥工人追查昨夜剛砌好的水泥地面上那一整排的貓腳底板印也說不定！

圖 3-2　點狀材料。

## 2. 蜜蜂裝（服裝）

如果是貓腳底板和動物穿蜜蜂裝都讓你感到滿足，你除了比較兩者間滿足感的質感，你也要考量到**「量」**，我指的是哪一個可以爲你的故事帶來不只一次的滿足？是在故事裡出現的次數？還是蜜蜂裝成爲角色的服裝？

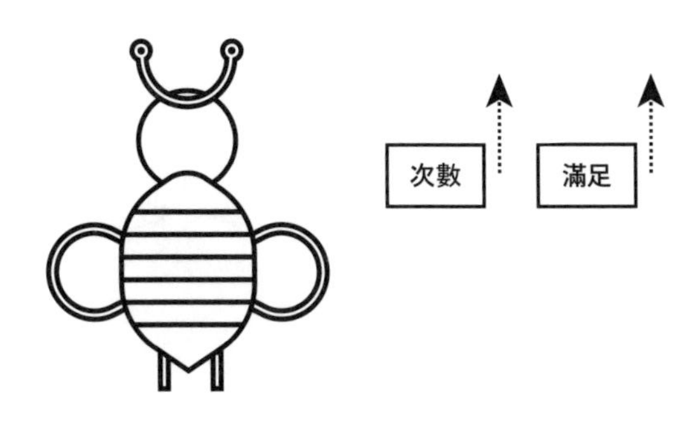


圖 3-3　角色服裝。

### 3. 憂鬱症患者眼中的明天（人）

你或許經驗過因爲至親好友罹患憂鬱症，而知道他們的明天讓他們感到害怕，那是一種質感特別的遺憾感，如果曾你親身經歷，在故事創作上你是幸運的！你將不只擁有清晰的感受，還有用不完的情節可以轉化成故事，更棒的是你會有很多聯想經驗。比方明天，會讓你聯想到黑洞？明天就只是今天和過去千百個日子的 Cut&Paste ？又或者明天只是個讓惡魔多 24 小時用利爪緊緊掐著淌血的心臟……。

這些聯想讓你連創作都不用創作，直接就可以將它轉化成動畫，當然你也可以把明天變成一個角色，故事的配角，你的主角想活下去，而配角希望他放過自己，放手離開這世界，主角想擺脫配角，他採取越來越激烈的手段要趕走配角，最後卻意外發現這恐怖的配角只是個十歲的孩子，是主角十歲時，遭遇了一件悲劇事件，而從那天開始，主角有了憂鬱症，或許主角因此找到另一個具有啓發性的視角看待憂鬱症，也將啓發其他苦難的人重新面對憂鬱症。

當然你知道不是每個觀衆都有憂鬱症，所以大部分的觀衆會在一種比較抽離的觀影視角來看這故事，這些觀衆會同情，但只有憂鬱症患者能共鳴。

圖 3-4　轉化聯想。

## 4. 箭在弦上（物）

當箭在拉緊的弦上，箭射去哪，則是觀衆的「懸念」。

這材料卻又比貓腳底板多了一些東西，貓腳底板是點狀的感覺（滿足感），箭在弦上除了「懸念」與拉滿弓的張力，更多了一層「意料」，意料箭會射向瞄準的地方，這材料是一組存在**「因果關係」**的材料，以這一組來設計故事，你直接可以在故事中安置兩個點，這是貓腳底板所沒有的，也因此如果以量來比較，他比點狀材料珍貴，因爲有意料，創作者就可以順道做出意（料之）外。

舉例來說，我們用箭來當主角，創作者只要給箭不想飛出去的理由，或許是討厭射箭者？或許標靶上是主角的好朋友？愛人？當射箭人放箭，箭可以設計成死命卡在弦上不飛，也可以被迫飛出去，這下他得拼命在那離弦的瞬間避免射中愛人，也可以是箭沒飛，卻是射箭人飛出去……每一個情節都可以經營出一種質感的意外，全因爲這材料多了「意料」。

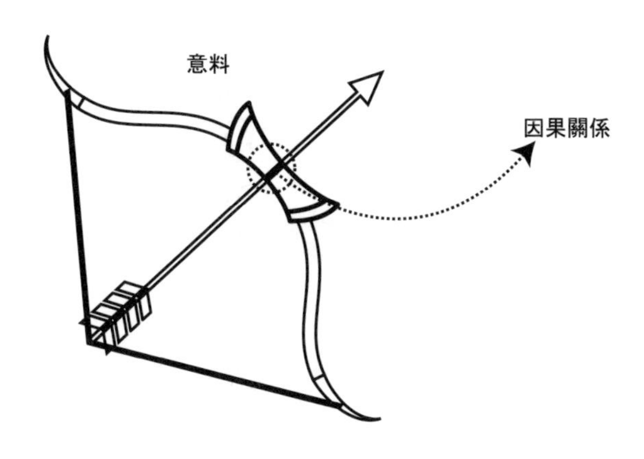


圖 3-5　箭在弦上。

### 5. 墜樓現場地上標示屍體位置的白線（物）

這是個「遺憾」，它算點狀的材料，卻是塊珍貴的材料，因爲這「遺憾」帶著極強烈的「懸念」，因爲這是極容易在人們現實生活中被觸發的**「聯想經驗」**，也就是看著那白線胡思亂想的經驗，這讓這塊材料不只帶有「遺憾」與「懸念」，還有「奇幻」的質感。

也因爲觀眾經驗深刻，又有豐富的「聯想經驗」，你只要稍加鋪陳就能設計出觀眾信以爲眞的奇幻。像是：

選在每一年12月12日那一天晚上，照著那白線的姿勢躺好躺滿，午夜12點一到，你便會從這世界消失，墜入地獄。

當然這只是我瞎掰的，可別眞的去躺呀！有了這奇幻的入口，任何經驗過死別的觀眾都有機會重逢，可以陰陽兩隔追愛，可以現代目連救母，當然你也可以無厘頭掰個白線是主角，孤單躺在地上，想找個伴陪它躺的故事。

這一路聊下來，我們介紹了幾種材料，你始終明白材料只是一種媒介，材料透著感覺，那是創作者去預測人心會怎麼感覺的。

圖 3-6　聯想經驗。

## 6. 紙飛機（物）

參考影片 32 －
Paperman

紙飛機飛翔是包含數個點的材料，他的感覺內含「懸念」（飛行的方向）與一連串的意外，也帶有滿足感，許多動畫喜歡使用這類線狀材料，比方小小人或小昆蟲搭著紙飛機飛翔，或搭著紙飛機追捕敵對的小鳥，創作者也可以針對這材料，設計充分運用這材料的故事，當然也可以拿紙飛機來當傳愛的角色。

圖 3-7　線狀材料。

### 7. 思念（情感）

你可以採用如同「憂鬱症患者眼中的明天」一樣的處理方法，透過形容詞來詮釋思念，或者進入你自己的思念經驗，找到其他詮釋材料的方法，比方你發現到現代人的思念最具體的表現是在人與手機的互動上，思念可能讓主角懷疑手機壞了，因為主角幾乎看到手機都快發芽了！可是當暗戀的人來電時，手機卻像燒紅的鐵塊。你可能曾面對過類似的處境，曾經像我這樣幻想過。當然手機也可以是名主角，眼見老主人孤單在家，思念兒孫，但兒孫始終沒消息，或許這主角決定佯裝她兒子來電，讓老主人開心。

最後，你還在等繆思女神嗎？

「你無須等待女神降臨，也無須在這看似材料取之不盡，卻始終找不到的世界中摸索，你只需要回到過去，你的生命就是一座寶山。」

請根據本章的介紹，完成你第一次的生命材料彙整，如果你願意讓說故事陪伴你走過漫長的人生，請讓這練習成爲你每個月定時定量的活動。

01

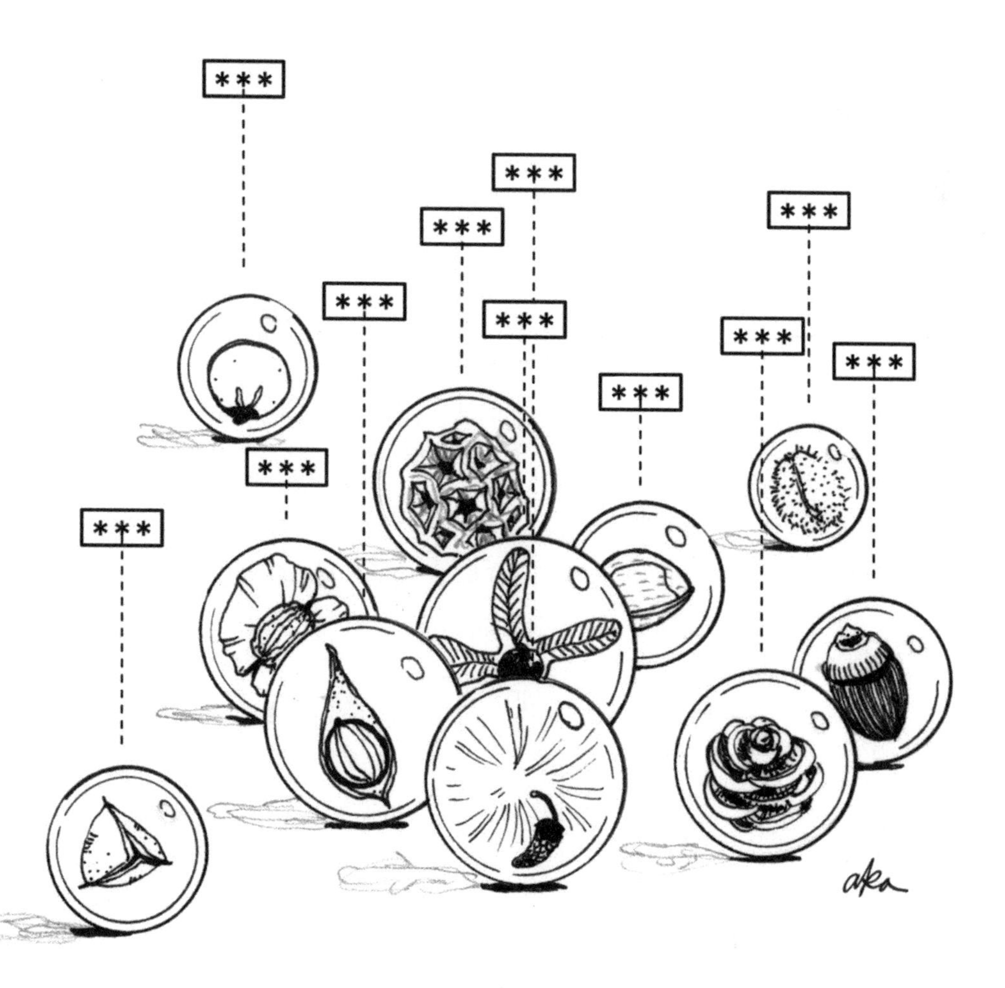

第十二章

# 品味靈感

「故事創作者修煉的途徑，除了不斷創作，就是不斷觀摩。」

欣賞好故事，讓自己維持好的品味，分析故事組成，不斷感受不同組成所帶來的效果，然後把好的設計學爲己用，在意每個故事有著什麼樣的發展流程，追本溯源的推測故事形成的順序，因爲順序很重要，這道理跟做菜沒有兩樣，一道好菜，除了材料與組成，料理順序也是關鍵，於此同時，我們也會去追尋每個好故事背後的靈感從何而來。

爲什麼要去追尋別人靈感的來源？倒不是爲了用同樣的靈感去發展不同的故事，其實是因爲這樣的追尋有助提升創作者取材的敏銳度，畢竟這世界放眼望去有無盡的材料，從各種故事去找尋那開天闢地的第一塊材料，並加以品味，創作者回頭面對世界時，就能更敏感的察覺哪些材料可以做出好故事。

對於剛開始創作的讀者來說，追尋靈感來源這項活動將有助於讀者提升取材的標準，確保他們能選出上等的材料來創作，進而提升他們寫出好故事的機會。然而我們所分析的影片將會盡量避開與第四篇有關的影片，避免重複論述。同時，我會剃除掉那些著力在「故事展現」上的故事，例如仰賴表演或造型等等取勝的故事，我們會聚焦在故事創意上卓越的故事，除了《For the Bird》。

參考影片 33 － For the Bird

靈感來源猜測是原創者看到電線上滿滿的麻雀，胡思亂想那條電線會像橡皮筋一樣，把麻雀給彈飛，「彈飛」就是《For the Bird》在故事設計上最有創意的地方。

如果你把這部動畫復原成文字故事，交給沒看過影片的人讀，這故事讀起來其實有些平凡，《For the Bird》就是著力在「故事展現」上的動畫，他的角色造型與表演都帶來相當大的滿足感，就如同本書一開始提到的，故事分爲核心的設計，故事本體的設計與故事展現的設計，一部短片如果能在故事展現上經營出強烈的「四感」，或從表演，或從特效，即使故事平凡，一樣有機會成就一部好的短片動畫，畢竟短片無須面對市場殘酷的考驗，可以不需要經營觀衆到足夠強烈且深刻的狀態。

如果只考慮設計短片，而且又如 Pixar 一樣－擁有雄厚的資本來支撐強大的造型與表演，你就可以寫一個普通一點的故事。如果你沒那資本，此外和我一樣也在追求作品的叫好叫座，那寫出一篇好劇本便叫好或叫座最基本的門檻。

另外順道補充一個一直想找機會提醒讀者，但找不到適當時機的概念：一本劇本不可能跟一部電影一樣好看，如果可以一樣好看，我們又何須耗資千萬或上億去拍成影片呢？讀劇本就好了不是嗎？這是一般大衆常有的誤解，那是因爲他們不了解一本劇本與小說的不同，而如果你也有這樣的誤解，還請修正這觀念。

參考影片 34 —
The Short Story of a Fox

這部片的靈感來自動物頻道看得到的雪狐覓食的畫面（躍起，一頭塞進雪裡），這動作讓人非常驚奇（意外），你是不是也看過很多動物做出讓你驚奇的動作？

參考影片 35 —
頭山（Mt.Head）

頭山的靈感你也應該有過，記得小時候我們因爲吞過西瓜種子，而擔心肚子會長西瓜嗎？只是原創者讓他長到頭頂上了。當然，故事精彩之處在於創作者進一步的奇想，讓主角面對櫻桃所帶來越來越加劇的困擾，而這麻煩卻來自一窩蜂來賞花來游泳的人群，創作者用來反諷日本一窩蜂的社會現象。

參考影片 36 —
Geri's Game

故事的靈感猜測是原創者親身遇過老人孤單一個人在某處下棋，這處境本身就讓人感到遺憾。原創者知道整個故事都將帶著淡淡的遺憾，而棋局對戰，本身就有很強的「懸念」，在輸贏的「遺憾」、「滿足」交替間，「懸念」持續拉動觀衆，至於公園這場景可能是後來設定進去，這是很棒的烘托，當觀衆全神關注在競爭的勝敗之際，背景是滿園楓紅的秋天午後，孤單的遺憾隱隱作祟。

參考影片 37 －
Billy's Balloon

「你一定也看過讓你感到遺憾的人事物，如果你在乎，你就會有故事。」

這部動畫拿到1999年坎城影展的Slamdance Festival評審團大獎，全片手繪火柴人，或許能提醒產業中著迷在技術展現的故事創作者，多花點精力在故事上。

這部動畫我很難確定原創者的靈感來源，但可以確定原創者很討厭小孩，也懂**「萬物有靈」**的技巧，順勢派出氣球代替月亮去懲罰小孩，或許這就是靈感來源，也或許純粹惡搞，但還有什麼比無所顧忌的創作更叫創作者開心？原創故事就該多一點勇敢去惡搞、去實驗，而這位原創者也成功惡搞出故事設計最難能可貴的特別質感。

記得本書一再提到「四感」之外，每一種感覺還包含三種質感，或強烈、或深沉，或特別，這特別來自於故事經營出複雜的感受，複雜感受？這故事讓你好想看下去，卻又覺得有點罪惡，好笑又覺得殘忍，「滿足」又感到「遺憾」，也因爲這種特別的質感讓這故事獲得肯定。

而我無法確定其靈感來源還有個原因，這故事如果讓角色再寫實一點，再讓觀衆多看出是角色孩子一點，而非只是火柴人搖動那件我們熟悉的玩具，只要再多一點小孩符號，我們就笑不出來。換句話說，火柴人剛剛好可以讓這複雜感受產生，所以如果這故事眞的只是爲了惡搞，一定是個老天眷顧的創作。

所以你討厭過什麼？想不想來代替月亮懲罰一下？

參考影片 38 －
Cathedral

參考影片 39 －
Kiwi

這兩部短片並列討論，不是想比較兩部在技術層次上的差距，第一部的靈感猜測是從泰國 Wat Maha That 裡那些被老樹包裹的佛像而來，如果你到過那座廟或看過照片，你一定會產生相當的「懸念」與「意外」感，也可能會發想出這故事的虛構邏輯－在某個異世界，那裡的神殿是以人身建構，殉道者捨命成就神殿的偉大。

第二部的靈感自然是從紐西蘭奇異鳥而來，一種不會飛的鳥類，或許你早知道這種鳥，這種鳥一看就讓人覺得又意外，又遺憾。或許你也曾經有同樣的意外與遺憾。

這部影片採用的創意技巧是「穿鑿附會」，穿鑿這鳥渴望像所有飛禽一般飛過樹梢。

但我讓他們並列介紹的原因是因爲他們是少數動畫短片成功達成需求後設的兩幕劇，而兩故事更強大的設計在於故事後段那揭露的過程所帶來的強烈感受。

觀衆一開始觀影，並不太清楚角色的需求爲何，這是創作者刻意要隱藏需求，但放棄了主角需求來懸住觀衆，他們也因此必須經營其他「懸念」讓觀衆看下去，而這類故事的成就除了是少數兩幕的故事與需求後設，更在於當故事從第一幕轉入第二幕，觀衆瞬間在腦海拼湊出完整邏輯，也理解了主角的需求，更因爲理解需求，瞬間感受到主角的偉大（滿足）卻又讓人不勝唏噓（遺憾），感受到的是強烈的「滿足」同時又「遺憾」，這讓故事收尾帶了餘韻。

其實這類故事在編寫時，也是先完成三幕，鋪陳需求、推展需求、解決需求，但並不是所有的三幕劇都能直接拿掉第一幕，就能造就這樣的故事。這來自於兩故事的「主角都有偉大的需求，卻必須以死來達成需求」，也因爲這樣的需求設定，主角需求滿足時，才會帶有「滿足」同時「遺憾」，也才會形成故事收尾之後難能可貴的餘韻，這餘韻讓觀衆感受歷程的時間比片長更長，即使在影片結束後，觀衆還有感覺在心底反覆品嘗。

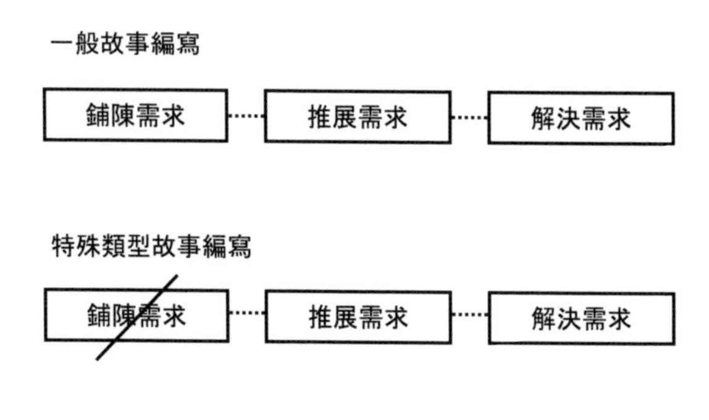


圖 3-8　三幕劇編寫。

參考影片 40 －
Trois petits points

這故事的靈感來自對戰爭所帶來的破壞，是遺憾的質感，你一定在所處的世界遭遇到很多無法彌補的遺憾，也許是心理的小世界、家庭或社會。

你知道動畫可以天馬行空，你可以用奇幻手法來彌補，這故事的創作者也想到了怎麼彌補。故事安排了許多隱喻，但你已經知道，當我們只用主角的針線拯救這世界，故事只會有滿足，我們要讓「遺憾」、「滿足」交替，且逐漸加劇，「懸念」才會持續，於是對立角色被安排進來，故事或許在暗喻我們可以拯救這世界，但救不了心愛的人。

apo

第十三章
# 先創造一個美好的創作世界

在進入創作技巧之前，我們先輕鬆的談談健康的創作狀態。

## 一、適合的創作空間

「尋找一個沒人干擾的空間，讓你的思緒可以盡情的流竄。」

請找一個舒適但別太舒適的房間，沙發是惡魔，很多創作者都被沙發吸進去，所以創作者房間切忌有沙發，也先別急著打開電腦，因為你也會打開 facebook。

現在請你拿幾張真的白紙出來，讓自己想寫什麼，就寫上去，有字在白紙上，讓人安心，如果卡住了，回到自己的生命歷史，去找「四感」，去篩選出夠好的，如果找到夠好的，但可能不適用於眼下這故事，就將創意整理到你的資料夾裡，將來一定會用到，畢竟說故事是一輩子的事。

## 二、足夠的創作時間

「如果你剛踏進故事創作的世界，請留給自己充分的時間來發想。」

創意世界就像是一座原始森林，森林裡蘊藏著各式各樣的創意寶貝，而這本書是你的指南，裡面還附上了一張藏寶圖，介紹著森林裡的寶貝，地圖畫了好多捷徑，每一條捷徑也只能幫你找到一樣寶貝，若你想要那些寶貝，你必須得帶著地圖走向偉大的寶藏，是的！你得走進去，進去披荊斬棘，你還得時不時常常走進去，否則路徑又將被芒草給淹沒，只要你走得夠久，熟悉了，人家一個創意想 3 天，你只要 3 秒，差別就在於他對這座森林不熟，踏進去總是需要花上一段時間找尋方向，差別只在於芒草長到他看不到路，而你，毫不費力。

走進去，
走進森林去，
常常走進去，
寶貝！
慢慢的，
你將會擁有你自己的地圖。

所以如果你剛踏進故事創作的世界，一開始每次四到六小時，容自己在多一點時間待在森林裡，走出自己的創意地圖，多走幾次，下一次你急需創意時，你也只需要 3 秒。

## 三、美好的創作流程

「故事創作可以從任何你有感覺的事物開始，但終究要回到三軸。」

「三軸」的處理從需求線開始，確定主角，建立需求，然後展開創意的摸索，摸索的過程當中，你開始焦慮了，因為你一直進行著釜底抽薪式的修改，不斷打掉重來，因為你會發現，當你從需求開始往下推展，你在發想會一直發想出「與現有需求難以連接，卻又比現有的四感還強」的創意，只好打掉重來，或者你開始把所有的創意都塞進故事裡，然後故事成了腫瘤，一堆不相干的創意全塞進一個故事，最後也只能忍痛割除，重新起頭，一切又回到創意的起點上了。

這是故事從需求開始推展所面對的狀態，前章提供了基本結構，帶著你從主角、從主角需求開始設定，主要讓你熟悉故事的輪廓，但專業的創作者並不從頭開始發想，因爲設定完主角與主角需求，只是鋪陳階段的起點，推展下去，充滿風險，更重要的，充滿未知，而那未知可以把人逼瘋！

有點經驗的創作者都知道，故事成敗的關鍵不在鋪陳，不在解決，而是在衝突上。那占據篇幅 1/2 的衝突階段，才是我們要呈現給觀衆的主菜，鋪陳只是前菜，解決只是飯後甜點，所以有一點經驗的故事創作者決定要不要把一個創意寫成故事的條件是他已經在衝突階段找到足夠的好戲。

而篇幅越短的動畫，在故事設計上更仰賴技巧，創作者透過技巧，如捷徑般精準定位出衝突階段或能持續發生在故事中的「四感」所在，再接著構築故事。所以下一篇要帶給各位的內容就是帶著你走入專業流程的第一步，你會在這一篇學到創意的技巧，這些技巧將幫助你在短片的發想階段，先找到衝突夠好的「四感」材料，在找到之後，你可以安心睡上一覺，隔天再來架好「三軸」、思考結構，鋪一鋪衝突前面的鋪陳，收一收衝突階段後的解決，再好好睡一覺，隔天再發展戲肉。

如果你希望讓創作成爲一件美好的事，你需要好的流程，這流程讓你事半功倍，讓你循序漸進，更重要的，讓你避免未知所帶來的焦慮，懷抱著希望，逐步實現好故事。

「因為有了美好的創作世界，你才有美好的人生。」

# 4

# 寫，在動畫製作之前

# 動畫×
# 創意基礎題

想法是精神的種子，

它將化爲實質的結果。

在此將進入創意技巧的介紹，我們知道一趟絕佳的感受歷程是我們第一層作品，這作品在人心，而故事是我們操作人心的媒介，這媒介由材料組織而成，創意技巧就是讓媒介造就絕佳感受歷程的方法。

創意技巧分爲兩類，第一類是對材料的直接處理，透過材料處裡來造就感受；第二類是選定特定的一種材料或多種材料，並加以組織設計，來造就優質的感受。我們將第一類歸類在第四篇創意基本技巧，第二類則收納在第五篇創意進階技巧。

第四篇包含「絕配」、「誇大加劇」、「比喻（形容詞）」與「喜劇」四個章節，是對材料直接處理的介紹，也是動畫在詮釋上常用的手法或表現方式，這些手法常用在動畫的細部處理上；第五篇則是透過特殊的選材與材料組合的特定技法來形成特定的感受歷程。

換句話說，第四篇談論的是動畫創作的幾種常用思維，讀者只要認識這些思考模式，就如同打開一扇創意的門，讀者可以很快上手，第五篇則進入了相對複雜的設計技巧，需要讀者根據技巧持續練習才能活用。

參考影片 41 －
For the Bird

我們先來看看《For the Bird》全篇故事的「轉折」：

藍天下的電纜上，麻雀A停在電纜上（轉折1），麻雀B飛來停在麻雀A身旁（轉折2），麻雀A看著B伸懶腰，翅膀卻拍到了A，A轉身啄開B，吼了什麼，跟B保持了距離（轉折3），卻撞到C，C兇了A但撞到D，不久很多麻雀飛來，撞來撞去，兇來兇去（轉折4-9），大夥卻聽到遠處傳來鳥叫聲，一起望過去（轉折10）。

一隻大鳥站在電線杆上對著他們揮手，麻雀有人模仿大鳥嘲弄著（轉折11），大夥嘲弄一陣子，又聽到大鳥叫，麻雀白了他一眼，一群麻雀往遠離電線杆的方向移動，然後交頭接耳說著人家的不是（轉折12），沒想到大鳥振翅飛起（轉折13），居然就降落在整排麻雀中間，他一站上電纜，電纜因為他的重量成了倒V狀，兩邊的麻雀也一股腦往大鳥身上墜去，這下所有的鳥都並肩擠在一起，麻雀們齊聲抱怨（轉折14），大鳥卻傻呼呼當成合唱，一起唱了起來（轉折15），大鳥旁的麻雀氣得啄了大鳥（轉折16），大鳥因此倒栽蔥倒吊在電纜，但大鳥的問題沒解決（轉折17）。

此時兩隻緊鄰大鳥的麻雀有了主意，兩麻雀開始啄那大鳥吊在電纜的雙腳（轉折18），一開始亂啄，後來麻雀一起答數，變得有節奏地啄（轉折19），大鳥還是傻呼呼地以為大家在唱歌，就在大鳥一根根指頭被啄離了電纜，有麻雀發現不對勁了（轉折20），但已經太遲，當大鳥放手，所有的麻雀被噴到天空中，羽毛因此全脫落，大鳥落在地上（轉折21-22），傻呼呼看著滿天羽毛飄落，吹了幾口羽毛（轉折23），接著所有的麻雀掉落，卻都沒毛了！大鳥開心大笑（轉折24），麻雀害羞地躲到大鳥身後（轉折25）。

這篇故事所擁有的細節在程度已經接近劇本，全片片長約 2 分鐘，故事的大小轉折約莫 26 個，我們把這接近劇本的故事調回大綱模樣：

一群討厭被擠的麻雀，遇到一隻大鳥硬是跟他們擠在一起（轉折 1），麻雀們受不了被擠，決定啄大鳥的腳（轉折 2）好趕走大鳥，大夥本來啄得很開心，沒想到大鳥一鬆開爪子，所有的麻雀被噴飛（轉折 3），這一噴，麻雀們羽毛全掉光了！麻雀們光溜溜地落到地面，只好害羞地擠到大鳥身後（轉折 4）。

這是故事大綱，轉折 2 與 4 是故事的結構轉折，也就是我們前面談到的折。

我整理出全片轉折，然後呈現大綱的四個轉折，並標出結構轉折，主要是讓你體會 2 分鐘的故事可以容納多少內容，故事大綱有 4 個轉折，推展到細節，也只有 25 個轉折。

《For the Bird》是個節奏明快的故事，我們用這節奏來算，如果 30 秒的故事，全片約 6 個轉折，用兩倍來算，4 分鐘的故事，全片約 50 個轉折。這就是你的戰場。4 分鐘內的所有轉折約莫 50 個，2 分鐘 25 個轉折，30 秒頂多 6 個轉折，這裡包含故事的結構轉折、段落轉折與細部轉折。

我們花了這一些篇幅來算轉折數，是為了讓你看到 2 分鐘節奏明快的短片可以含納的轉折數，因為大部分剛起步的創作者對於篇幅可以容納多少情節完全沒有概念，總是把故事寫的太長，卻毫無警覺。

懂得「轉折」後，你再也不用抽象的情節來估量，4分鐘的短片就算你密密麻麻地安排大小轉折，也頂多是50個上下，你也已經知道故事仰賴材料的差距與角色「內在轉折」而構成，材料差距可以單純在點與點之間經營反差或落差就能經營出感覺，但故事必定含有「內在轉折」，而每個「內在轉折」都得走完發現決定進行，而且該發現多久或者該進行多久，全視情境需要，以及你計畫在人心經營出什麼樣的強度或深度而增加。

所以如果你對自己寫出的故事該有幾分鐘有困擾，列出故事所有「轉折」，粗估每個「轉折」約莫的長度再加總起來你就可以抓出大略的片長。

如果你有點懶惰，至少也得算出你的故事有幾個「轉折」，也該進一步評估自己的故事節奏是比《For the Bird》快或慢？《For the Bird》是一部節奏明快的短片，包含那些鳥的爭執轉折，總共也只有25個轉折，如果你的節奏遠比它慢，你2分鐘內能容納的轉折只會比《For the Bird》少，如果你2分鐘內的轉折數多出《For the Bird》很多，那一定超過2分鐘。

我們回到創意技巧。所謂好的創意是指對故事最有貢獻的創意，而最有貢獻的意思就在於－創意造就故事極度優質的轉折，也就是質的貢獻；或者是一系列優質的轉折，也就是量的貢獻，而創意技巧就是為了質與量而存在。

第十四章

# 絕配

**「絕配」**其實是故事設計的基本技巧，不單單僅限於動畫，它是讓創作者能將故事材料於故事裡產生最佳效果的安排。

好故事是搭配出來的，所以故事在構思布局開始前，就得運用這技巧，有了故事的主旨，該用什麼故事來闡述這故事？當你決定了主角，他該是什麼背景？什麼樣的成長歷程？又有什麼罣礙？主角該搭配什麼樣的配角？搭配什麼樣的對立角色？有了主角的需求，故事該設定什麼樣的事件？又主角與情感關係的對象又該是什麼樣的關係？

在這大目標底下進行配置，你得守住兩項優先原則：

**★你配置的是一條條的線，然後編織成一捆線。**

**★這一捆線編的漂不漂亮，重點在占有 1/2 篇幅的衝突 / 抗衡階段。**

### 1. 你配置的是一條條的線，然後編織成一捆線

你知道故事是線性的，你也知道你有三種材料是造就好故事最有效的線性材料，也就是「三軸」。你將「三軸」編織成一捆，但其他材料需要由你決定後才能編進來，你得評估這材料能對故事做出什麼樣的質或量的貢獻？用更直白的來說，你至少要讓這材料不只在故事裡發生一次作用。

當你安排一個場景時，你想的不應是你是否喜歡這場景，而是這場景在開頭對故事有什麼貢獻？衝突時又有什麼貢獻？收尾還能怎麼貢獻？

「我們很少讓材料只出現一次，因為我們知道，用越少材料，每一樣材料就越有篇幅經營人心到更深刻的程度。」

### 2. 你知道這一捆線編的漂不漂亮，重點在於衝突 / 抗衡階段

沒有衝突就沒有戲劇，你所有的搭配，最重要是先安排出精彩的衝突階段，從你的主角需求與內在罣礙的衝突、主角與對立角色的衝突，或者「三軸」彼此的衝突等，全都關乎衝突，你的配置主要是爲了在故事裡發展出**「持續又精彩的衝突」**。

舉例來說，千手觀音面對一隻蒼蠅，可以經營出什麼精采的衝突？

參考影片 42 －
The God & The Fly

我們再用動畫長片來舉例。《Find Nemo》裡，父親的膽小，讓他的勇闖大海不斷與他的膽小衝突；《大英雄天團》裡，杯麵身為醫護 AI 卻必須戰鬥；或者《少年 Pi 的奇幻漂流》裡的兇猛老虎，讓少年必須和老虎一起渡過險境，產生持續的衝突。

我們回到單純的世界，故事有「三軸」－「外在事件」、「主角需求」與「主角的情感發展」，你是在這「三軸」中安排出衝突；如果是兩軸，你必定得在這兩軸中安排出衝突的段落；如果是單軸，那就是動畫短片經常唯一的軸，主角需求軸。那衝突的鋪陳通常是：

**★主角與對立角色的對立，這對立角色不一定是人或動物，也可能是環境或物體。**

**★主角與自己身體的阻礙。**

**★主角內在罣礙與需求間的衝突。**

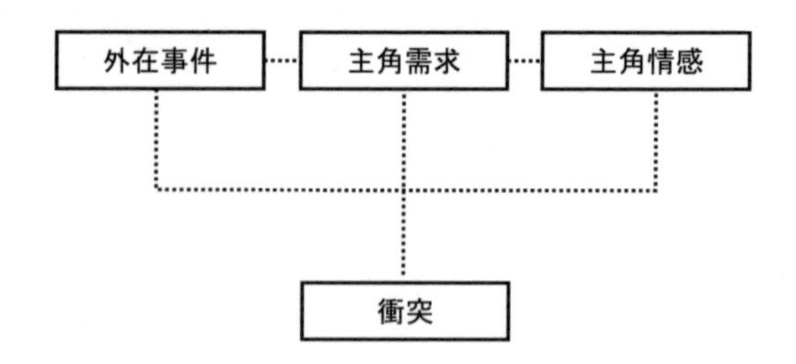


圖 4-1　衝突。

這部是主角需求與自己體型的衝突。

參考影片 43 －
Sweet Cocoon

參考影片 44 －
For the Bird

這故事在聊一群不喜歡擠在一起的機車麻雀所發生的故事，從一開始他們飛到電纜上彼此衝突，後來一隻大鳥飛來，導致他們更得擠在一起，接著進入集體驅除大鳥的衝突，這是個需求對立的衝突。

參考影片 45 －
Repete

這也是個需求對立的衝突。

至於爲什麼衝突要占 1/2 篇幅？因爲觀衆是來看衝突的，不是看鋪陳與結尾。這麼說你一定不答應！好吧！

愛情片，是去看兩個相愛的人怎麼勇於突破萬難印證其愛；勵志片，是去看人追尋夢想，實現自我；恐怖片，是去看人怎麼經歷百險，逃離危險。

如果我把勵志片改成 1/4 鋪陳；1/4 衝突，剩下 1/2 篇幅來描述主角如何從此過著幸福快樂的日子，你還會想看嗎？不信嗎？那我只好拿個錯誤示範來。

圖 4-2　需求。

參考影片 46 －
Soar

Soar 全片約 5 分鐘，鋪陳階段在介紹兩角色渴望「飛翔」的需求，進行至第 2 分鐘人類角色決定幫助對方，然後在第 4 分鐘前，人類角色順利幫對方達成需求亦滿足了自己的需求。你可以透過這部短片學會幾件事：

1. 這部片有雙主角，也有雙需求，於是分別鋪陳兩主角需求，也分別在解決階段滿足兩主角的需求，但篇幅就只有 5 分鐘，只夠創作者呈現結構轉折，然而好的故事是不會來自於你順利交代完所有結構轉折。
2. 這部片直接呈現人類主角的需求，未經鋪陳，沒有來由，也就是說，這建立主角需求的「轉折」，只完成了「決定」與「進行」，沒有「發現」，沒有處境，所以觀眾進不了故事，也拉不動觀眾，再動人的音樂也救不了。
3. 這部片三幕比例爲 2：2：1，過長的鋪陳階段與過短的衝突階段帶來感受上的意猶未盡。

沒騙你吧？你的衝突階段一定要最長，至少要有全片的 1/2。當然這短片也可能是創作者的 Preview 版本，所以只剪入關鍵轉折，我不得而知，但我們都要感謝這版本的存在，讓我們可以拿來做爲反面解說的教材。最後我用我另一個爛劇本來舉例，是部眞人實拍的電視電影《飛吧鴿子》，作爲配置技巧的總結。

《飛吧鴿子》想詮釋的是當人們面對「舊愛還在心底，新歡已經來臨」的兩難處境，但我希望故事帶點喜劇，於是我設定了一對男女都心懷著舊愛，卻意外相愛，舊愛是需求，新歡的阻礙，也就是需求軸與情感軸的對立，衝突階段出來了，對吧？！這故事是可以就這麼寫下去，就讓兩人「意外」相遇，然後「意外」發生情感，便可以推展到我想讓觀衆體會的兩難處境，但我知道我因此必須不斷製造「意外」，我知道這些意外如果處理不好，多少會讓人覺得設計得太刻意，而且這麼寫下去，我只能單單仰賴角色設定與角色關係來經營出喜劇，於是我決定讓「一隻鴿子」進場。

原創故事 1 －
電視電影《飛吧鴿子》

那男主角找回舊愛的唯一機會是一隻鴿子，那是一隻前女友留下來的鴿子，男主角遍尋不著女友，最後他在鴿子腳上綁上了情書，情書裡表達他希望前女友回來的心意，然後他帶著鴿子來到公園放飛，這隻鴿子將是他找回女友最後的機會，也在那天，他認識了女主角，一樣心懷著舊愛一位喪夫的年輕媽媽。

就在女主角得知男主角感傷的愛情故事之後，看著男主角打開鴿籠，等著鴿子展翅高飛，說不定真會飛回他前女友身邊吧？沒想到鴿子居然不飛，在草地上狂奔，女主角笑著幫男主角一起抓回鴿子。

從那天開始，兩人常常在公園想辦法讓鴿子飛，但鴿子就是不飛，當他們嘗試過各種千奇百怪的方法，他們的愛情也在玩鬧中升溫，兩人卻也開始面對「舊愛還在心底，新歡已經來臨」的兩難處境，隨著兩難拉扯越來越劇烈，有一天兩人又來到公園放飛鴿子，兩人吵了一架，女主角不想再吵，起身去嚇鴿子想讓牠飛，沒想到一個踉蹌跌倒，整個身子壓在鴿子身上，抱起鴿子，鴿子已經奄奄一息，男主角責怪女主角是存心的，鴿子何辜？誰知道鴿子轉醒，一個翻身，落在草地上就沒命地跑，男女主角趕緊追，鴿子卻越跑越快，最終振翅高飛……。

她們看著鴿子飛向藍天才想起鴿子腳上還綁著那封「男主角求前女友回來」的情書……。

一隻鴿子不飛，讓一對男女相識，鴿子繼續不飛，讓這對男女在玩鬧中愛情發生逐漸升溫，然後順利推展到我希望觀眾感受的兩難，當兩難推展到痛處，鴿子卻意外被壓到快斷氣，引發男女因此可能決裂的情形，這時，鴿子居然飛了！兩人努力了好久就是要鴿子飛，飛走的剎那是如此的滿足，然而很快的心情便墜入谷底，瞬間這對男女被狠狠扯開，墜回那舊愛的深淵裡。

這隻鴿子的配置，讓整個故事推展得更順暢、更緊湊，增加了「懸念」，更強化了每一次的「遺憾」、「滿足」，卻也讓這故事呈現出我希望的喜劇基調，最後也詮釋了主旨「舊愛如鴿子一般徘徊不去，終究縈繞一生」。

任何材料要配置到故事裡，必定要能做出重大的貢獻，更重要的是材料對衝突階段的貢獻。

參考影片 47 —
Soar

針對《Soar》的故事問題，請撰寫一篇修改版，片長不限，不過請注意三幕的比例，也請保留短片中現有的所有情節，在現有情節中，加入你覺得可以讓故事更好、更完整的情節。

01

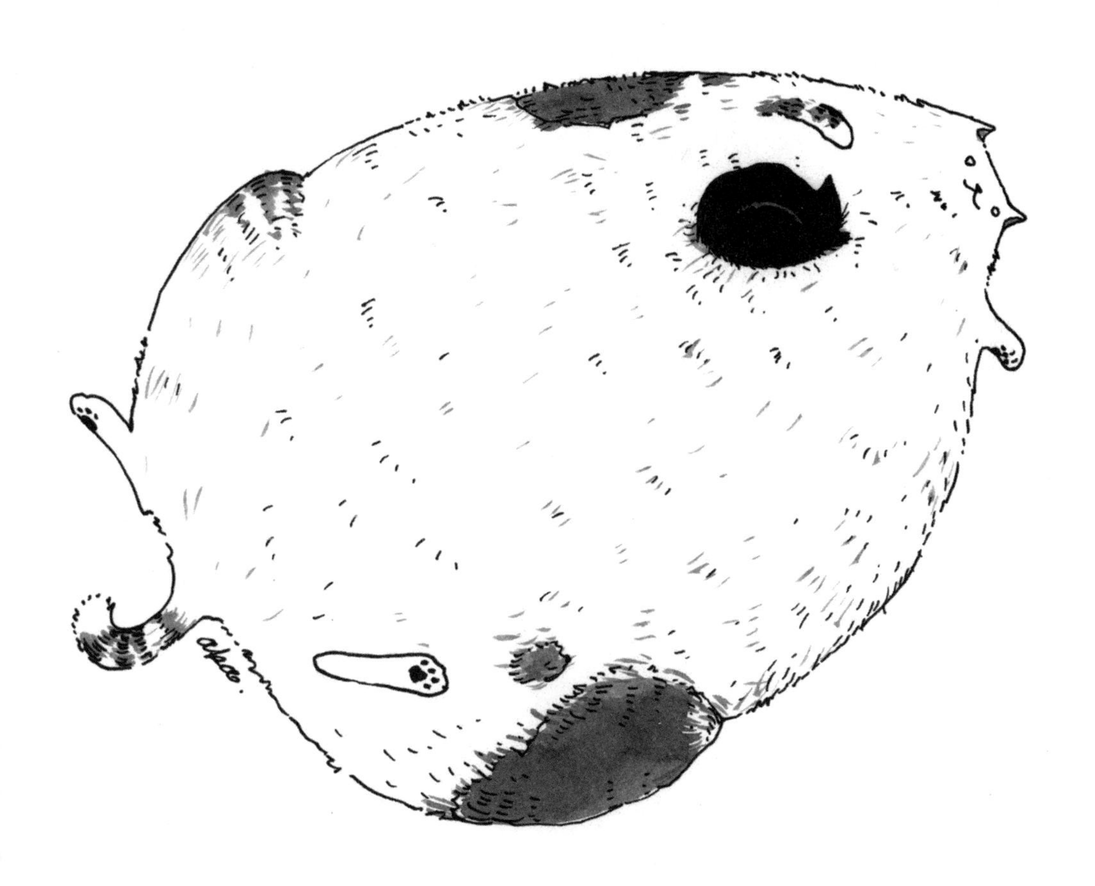

第十五章

# 誇大加劇

**「誇大加劇」**亦可稱「誇張的手法」，這種手法常用於動畫裡的藝術設計上，因爲這技巧能直接強化「滿足」與「遺憾」感，也因爲瞬間的誇大，進而產生意外感。

比方在人物造型設計上，女性某些部位能帶給男性觀衆的滿足感，誇大這些部位，滿足感就變大了。或者異常高聳的城堡、超大的美食……亦有相同的效果。

圖 4-3　誇大加劇。

「誇大加劇」也經常設計在「轉折」的「結果」上，像是主角一拳可以把敵人打飛，還撞破幾棟大樓！一樣擴大了「滿足」或「遺憾」感，例如：這一拳如果打的是壞人，觀眾會產生滿足感，如果是主角被打飛，觀眾會感到遺憾。這也是超人電影系列賣座的原因之一。

故事的本體設計也會用到這技巧，比方說在主角毅力上的各種無限誇大，你會發現動畫角色通常都帶有非凡的決心，因爲那絕對的堅持滿足了觀眾無法堅持的遺憾。像是《探險活寶》中阿寶保護世界的堅持和老皮絕對挺哥兒們的決心，使得探險活寶的故事有多長，觀眾的滿足感就有多久。這正是觀眾愛上動畫最重要的原因之一。

在本體的誇大上常常用在角色需求的強度上，你常在動畫角色中發現異常狂熱的角色，尤其壞蛋，更可以在角色關係上誇大，讓我們看到耽溺於某種情感關係的角色。

所以當你決定把某種材料放入故事時，得花點時間想想能不能拿來「誇大加劇」？因爲你只要簡單的變形，就能造就故事更強烈的「遺憾」與「滿足」感，甚至帶來「意外」感，非常値得。

參考影片 48 －
Backkom Contact

參考影片 49 －
低頭人生（Life Smartphone）

請鉅細靡遺地寫出你第一次分手或別離的過程，然後用「誇大加劇」技巧改寫之。

01

第十六章

# 比喻

在人們的對話中，我們常常因爲語彙不足以形容對事物的感受，而選擇採用**「比喻」**的方法。在文學裡，也喜歡透過比喻來形容各種意境，比方台語會用「彈舌」來表達食物的美味，我們也會將男人比喻爲「蒼蠅」，氣力可以是「洪荒之力」，這些形容詞直入人心，讓每一吋肌膚、每一顆腦細胞都感受到！

動畫也最適合採用這樣的技法，透過形容而非寫實推展，每每這類比喻出現，觀衆不只驚喜、帶來意外，更經營出觀衆深刻的感受，更強烈的「滿足」與「遺憾」交替。

圖 4-4　比喻。

參考影片 50 －
Anna and Bella

影片中描述女孩們成長，如「花朵般綻放，男人蜂擁而至」，擺脫了寫實推展的累贅；「男人移情別戀」，轉折的這麼俐落；「移情的男人與妹妹相愛飄飄欲仙，直上月球」、「姊姊難過的碎了」。

故事中，幾個沉重的遺憾轉折避開寫實推展，透過形容詞的詮釋，處理得充滿趣味，帶來滿足感，也保住了故事既定的喜劇基調。

「比喻的技巧是動畫創作的重要手段，當然你也可以讓他成為主要的創意。」

好了！「比喻」我們就介紹到這裡，如果你想多了解形容詞手法的運用，動畫影史上有一位形容詞大師 Bill Plymtom，你可以進一步找來研究。

練習 51 —
Afternoon Class

我們都體驗過故事主角的處境，我們甚至都對那處境有過描述。

這故事主要的創意就來自於對那處境的形容，越有經驗的處境，我們一定透過越多的比喻，來詮釋它。

你知道故事設計接下來的工作是去建立主角的需求軸，用需求軸把這些形容串起來，並回頭去分析當初的親身經歷，在那處境裡你有所需求，這需求就是你拿來串聯這些形容的最佳方式，同時你也能因此找到最能貼近觀眾的需求。

不過《Afternoon Class》這部短片有他可惜之處，在於故事後段轉入夢境，故事因此斷裂爲兩段，其實是可以直接在故事中段（Midpoint）加入變因，推展出全新處境。

01

請鉅細靡遺地寫出你第一次分手或別離的過程，然後用「比喻」技巧改寫之。

02

第十七章

# 喜劇

「如果可以讓觀眾越進入你的故事，那麼觀眾越置身其中，他們的感受就會放大，而觀眾能不能沉溺在你故事裡，先決條件就是讓觀眾—『信以為真』。」

觀衆觀影，是因爲相信而入戲，進而認同角色，與角色面臨的處境產生共鳴而動情。所以故事在設計策略上，就得達成某些類型的預設效果。例如：抒情類型，需要觀衆入戲很深，或需要觀衆認同主角，才能投入情感；又或者如驚悚片，仰賴觀衆高度相信故事的世界眞實存在，才會對鬼怪產生強烈的恐懼，這些故事只有面對相對嚴苛的製作要求，才有機會達成觀衆的**「信以爲眞」**。

而動畫爲了達成「信以爲眞」，即使透過風格來轉化，反映在預算上依舊是高額的支出，而製作時間上拉長，在製作技術上也需面對嚴苛考驗，故事必須含納更遼闊的市場、更多的年齡層，以便讓收益去支撐預算，但即使創作者苦心透過某種程度的擬眞，或透過有效的風格來轉化，讓觀衆盡量沉浸在故事裡，他們依舊發現有很多類型的故事，無論他們怎麼努力，都無法達到如實拍的效果，這是動畫創作的前輩們很早就發現的創作現實，他們只好逼問自己，有什麼樣的故事類型可以在觀衆不用入戲太深的情況下，也能愛上故事？

「喜劇，答案是喜劇。」

喜劇「有機會」成為那種讓觀眾無須入戲太深，甚至無須信以為眞，仍能產生強大「懸念」的故事類型，你可以回想你看過許多搞笑電影，從電影裡面的世界到角色，你並不相信他（它）們眞實存在，相較於一般劇情片，採取更抽離的視角看搞笑電影，但你仍舊興味盎然地看下去。

我進一步解釋入戲深淺的觀念。觀衆看一部影片所處的位置，我稱為觀影的位置，大體可以區分為三種位置，分別是**「認同角色」**、**「入戲」**與**「全知」**。

**「認同角色」**是指觀衆看這部影片時，處在和主角休戚與共的位置。換句話說，觀衆因為認同而對主角所經歷感同身受。而比「認同角色」再抽離的位置，是**「入戲」**。觀衆相信故事一切眞實在眼前發生，但與主角有某種距離。

再抽離一點看，即是觀衆在**「全知抽離」**的位置看這部影片，他們可能是因為不相信故事眞實發生，他可能很討厭這故事，所以抽離，而喜劇是一種無須將觀衆安置在認同主角的觀影類型，短片更因為篇幅限制，創作者根本在沒足夠的篇幅鋪陳階段就將觀衆置於認同或入戲的位置，只能被迫將觀衆放在全知與入戲之間。短片創作者慢慢發現他們除了喜劇，其他類型都無法達到如眞人實拍的效果，這也是為什麼我們看到的短片動畫大半是喜劇。

接下來當然是要介紹短片動畫的喜劇設計技巧，以下是基本手段：

**1.** 好笑的樣貌、表演與需求

你需要一個讓觀眾覺得好笑的主角，你當然會在角色設計與表演上就讓角色看起來好笑，你也可以透過主角需求的設定讓角色好笑。

我們用吃麵來舉例：吃麵不好笑，一個滑稽的人吃麵，在他滑稽吃麵的表情與動作下，有一點好笑，他吃著吃著打一個噴嚏，結果一條麵從他鼻孔流出，他露出驚訝的表情，然後張大眼，嘴角有了笑意，他決定試試用鼻孔吃麵！後者就是植入好笑的需求。

**2.** 別人的失敗就是我的快樂

這是某布袋戲經典角色的口頭禪，也是搞笑劇的原則之一，得讓你的主角或對立角色越來越慘，所以請記得：「好好折磨他們！」

**3.** 打死不退

你用來引發觀眾發笑的角色，一定是帶著這種性格，他一定堅持到底，一點都不退縮，在明明毫無機會，角色又已經是慘到爆的狀況下卻依然堅持下去，這就是喜劇。

參考影片 51 －
Ritterschlag

**4.** 不死之身

你用來發笑的角色，除了堅持到底，還需要不死之身，他再慘都會繼續，再大的傷害，他都會爬起來戰鬥下去。而創作者也要盡量避掉讓觀眾覺得殘忍的符號。例如噴血、斷肢……等等。這些殘忍符號容易阻止觀眾繼續發笑。舉個例子來驗證：

《Ritterschlag》是個透過類型顛覆的技巧所形成的故事，故事盡可能降低「弄死騎士」所可能帶來的血腥畫面，如果你看到騎士的臉，表情痛苦不堪，慘叫哀嚎還噴血，這故事就一點都不好笑了！連溫馨都很難經營出來。

**5. 錯置**

以上是搞笑劇的手法，而錯置則讓喜劇進入另一個層次，在長片喜劇的開發上，會在故事概念階段就先建構出錯置的格局。舉例來說，我們都知道王子會救公主，沒聽過沼澤怪救公主吧？這是《史瑞克》在格局上的錯置設計，同樣的，兔子維護動物世界的秩序，也是錯置的格局。

短片雖然沒篇幅來進行格局規模的錯置，並產生一趟旅程規模的發展，但可以是一種處境上的錯置設計，比方狼失眠，醫生建議他去數羊，這就是處境的錯置。

在角色互動上也常用到角色間因爲雙方需求的錯置或雙方意圖的錯置，產生誤解來經營出笑料，而長片中也常用到雞同鴨講，但雞同鴨講卻適用於短片動畫。例如：國片《大尾鱸鰻》的經典場面，豬哥亮喊「冰的！」，引發黑道火拼，這種對白上的喜劇（POW）就不適合用在短片動畫。錯置會在後面更仔細的討論。

在故事設計上，一樣是回到基本設計，以狼失眠數羊來舉例，當你有了這樣的創意，接下來你得像隻狼，進入狼的狀態去數羊，在故事裡面，從中去找尋笑料，你除了必須將標準提高，將自己的笑點提到最高，找到夠好的笑料放入故事，你還要注意如何讓笑料持續密集的發生。

請以「狼失眠，決定數羊來助眠」設計一篇喜劇基調的故事，請務必讓故事好笑。

01

all·in one

# 寫，在動畫製作之前

# 動畫×
# 創意進階題

侷限只存在我們心底，

但如果運用想像力，

將有無限可能。

第十八章

# 從遺憾發展故事

「從遺憾發展故事」的技巧，是針對故事的關鍵轉折來進行設計，什麼是關鍵轉折？如果以短片來說，就是「形成主角需求，且這需求貫穿整個故事」的「轉折」，這「轉折」通常是故事推動力道最強的「轉折」之一，也經常是故事當中反差最大的「轉折」。如果你記得本書提到的差距與反差，你知道這「轉折」所帶來的「懸念」一定很大，也因爲是故事「懸念」最強的「轉折」之一，長片電影經常拿這「轉折」作爲行銷宣傳的重要材料。我們再拿《Oktapodi》這短片來舉例，這短片的關鍵轉折就是「章魚眼見愛人被魚販抓走，決定衝出魚缸，從魚販手中救回愛人」。

因爲本章談的就是「關鍵轉折的設計」，你不妨在閱讀本章前，再把第一篇第五、六章的轉折再讀一遍，然後再回到本章。

## 一、遺憾的設定

「從自身無法化解的強烈遺憾做為創作材料，一直是藝術創作者不能說的秘密，卻也是成功之道。」

當然，故事創作者也不例外，而許多創作者即使不是從自己的生命遺憾作爲創作起點，他們也會從所處世界的遺憾著手，爲什麼故事創作者要這麼自虐地找自己的遺憾或世界的遺憾來轉化成故事呢？而且越悲慘的經驗越好！最好是慘絕人寰、慘到天荒地老！

你必須知道爲什麼，因爲每一項原因都是故事創作的神奇藥水，你要像老手一樣懂得榨乾你遺憾裡的每一滴神奇汁液，因爲每一滴都將是你故事裡的絕佳養分。

## （一）遺憾在創作上的價值

### 1. 掌握遺憾，就掌握人心，就找到經營市場的起點

故事由許多「轉折」所構成，而「轉折」是一組「發現」、「決定」與「進行」，組成「關鍵轉折」也是。你知道那發現就是主角面對的處境，處境是經營「懸念」的關鍵，如果那主角的處境讓觀衆在乎，觀衆就會被懸住，從此這些觀衆們就會在乎主角所面對的一切，藉此經營出強烈的「懸念」，同時你也因爲造就他們對處境的共鳴，從而理性預防、感官全開，全面感受你經營給他們的「四感」。

**人心就是市場**，有多少人和你安置在故事裡讓主角所面對的遺憾處境有類似經驗，你就有機會讓多少人產生共鳴，就有多少人已經在你初步的掌控中。

所以請努力找尋讓觀衆在乎的處境，你現在就可以拿出紙張，列出你這輩子**「最在乎的處境」**，如果你能力夠，再進一步找到你在乎，同時你相信這世界上很多人也在乎的處境，你會發現這些「處境」，不是帶有強烈的遺憾，就是帶有強烈的滿足感，你知道即使是滿足感，那滿足感其實源自於遺憾。

**2. 坦承的展現遺憾，是一種眞誠**

創作者眞誠的說出自己的故事，這世界通常也會眞誠以對，眞誠本身就是一種魅力。

**3. 遺憾帶來創作動力**

強烈的遺憾感籠罩了每一個生命，但眞實生活中誰不想晴空萬里呢？但卻常因我們的無能或錯失良機，只好活在懊悔裡，創作者知道可以透過故事幫自己走出陰霾，而當自己走出去，世界上有同樣遭遇的眾生亦將跟著創作者走出去，離苦得樂。這種想療癒自己也療癒他人的渴望，將帶給創作者不同於一般的創作動力。

**4. 自身的遺憾帶來豐富的材料**

**★事件發生過程的獨特。**

每一個生命中的遺憾都是獨特的遺憾，從事件到人物，從人物到表演和對白……，因爲每一個人都是獨特的，發展出來的事件勢必存在某種程度的獨特性。許多剛開始創作的人們總是以爲自己生來平凡，以爲他們那一次慘痛的分手，也只是與這世界上無數次的分手狀況一樣。

參考影片 52 － QUAND J'AI REMPLACÉ CAMILLE

**★事件發生的經過內含隱藏版的珍貴材料，供創作者選用或轉化。**

故事是虛構的，這虛構要能讓人信以爲**「眞」**，得仰賴故事從世界、事件、人物、人物關係等故事材料建構出足以說服觀眾的符號，然而我們卻常常只看到動畫故事裡的**「虛」**。

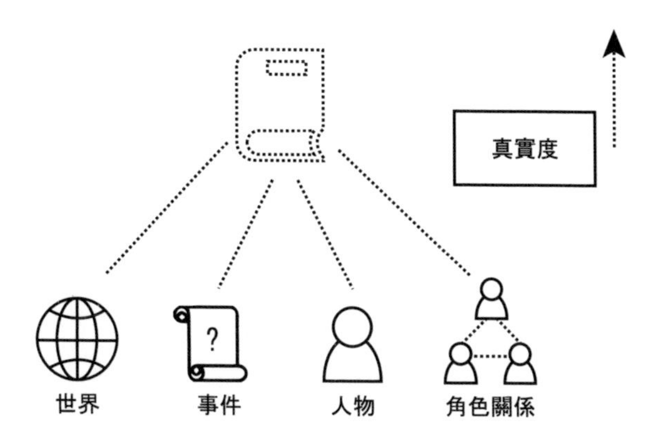


圖 5-1　故事材料建構。

比方說，故事是描述一位獨居老人的故事，那住了四十年的破瓦屋卻看不到歲月的痕跡，看不到老人長期活在這屋子該有的樣貌，如果你親身經驗過，你會知道該如何讓這老屋看起來就是老屋，更看得出來老人長期存在這空間所該有的樣貌。

你所眞實經歷的事件從世界觀到事件發展，從人物到人物關係，從場景、光影、表演及對白都已經完整建構，就等著你來擷取和轉化到故事裡，讓世界相信，因相信而入戲。

**★你在遺憾事件中的一路的內心變化都可能成爲創意。**

當人們面對遺憾，不論是遺憾發生的當下，或者在遺憾之後，經過漫長時間的心理煎熬，當人無力反抗，人們或許在行爲上坐以待斃，但那強大的遺憾總會逼著我們幻想，幻想脫身之法，幻想神奇的反抗手段，甚至幻想著所有遺憾都幻化爲美好，這些幻想或許有些無厘頭，甚至搞笑，卻是喜劇和動畫最好的創意。我常常在帶學生編劇時，面對學生找到遺憾卻找不到故事的時刻，引導他們去找尋遺憾當下曾有過的幻想，我總是能順利帶著學生走出創作的困頓，找到好故事。

**★當遺憾無法化解，我們只好抽離並笑看。**

我就有一套台灣編劇求生的故事可以讓你一路笑中帶淚的聽完，當你也有這樣的百年遺憾，血淚交織的你又無法脫身，這一定能寫成超級好笑的故事！（嘆氣）

你的主角所面對的遺憾有多少觀眾在乎，你就能勾勒出多大的市場基本盤。或許你不是這麼在乎市場，但我想你也知道，當你找到你在乎的遺憾時，你就能賦予故事這生命體第一次的心跳。

### （二）遺憾的挑選

我們可以遺憾作爲故事設計的第一個定數，再來找其他材料來搭配，遺憾的取材方向可以是：

**1. 從自己生命經驗尋找**

例如：考試作弊被抓到、男／女友提分手、被發好人卡、走路不小心摔個狗吃屎……。

**2. 從世界去尋找**

例如：地球暖化、你愛吃的食品都停產、狗狗被遺棄……。

**3. 馬斯洛金字塔**

金字塔是你救急的取材方向，你可以金字塔的各種需求，回頭去尋找需用的處境。

例如：社交需求的愛與被愛，當我們鎖定在「被愛」裡，開始尋找那些渴望「被愛」的遺憾處境，你問自己什麼時候渴望「被愛」？或許你想到「孤單的時候」，接著你仔細想想，你在什麼處境下，感到非常孤單？是在挫敗之後？是在喧囂的人群當中？或是在朋友的熱鬧聚會之中？或者情人節？或者……。

找到遺憾了，你的故事也有了第一次的心跳。

## 二、決定的設計

### （一）每一個決定都將帶來不同的「四感強弱」與故事「質感改變」

「在找到該讓主角面對什麼樣的遺憾處境後，接下來更關鍵的是決定設計。」

**「決定」**，不只決定你有沒有創意，他決定了故事關鍵轉折推展出去的力道，也就是「懸念」的強弱，更決定了故事類型的基調，甚至決定了故事的主旨。但在此我們先不談太複雜的問題，我們只需要知道兩件事：

1. 在遺憾的處境（發現）之後，主角「決定」出現。「發現」與「決定」兩者之間的差距，差距越大，「懸念」越大。

2. 單就「遺憾」來看，你只需要去分辨強弱，而當「遺憾」之後，主角「決定」出現，每一種決定都會帶來「四感」的強弱不同，也將帶來故事整體質地的改變。

有了這兩個概念後，我們進一步來品味「四感」的強弱不同。我們先設定一個寫實的遺憾處境，避免太過天馬行空，以至阻礙部分讀者的想像，我們讓這寫實的遺憾帶著所有的讀者進入處境，然後一起來發想決定，進而比較每個決定的質與量。

小咪和小華是大學生，兩人交往幾個月，那天小咪在學校上課，越上越無趣，她想起小華早上都沒課，八成還在他租來的套房睡懶覺，她又想起自己好幾天沒在小華那兒過夜，玩心大起，揹著背包悄悄離開教室，她決定今早要把小華榨到乾！

小咪來到小華套房門前，拿出鑰匙悄悄打開套房房門，一邊解開上衣衣扣，她心碰碰的跳著，門一推開，她困惑看著小客廳地上怎麼有幾件被脫下的衣褲？小華的襯衫……小華的破牛仔褲？還有……女人的裙子？小咪還發現有女人的小……衣物，小咪心涼了半截，這時她也聽到臥房隱隱傳來的呻吟聲，是男女做愛的聲音，小咪拖著沉重的腳步，一步步走到門前，凝重地推開房門，她發現床上……小華和樓下賣麵的阿嬤正在床上做愛……。

這是一個遺憾的處境，你可以先看到這裡，然後開始想想那可憐的小咪跪在半掩的房門前，看著小華和阿嬤在床上翻雲覆雨，小咪可以做出什麼樣的決定？等你寫出十個，再回來看書。

撰寫方法：請具體描述細節，寫出小咪的反應，她的決定是？她怎麼進行那決定？她的決定又將引發其他角色什麼決定？小咪在面對小華或阿嬤的反應之後，她又有什麼反應（決定）？

別忘記！不走進創意的叢林，你將永遠拿不到寶物。

所以小咪可以有以下的動作：

1. 小咪憤怒起身，衝進廚房，拔了菜刀，衝進臥房，就這麼手起刀落……殺他個血肉模糊……。

2. 小咪無助的淚流滿面，她猛搖頭，卻悄悄把門掩上，悄悄離去……。

3. 小咪冷冷拿出手機，鏡頭對著他們，在臉書上直播，這直播的畫面很快傳遍小華班上，引起同學騷動，然後傳遍了學校，好多班級的同學們圍看手機，他們嘲笑，他們喧鬧，在同學的笑聲中，小咪仍舉著手機對著臥房，她早已經淚流滿面……。

4. 小咪起身，推開房門，流著淚，卻努力擠出笑容，她笑著說她回來換衣服，說著一邊換一邊哭著笑著告訴小華，學校門口新開了一家 Pizza 店，聽說很好吃，彷彿阿嬤不在房裡，等著阿嬤倉皇離開，她才轉頭，哭著微笑，威脅小華答應絕不造次。

如果你想出其他的「決定」，請將上列與你的創意一起拿來品味，進一步比較他們的優劣，當然，你知道我們目前只處理了故事的一小段戲，我們也只能針對這一小段評估，當你推展出故事整體輪廓，有了清楚的段落，也有了結局，你才能眞正的準確評估故事當中的任何一場戲。

等你評估完，決定出哪一個「決定」最好之後，再往下看。

「每一種決定都足以對人心產生不同的『四感強弱』與故事『質感改變』。」

以 1 來說，這決定帶來某種程度的滿足感，尤其有過類似被背叛經驗的觀眾，這類觀眾滿足感更強。而 1 與 3 比較，一樣是報復的決定，一樣帶來滿足感，但 3 更能挑動年輕觀眾的味蕾，更讓年輕觀眾滿足，你很清楚你的目標觀眾是誰。然而 1 和 3 的決定，卻讓故事出現不同的基調，1 是社會寫實的基調，是暴力的，是直接讓觀眾目睹兇殺的驚悚與殘酷；3 卻帶有喜劇的味道，也呼應現代年輕人對臉書的使用，兩者質感全然不同，當你有了完整的故事輪廓，你會發現這兩種決定都會帶來故事整體質感的改變。再來，1 和 3 都是報復的決定，報復是一種滿足，兩者都帶來滿足，但也都參雜著遺憾感，兩者所帶有的遺憾感在質感上也很一樣。

最後，對年輕觀眾來說，1 是四者當中，創作者最容易發想出來的創意，因爲大家都想得出來，所以常被使用，所以屬於平凡的創意，少了新鮮感。而 2 與 4 一樣委曲求全，一樣是在遺憾的處境下，主角作出更遺憾的決定，但 4 讓小咪更有魅力，而 2 的「懸念」卻可能比 4 大，2 讓我們更想知道小咪與這段關係將如何被推展下去。

一種遺憾處境搭配不同決定，將帶來不同的**「四感強弱」**與故事**「質感改變」**，故事由複雜的材料組成，每一種加入故事的材料都會影響「四感強弱」，並帶來故事「質感改變」，這將是你故事創作生涯持續要進行的抽象比較，並持續作出抉擇。

## （二）決定的發想方向

「在探討決定發想的方向前，你必須知道角色的每一項決定都必須符合角色既定的性格，也必須符合角色所存在世界的合理性。」

在性格與合理性的範圍內，你可以幫主角作出千百種決定，你知道這決定與處境的「遺憾、滿足」差距越大，「懸念」越大。當然你也知道不一定「懸念」越大就是好故事，這還要等你把整個故事推展出來，你才會眞的知道這是不是一個好故事。

以下是決定的幾種發想方向：

**1. 讓主角維持原來決定**

比方你曾被霸凌過，當下一定會產生某種反應，那反應就是一種決定。你可以取用這決定，讓你主角同樣進行這決定。但經常這現成的決定注定是個平凡的決定，是在這處境下，人人都會作的決定，這樣的決定觀衆不會太在乎，否則這世界不需要編劇，當然，你可能取材自精彩的眞人眞事，那精彩多少來自主角的精采決定。

**2. 讓主角作出滿足決定**

在「角色性格與他存在世界的合理性」的前提下，你替主角設想出**「讓人滿足」**的決定，這「人」可以是你（創作者）或者你預設的市場，你可以選擇去追求「四感」的極致，去追求「四感」的量，也就是去找到最最最讓人滿足的決定。

「不管你追求的是量或是質，你都得多想幾個，去比較，去選出你覺得最好的決定。」

參考影片 53 －
Presto

Pixars的《Presto》和《For the Bird》，還有前述的《Oktapodi》都是讓主角面對「遺憾」後，作出「滿足」決定的設計。

**3. 讓主角作出更遺憾的決定**

前例小咪和小華的故事，小咪決定掩門悄然離去，就是一個更「遺憾」的決定。你知道只要存在著差距，就會有「懸念」，差距越大，「懸念」就越大，但務必合情合理，合於角色性格。如同上述滿足的決定，質與量的追求，仰賴你戮力發想，想出更多選擇，然後決定出最好的一個。

參考影片 54 －
Memo

參考影片 55 －
Finito

**4. 讓配角帶來「滿足」或「遺憾」，引發主角與配角的衝突**

參考影片 56 －
Otto

《Otto》講述一位流產的年輕媽媽遇到了一位幻想著自己有個弟弟陪她玩的小妹妹，這媽媽決定拐走那不存在的弟弟。這決定仍然帶來滿足，然這滿足卻摻雜著遺憾。

參考影片 57 －
In a Heartbeat

《In a Heartbeat》講述男同志愛慕一位男孩，卻不敢表白，這是遺憾的決定，卻被自己的心強拉著去接近愛慕的男孩，這是配角所帶來的滿足，進而主角與心發生衝突。故事讓「心」成了角色，瘋狂的要接近那男孩，反倒是主角因爲膽怯，成了阻礙來源，這故事很有可能是從創作者親身的遺憾而來。

現在你有了可以連結人心的遺憾處境，你也設計了一個能拉動觀眾的主角決定，有了關鍵轉折後，接下來可參考第二篇的基本設計，一步步將故事整理出來。

## 練習題

每個人都不一樣，一群不一樣的人搞出來的事也會不一樣，有時只因你與你自己的獨特（或者你所處的獨特世界）朝夕相處而失去了敏感度。請回到當初，認眞體會那遺憾的經歷，也努力去找到過程中的獨特，然後放進你的故事裡。

01

選擇一種你最有感覺的處境，接著仔細將那處境寫出來，鉅細靡遺，包括過程，包括當下所見、所聞、所感、所聯想到的一切，將這些獨特的經歷寫下來，你會發現許多可以加入故事的創意，你也會找到一些能讓你故事有著你「獨特基因」的材料，讓你的故事帶有你的獨特。

02

以你的遺憾經歷爲材料，讓那遺憾有個極端滿足的「決定」，並推展出衝突階段與結局。

03

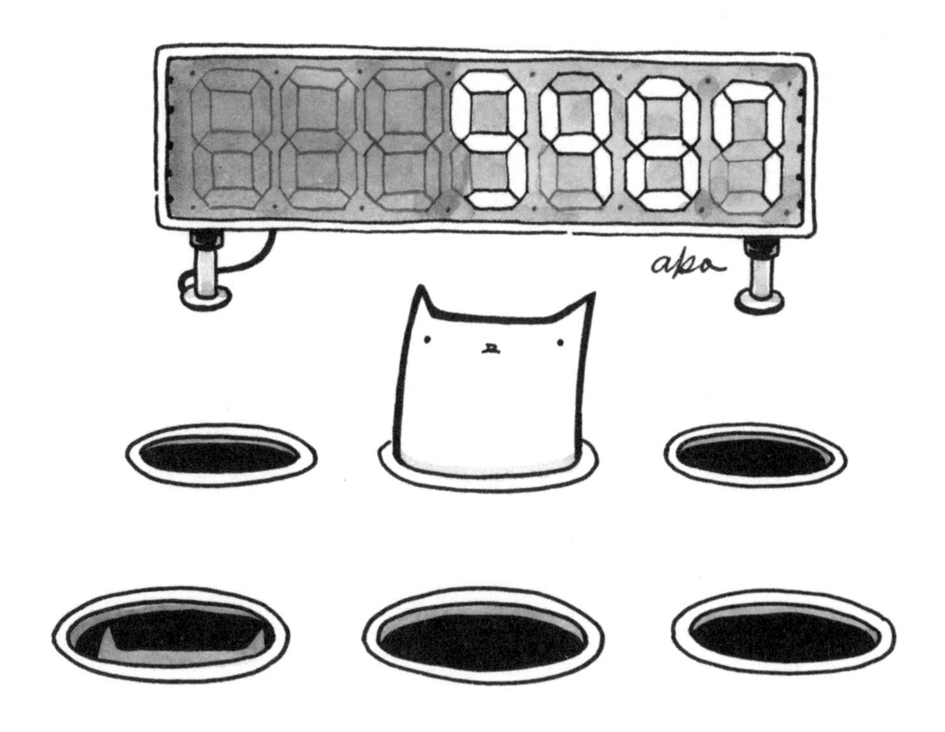
aka

第十九章

# 錯置

夜裡，眼球疲憊地跟著主人準備就寢，主人躺到了床上，眼球早累到快閉眼，但仍強忍著睡意，因為每一晚她都得等主人幫她點眼藥水，眼球耐心等著，卻驚覺主人沒拿起眼藥水，卻拿到一旁的三秒膠！怎麼會有三秒膠在那？一滴三秒膠就快滴下來啦！

**「錯置」**是絕配技巧的極致，錯置將兩種高反差的材料加以組合，成就其高度衝突感，當然也帶來強烈「懸念」。

這支短片訴說著一隻狗身體裡住著一隻貓，兩動物從衝突到合作的故事，兩極端反差的動物成爲一體，當然是爲了形成極端的衝突，所以情節安排了貓狗因爲習性不同所引發的一系列衝突，本片衝突階段也占片長 1/2 篇幅。

**有衝突，才會有戲劇！**這是一句關於戲劇創作的老話，四處蒐羅好故事，主要就爲了找衝突，而你設計故事時，也是在製造衝突，還有什麼比一隻狗裡住著一隻貓更衝突的呢？不過這短片還有一件事値得你學習，就是－**片名**，我們趁這機會來談談動畫短片的片名吧！

參考影片 58－
The dog who was
a cat inside

這故事開場沒幾秒就看到樹枝上站著一隻表情無奈的狗，狗體內有貓，接著狗貓出鏡，浮現片名《The dog who was a cat inside》，短片片名的命名是否有什麼原則？難道只是因爲每一部片在放映時都該上片名嗎？

我們先來談一種故事分析技巧。

創作者總是從觀影中學習，這讓創作者可以同時看到影片如何組織、如何設計，同時間感受到設計所帶來的效果。而當你發現故事裡存在某一組值得學習的設計，除了分析該設計的內容與組成並加以感受，以便知道這樣的設計所帶來的效果，同時你可以透過一個重要分析技巧，讓你更能看清這組設計對整個故事的價值，那就是當**「拿掉這組設計」**後，去發現故事改變了什麼？從這些改變，你就會知道這設計對這故事的貢獻。

現在，你想像這部影片沒有在一開始疊入片名，然後再看一次，再感受一次沒有影片的版本，你會更清楚這片名的設計價值。「The dog who was a cat inside」這片名（也是材料）對這影片有哪些貢獻：

1. 協助製造懸念：當故事疊入片名之際，觀衆不禁好奇狗身體裡怎麼會有一隻貓？

2. 降低唐突感：天啊！畫面上怎麼會有一隻狗身體裡有一隻貓？這可是一件相當唐突的怪事，但這片名避免了觀衆的唐突感，直接告訴觀衆，這是創作者的設計，逼觀衆接受這故事的前提，當然，觀衆沒辦法不接受，因爲他們還來不及反應，故事便已經往下推展了。

另外，別小看片名，因爲片名至少會在畫面上停留 3 秒，在短片設計上，因爲篇幅有限，對於畫面呈現的內容勢必錙銖必較，你務必讓所有材料皆對故事做出貢獻。我們可以再來研究《Cathedral》這部動畫，你一樣把片名拿掉，再想想它的貢獻爲何？

參考影片 59 －
Cathedral

接著我們回到錯置的設計，進一步來談應從哪個方向發想。我們談過，錯置的安排是爲了經營最大的衝突。記得嗎？衝突是因爲阻礙而發生，所以我們其實就是從三種阻礙來找到創意，本書再從三種阻礙推演出幾種故事開發的起點：

## 一、設立兩種需求對立的角色，並使矛盾集中於一身

《The dog who was a cat inside》就是例子，這是身分與靈魂在「需求」上的反差設定，爲什麼強調「需求上」呢？來看看下列三個例子：

1. 護士 VS 吸血鬼心。

2. 男人身 VS 女兒心。

3. 小孩身 VS 殺人魔心。

圖 5-2　反差設定。

如果你找到的一對角色在需求上已經呈現對立，那麼，你可以直接從這創意發展出故事，否則你就得在找到創意後，另外找一條線性材料來協助推展。

以 1 來說，護士與吸血鬼，一個救人，一個吃人，或者一個輸血，一個想吸血，衝突已經存在，故事也出現雛形，你的故事就是輸血或救人。而 2 或 3，你都需要再找另一條能讓兩需求產生衝突的線性材料來協助推展。以 2 來說，男人與女人並沒有具象的衝突，你讓這角色去坐雲霄飛車，也無法製造夠強的衝突，更做不出好戲，你得找到「能讓兩種身分產生需求上衝突」的線性材料，你也知道線性材料中最好用的就是需求、情感或事件。

例如：一個殺豬大叔藏在另一個女孩兒的靈魂，女孩兒愛上了一個男孩，逼著大漢去勾引男孩，這男孩造就故事的需求軸，衝突於是產生。

同樣地，小孩有殺人魔心，一樣沒有需求的對立，對於電影長片來說，因爲你有時間鋪陳，這是沒問題的創意，但對於短片，你就無法用這創意直接推展成故事，你得製造另一軸來製造衝突，這對 2-5 分鐘的故事來說，就會帶來篇幅的壓力。

例如：一位單親媽媽很疼小孩，但小孩意外目睹一場槍戰，殺人魔被擊斃，沒人知道他的靈魂居然侵入小孩體內，然後孩子回到家，媽媽毫不知情地愛她孩子，但孩子居然要殺她，媽媽開始面對愛與生存的兩難衝突，然後你故事已經推展了 10 分鐘……這故事加了媽媽的角色，靠著天下媽媽都愛子女所形成的需求軸，讓愛持續面對活下去的阻礙。

「許多膾炙人口的長片，不只設計出主角需求的外在衝突，也在外在衝突發生的同時，經營出角色內在的掙扎。」

在長片篇幅壓力相對較小的狀況下，創作者當然可以在鋪陳階段先後布局主角擁有兩種需求，讓這兩種需求在進入衝突階段後產生對立，也可以布局主角產生一種需求與一種情感，讓需求在進入衝突階段持續被情感阻礙。我們現在談的這些布局，都有至少 30 分鐘的篇幅，30 分鐘的鋪陳，但你全片只有 5 分鐘，鋪陳只有 75 秒，這是爲什麼在此要求你不只要找到極大反差集於一身的角色，還需要角色具備需求上的衝突性，你才有可能在這麼短的篇幅內說好一個故事。

老實說，要寫好一部 5 分鐘短片，即使對具有相當經驗的創作者來說，也是一種挑戰，因爲短片更仰賴創作者擁有清楚的故事概念與富足的設計技巧。

辛苦學校的老師與同學們！你們其實在做一件連我這種靠編劇餬口飯吃的人都覺得是挑戰的創作，也盼望這本書能幫得上忙。現在，就容我繼續胡說八道下去，在繼續前，其實男人身 VS 女兒心也存在直接衝突，但因爲推展出來的故事是限制級，就交給身爲讀者的你偷偷發展，在此就不加詳述了。

## 二、找到兩種需求衝突的角色，並讓雙方互相阻礙

胖子的反差是瘦子，這對短片來說，不算好創意，因爲胖子與瘦子並沒有讓你可以立刻想到用來推展成故事的需求，更遑論形成優質的衝突，這種點狀的創意拿來畫一張漫畫沒問題，但要推展成故事，你需要架入另一條線性材料。

所以你必須直接找到需求對立的兩角色，選擇其中一角色爲敘事觀點，讓另一角色持續造就阻礙，形成衝突。例如：小偷與警察，就讓小偷去偷警察，讓夏天去遇到冬天。

圖 5-3　需求對立。

## 三、先找到觀眾能滿足的點，再去製造使需求產生衝突的對象

推展的順序必定會是先帶著觀眾享受那滿足，再來面對空前阻礙，接著主角一定會想辦法克服，眼看有了希望時，再繼續增加阻礙，讓強烈的「遺憾」與「滿足」持續交替，「懸念」也將持續加強。

我們來追溯這短片發展的過程，當然這只是我以經驗來推測，目的在讓你看到這故事構思的過程。故事一開始的原始材料肯定是送子鳥的傳說，這傳說帶有某種程度的滿足感，而主角送孩子給失去孩子的父母時也很讓主角滿足，你千萬要找到具有滿足感的原始材料下手。接下來創作者想到運用絕配的技巧，創作者問了自己一個問題：

這世上並不都是溫馴的生物啊！真不知道送子鳥運送那些可怕的生物是什麼狀況。

因爲這靈感，創作者有了強大的創作動力，因爲他可以想像一隻送子鳥被各種可怕動物折磨的畫面，充滿「意外」與「遺憾」，創作者順著這想法，寫出了一隻送子鳥護送一隻超級殘暴的怪物，或許是異形，或許是鱷魚，故事發展將會是送子鳥面對職責與生存的內在兩難，但創作者想著想著，想到了一個邏輯上的大漏洞：「送子鳥去哪接小孩？小孩哪來？總不能送子鳥自己生的吧？是啊！又不能設計送子鳥去偷人家的孩子！這也太黑暗了（雖然偷小孩也是個故事）！到底是誰生出這些孩子？」然後創作者只好先去把這邏輯漏洞補起來。

參考影片 60 －
Party Cloudy

「喔！可能是雲啦！」雲生出孩子，然後讓送子鳥去送，其中有一朵雲肯定專門生怪物，他一定希望送子鳥能幫他送，但送子鳥肯定不願意，於是有了《Party Cloud》這故事。

這故事走雲的觀點，以雲爲主角，也以雲的需求爲主，讓雲的需求面對送子鳥退卻的阻礙，而送子鳥退卻則是因爲怪物嬰兒的阻礙。

你覺得哪一個版本好？是「一隻送子鳥送一隻超級怪物的過程」？還是現有版本？你可能輕率地認定現有版本好，尤其你已經看到一個完成影音化的故事，各種藝術也已經充分被展現出來。事實上，如果你是那位創作者，你將面對的是兩篇文字故事，你必須在這兩篇文字故事當中決定一個，甚至從幾個故事當中下決定。

這類極端抽象的決策將持續發生在你開發故事的過程中，從故事核心的創意決策到結構，到每一句對白、每一個動作，你永遠只能選擇一個，選完後通常還要推展好一陣子才會發現是錯的，你只好退回到這個環節，重新再來。

「找到人或動物去對人、物或動物做什麼，能帶來人心極大的滿足感，再去替換那人、物或動物，換成能夠造成需求極大衝突的物或動物。」

策略上就是用滿足人心的需求來把觀眾拉進戲裡，比方打獵可以帶來滿足感，你接著在獵物上找錯置的動物，那肯定是可愛到讓獵人非常掙扎的動物。或者騎越野機車帶來你的滿足感，你知道你接著要想出帶來極大衝突的「路」，或許是一條天堂的路，車手必須在雲端裡越野，逃出天堂活著回來。

## 四、找出一組高反差角色，給他們特殊關係

這類反差角色的安排，主要在製造「內在衝突」。

例如：讓飛鳥愛上魚，或者熊愛上兔子，熊必須面對「愛」與「吃掉兔子」的兩難，而兔子也可以經營出「生存」與「愛」的兩難。發想的流程中，先定下高反差的角色會比較順，也比較能抓到感覺。

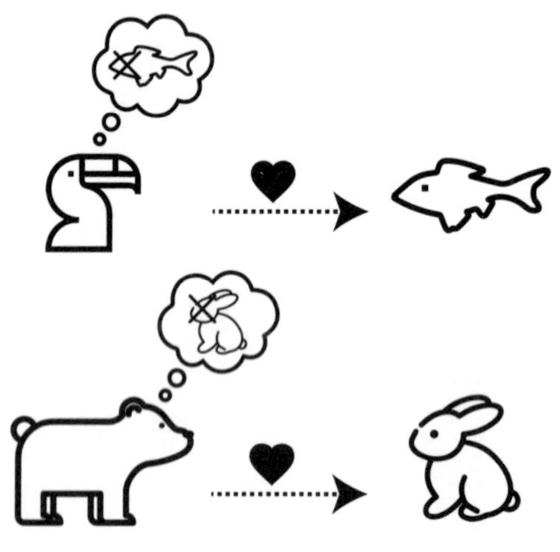

圖 5-4　反差角色安排。

## 五、主角與世界、事件或情境的高反差

你可以從主角去反推情境與事件，或者預設事件與情境後再去發想主角。

比方先設定超人為主角，再去找超人電影必備的場景類型，你可能找到超人得去電話亭換裝，這時你再來想該怎麼置換一個更具反差效果的場景，或者先設定場景。例如：廁所。再接著想誰會在廁所蹲馬桶時產生衝突？烏龜？大象？蛇？

不過更美妙的是你找到一段事件，一段持續「轉折」的事件，如果這些「轉折」又能持續帶來主角需求上的差距，這種一整條的材料便會讓你更有機會整理出好故事。

舉例來說：腳踏車在蜿蜒的斜坡道路上，剎車線斷了，一路陡坡，一路蜿蜒，再加上路上車輛，就是一段持續「轉折」的事件，你讓一個尋常人來面對，已經可以想出很多衝突了，這時你再想想換成誰，可以產生更精彩的持續衝突。

上述五種錯置設計的捷徑，都在協助你先將三幕的衝突階段整理出來。有了美味的衝突階段，我們就能一邊唱歌、一邊跳舞，並且一邊順手把前菜和飯後甜點都設計出來！

請從五種發想方向選擇一種，先發想出創意，然後推展成故事。

01

第二十章

# 萬物有靈（一）

「動畫故事最大的特色，也是最被觀眾所期待的，是它能不受現實牽絆，盡情天馬行空。」

在動畫的世界裡，萬物都是有自我意識的，如此自然也就不必以「人」為角色，只要透過**「擬人化」**的設計，創作者一樣可以某物體或某生物作為主人公，也可以如寓言故事般以物寓理。

擬人化是動畫能天馬行空的重要手段之一，但擬人卻有不同的程度，也存在不同的創作企圖，創作者都該在運用此技巧前，仔細評估應採用哪一種程度的擬人最為合適。

以動物的擬人來說，創作者對擬人程度的設定，可以選擇從**「全然獸性獸行」**到**「人的思考」**、**「人的語言」**但維持獸行的動物，例如：《冰原歷險記》、《海底總動員》；或者是「人思人行」的動物，連世界觀都是現代文明，例如《動物方城市》、《鼠國歷險記》。

但是大部分成功的短片多半會選擇保留相當程度的獸性，究竟是什麼理由呢？對故事的影響又是什麼？

短片與長片創作者會在擬人設定上分道揚鑣，這主要仍是受到篇幅的影響。

短片沒有票房壓力，動畫長片則以票房為目的，在篇幅過短的限制下，短片沒辦法如長片般深刻地操作人心，更難以操弄觀眾的思維以帶來深刻的領悟。然而觀眾卻對各種動物的獸性獸行多少有些認知，比方狗狗無辜的模樣或齜牙裂嘴的模樣，貓咪暴衝的狀態等，創作者得以直接透過這類設計，引發觀眾的共鳴。

運用觀眾熟悉的經驗，故事才可能短。例如：貓一撥弄沙子，觀眾就知道牠要做什麼，狗狗一抬腳，觀眾便了解牠的需求，手法立竿見影，如此創作者就能把篇幅讓出來，好好把力氣用在衝突設計與經營觀眾感受上，也因此很多短片創作者選擇較具獸性的動物角色。

相反的，長片動畫傾向動物角色高度擬人，目的是為了更深度的感性操作，亦是為了達成對觀眾的理性操作。一部動物高度擬人化的故事，設定出觀眾可共鳴的災難，賦予角色類似人類的渴望，也讓角色糾纏在人類情感的罣礙，確保了「三軸」對觀眾的深刻連結與共鳴，觀眾因此入戲更深。從認同角色需求與情感，進而經營出更讓觀眾感同身受的「四感」，從而完成一趟絕佳的感受歷程，更在情節的推展過程中，提出創作者要觀眾面對的**「價值衝突」**，持續進行兩種價值的辯證，這是全然獸性獸行的世界所辦不到的。而動畫長片也將因為理性與感性的成功操作，確保了電影的回收。

你可以回頭在第五章裡找到有關《動物方城市》在「價值衝突」上的論述，不妨想像一下，如果將動物方城市的世界和角色設定爲全然獸性，這電影是否能讓觀衆如此投入，又是否能引發觀衆如此深刻的領悟？

當然這並不表示短片動畫的動物就不能高度擬人，但聰明的創作者，你知道的，你會在角色與世界高度擬人之餘，讓角色與世界仍點綴有效的獸性符號。舉例來說，史瑞克裡有一隻貓劍客，在全然的人性人行中點綴了貓無辜睜著水汪汪大眼的形象，這點綴的獸性符號，使這插花角色也可以讓觀衆印象深刻。

「創作者不論是選擇動物獸性或人性，都是為了最佳的故事效果而選擇，你一定要去評估哪一種選擇對你的故事最好。」

我們進一步談下去。

儘管動物爲角色的動畫成爲主流，但我也遇過一些新進的創作者不習慣以動物或物爲角色來述說故事，如果你一時無法用動物或物來發想故事，那麼，請跟著本章節循序漸進，帶著你掌握萬物有靈的技巧，一步步走向天馬行空的世界。以下是萬物有靈的基本技巧介紹：

## 一、從活化開始

「活化」是萬物有靈的熱身運動，你一樣以人爲主角，在人的處境中，你讓處境裡的環境與物件活起來，透過環境與物件的活化，讓它們成爲你主角的阻礙。

韓國《Backkom》裡那隻大白熊就經常面對那些活化後的環境或物體給捉弄，比方《I love picnic》裡的第二天，白熊遇到海水抓弄他。或者《Balloon》裡，白熊又遇到氣球欺負他。

參考影片 61 －
I Love Picnic

參考影片 62 －
Balloon So Funny

這兩部短片裡的海水與氣球都造就了白熊需求的阻礙，創作者一樣可以在保持寫實片的高度合情合理下，設計出有趣的故事。

## 二、將人的故事修改爲物故事

你也可以先把「人的故事」寫完，再用萬物有靈的技巧修改爲以生物或物爲主角的故事。

例如：今天你在公車上發生一件非常有趣的事，你可以用人當主角寫完這故事，然後再將主角或所有角色置換爲生物或物，但在你置換前必須先完成一些基礎工程：

### 1. 選擇你喜歡的生物或物

角色如果可以帶來觀眾滿足感，自然能引發觀眾「懸念」，就好比一隻貓肯定比小強會讓人想看下去。

### 2. 選擇適合表演的生物或物

大部分的動物基本上都適合表演。問題大多較常發生在以**「物」**爲主角的故事上，我曾經遇過學生堅持用拖鞋當主角，這沒問題，但如果他們決定製作一部武打類型的動畫，那麼問題就來了，爲了讓拖鞋能彼此打鬥，在美術設定時，他們決定讓拖鞋長出一雙手，其實當拖鞋被畫上眼睛時就已經夠詭異的了！更別提那長出拖鞋外的雙手，導致角色一點都不像拖鞋，也因爲樣貌詭異，讓觀眾始終無法融入故事。

如果要創作一部武打的娛樂短片，當然需要四肢，選擇越具人形的物體，越有助於角色的表演設計。

然而人形的價值卻不僅止於對表演的幫助，當物體具備人形存在這世界上，人們對這類人形物體或多或少曾經有過「懸念」或幻想的經驗，這時若你選用此類物件，便可以很快讓觀眾連結角色，這些存在世界上的人形物體，例如：具有人臉的物件，總能引發路人「懸念」，你也常看到朋友忍不住拍照上傳 FB 吧？又比方號誌燈裡走動的小綠人及野地裡的人蔘等，不只勾起我們的「懸念」，更能幫助我們進行一些幻想。

參考影片 63 －
CLOSING TIME

當你找到了這類靈感，回到需求軸的建立，逐步推展，你將會知道你不只在找一個好需求，你要找的是可以讓衝突階段精彩的需求。

### 3. 確定替換的生物（或物）之後，進行資料蒐集與田野調查

人類搭公車與一隻豬搭公車一定不同，因為豬有豬的思維、習慣、成長背景，請試著模擬豬的特性，讓豬的特性得以呈現在你角色的言行舉止思維上，否則你只是讓人類戴著豬的頭套，成了一篇「人類假裝是豬搭公車」的故事。然而，我們要怎麼變成豬？除了好吃懶做，應該還有別的方法可以變成豬。

★資料蒐集

對於你的角色進行大量的資料蒐集，不論是生物習性或者是器具的產製過程，澈底的認識牠/它，但別忘了，你不只是來認識牠/它，同時，你也在蒐集感覺，任何能引發你「四感」的訊息，不論「滿足」、「遺憾」、「意外」或「懸念」，都可能是適合你角色的表演或故事情節的好材料。而下一項的田野調查，你也要保持這原則。（請參考「需求軸的建構」）

★田野調查

如果可能，花點時間觀察牠/它，與牠/它相處，你將因為親自接觸牠/它而更能抓取到感覺。（請參考「需求軸的建構」）

★撰寫人物小傳

這功課可以讓你的行為舉止思維暫時像一隻豬，讓你得以慢慢把自己內化成一隻豬，協助你進一步進入你想撰寫的角色，你會發現在內化之後，那隻心裡的豬會開始陪著你創作，會告訴你什麼才是牠真正的需求，會告訴你怎麼表演、怎麼說話才對，說不定還會提供屬於豬的創意呢！

## 人物小傳

人物小傳，簡單來說就是人物的生命史，也就是人物在進入這故事前，他的歷史，當我們走過他／她／牠／它，甚至祂的歷史，經歷他／她／牠／它所遭遇的人生轉折，我們就有機會像他一樣的思考，一樣的行為舉止。此外，人物小傳也是你愛上你角色的過程，畢竟寫一個你愛的角色會比你寫個討厭的角色容易多了，也熱血多了。比方要我以蟑螂為主角，我會想死，而人物小傳就可以幫你愛上角色，甚至愛上蟑螂。

－他的姓名／年齡／性別

請給你的角色一個適合他／她／牠／它的名字，如果你預設是希望觀眾喜歡上這角色，請給他一個討喜的名字，並清楚知道他的性別，也設定好他在進入故事前的年紀。

在年紀的設定上，動畫角色的年齡設定有兩種，一種是以實際年份來計算，一種則是以生物年齡來計算。以一隻公貓為例，公貓出生六年，換算成人類的年齡是 24 歲（6/18=X/72，X=24 歲）。有了這些基本設定後，便可開始根據下列各項，逐項撰寫他的生命歷程。

－他／她／牠／它從出生到故事開始前的成長歷程

－他／她／牠／它的家人關係，與朋友關係、愛情關係、社會關係（含職場內的關係）

－他／她／牠／它信仰什麼？相信什麼？痛恨什麼？追求什麼？害怕什麼？那些造就他的性格與獨特的事件，他／她／牠／它是如何一一經歷？

當你完成了人物小傳，你某種程度掌握了角色的思維與行為，你也因為這趟尋根之旅，掌握更多可供運用的情節與創意。接著回到你那篇以人為主角所撰寫的故事，開始將預設的生物或物置入故事，重頭修改一遍。

參考影片 64 －
Some Thing

參考影片 65 －
The Fly Rofuscz
Winner

## 三、用物的視角來述說人或物的故事

這類人與生物（或物）發生的故事，我們因爲有過類似經驗，熟知生物（或物）的需求，熟知其因果，熟悉流程，也在記憶中對這經驗存有充分的「四感」，當我們將敘事觀點從人轉到生物（或物）身上，故事頓時多了一層新鮮感，卻又因爲觀衆有經驗，提供了創作者操作的空間，也因爲觀衆有經驗，推展無須鉅細靡遺，可以簡約推展，就能挑起觀衆經驗中的感受。

這類「人與生物（或物）之間發生的故事」材料的取得也非常容易，且涵蓋各種需求。舉例來說：你可能養過寵物，你想過寵物怎麼看待你嗎？牠可能把你當奴隸，對你有上司對下屬的相關需求；KTV 的麥克風成天面對不同客人的氣味，你想過它們的悲喜人生嗎？它可能有被尊重的迫切需求；你想過每天吵你起床的鬧鐘，你知道它活得有多膽戰心驚嗎？每天它爲了完成任務，都將面對你的仇視與虐殺，當它是你第二十五個鬧鐘時，它有迫切生存的需求。

我想你可以列出一大堆與你有深刻互動的生物或物，請條列出來，並一一進入這些生物（或物）的觀點，將之擬人，去想想牠 / 它們的需求是什麼，如果牠 / 它們具有人類的思維，牠 / 它怎麼看待你的對待，有時候你刻板印象中牠 / 它的需求，可不一定是牠 / 它眞正的需求，去想想牠 / 它到底爲什麼這麼做，站在牠 / 它立場，重新詮釋牠 / 它們的需求。

然而如果你取材自你與**「生物」**的關係，通常你只要回頭從經驗中檢視這關係，就能從中找到生物的需求，但是如果你取材自你與**「物體」**的互動，物體本身並沒有需求，你就需要用另一種創意技巧來協助你發想，這技巧我稱爲**「感官經驗的需求設定」**。

「感官經驗的需求設定」是借用人們的感官經驗來賦予物體需求，意指人類對物體或器具的需求，如果觀衆也有類似豐富的經驗，人類對物體的需求可以渾然天成地移植到物體身上，成爲物體的需求，觀衆不僅能毫無障礙地接受物體有這樣的需求，且能引發強烈共鳴感。

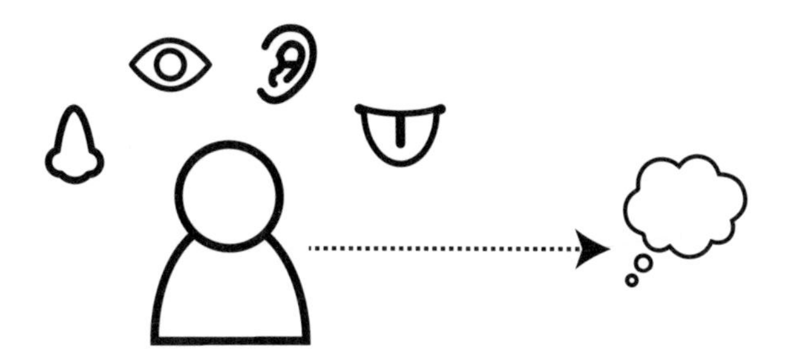

圖 5-5　感官經驗的需求設定。

對不起，論述一堆，你可能還是有點兒不解。

再舉個例子：滑鼠的需求是指揮游標、生日蠟燭是每天都渴望被吹滅、麥克風最怕喇叭跟它作對，或者老式的轉盤撥號電話總是等著一支新款手機來電，那支手機終日在城市忙碌遊走且滔滔不絕地洽談公事，它就沒想過要打給老式電話。

誰都面對過滑鼠沒辦法指揮游標的窘境，這過程充滿焦慮的遺憾，所以如果你的主角是滑鼠，它一定個性焦躁。誰都吹過生日蠟燭，過程是既興奮且充滿「懸念」，所以如果主角是蠟燭，這蠟燭肯定興奮看著自己被點燃，激動萬分地等著被吹滅，嘴上還大吼著「滅我！滅我！」屏息等待那漆黑中頓時的掌聲雷動，HappyBirthday！

最後，我們都有親愛的父母等著我們打電話給他們，現在就讓你的Iphone 打給老電話吧！

有了「感官經驗的需求設定」技巧，你也能賦予物體一種既有趣，又能引發共鳴的需求，是吧？

總結來說，你從你與生物或物互動的經驗中找尋具有「四感」的情境，然後轉移觀點到生物或物身上，以牠/它的觀點來敘事，並賦予牠/它需求，接著逐步推展出需求軸，而且不要忘記觀眾對此可是有經驗，別浪費已經經驗過且累積在觀眾心底的「四感」，請好好運用，更別忘記，觀眾知道來龍去脈，你只需要簡約推展他們就會懂，只要他們還存有意料，你就可以玩意外，還可以來個顛覆！

參考影片 66 －
Rocks （Das Rad）

參考影片 67 －
Last Shot

參考影片 68 －
Pig Me

選定一組你經驗過與某生物（或物）的互動，選定的條件自然是這互動存在豐富的「四感」，然後轉移觀點，以該生物（或物）爲敘事觀點，確定生物眞正的需求，並推展成完整故事。

01

第二十一章

# 萬物有靈（二）

前一章，我們從眞人情境去改寫成生物（或物）的故事，我們循序漸進，開啓你萬物有靈的創作天空，接著從你與生物（或物）的互動經驗取材，介紹觀點轉移的故事技巧。接下來，我們拋棄人類這自然界的癌細胞，我們只談生物（或物）的故事。

「從情境下手。」

如果你還記得第二篇有關「需求軸的建構」內容，在篇幅的限制下，這類故事如果篇幅在2分鐘到5分鐘之間，通常會從**「情境」**著手，故事主要描述主角在情境自然而生的需求中如何消失的過程。例如：老鼠主角想吃掉老鼠夾上的誘餌，透過情境的協助，讓情境中的需求可被觀衆快速解讀來縮短鋪陳階段進行，創作者也在確保觀衆在乎，且被故事懸住的狀態下，儘快進入衝突的推展，故事篇幅也因爲是從情境開始設想，可以讓故事限制在篇幅內發展。

如果你可以找到「四感」極強的情境，又能符合你需要的角色建立與角色需求建立，甚至主題與兩難的建立，這情境當然是創意上最佳的選擇，不只可用最短的時間達成最好的成效，也當然是非常市場取向的選擇，我稱呼這樣的轉折——**轉入魂**。

相反的，如果你不借用情境去介紹主角住在哪兒、做什麼等，再去介紹主角想要什麼，讓主角與主角需求從頭開始建立，超過那篇幅或者衝突階段過短的壓力也相對增大。所以我們再看一次《Soar》：

參考影片 69 －
Soar

「別讓你的故事淪為情節的交代。」

你的第一層作品是透過這媒介在人心經營一趟絕佳的感受歷程，人心可以是世界，可以只對你一人。不管怎樣都好，這樣的歷程是目標，也是你創作追根究柢的緣起。

換句話說，你的堅持不該是你想在故事裡放進什麼，如果你置入一堆你想放的，但結果是阻礙人心感受，這麼一來，是否有些捨本逐末呢？

接下來我們介紹運用生物（或物）情境來創作故事的五種不同創作起點，你可以從任何一種起點開始，再根據各種開端所建議的創作思維，逐步將故事成形。

## 一、當你有人生道理想傳達給世人，希望透過物的故事來寓言（請參考寓言技巧）

有經驗的創作者即使他有**「非得放進故事的東西」**，他面對短片創作，也會借助情境，台灣的創作環境非常在意故事是否有啓發人心的主旨，你可能也有個**「啓發」**想放入故事，請從這啓發去設想一個情境，讓情境協助你把故事說好。

舉例來說：你想談人類對環境的破壞，你想用生物（或物）來寓言，你會先去找可以論述這主旨的生物（或物）情境，也就是去找到「某種生物面對人類的某種影響、具體而微的情境」，你開始廣泛的蒐集資料，無意中，你找到鮭魚大幅減少的報導，其中有一段報導內容談到人類在鮭魚棲地興建水壩，導致鮭魚無法迴游到牠們千百年來交配的聖地，這就是一個情境，鮭魚努力要衝過人類興建的高聳水壩，而這情境會在故事哪個位置？

是的！你知道這情境通常會被放在故事的衝突階段，你知道故事是藝術，可以存在各種可能，或許這情境將來不會放在你故事的衝突階段，甚至你寫進故事裡會發現更好的創意，到時連這情境都拿掉，但這是故事定數與變數的道理，就先放在衝突階段，接著你得去思考這該是個什麼樣的故事，你知道主角需求是衝過水壩，而衝過水壩的需求是交配。

你有了需求後，接著回到故事設計的基本流程，請先去蒐集資料，試圖使自己像一隻鮭魚。

接著，你可能會面對幾種角色設定與關係的選擇，你該選擇一隻想去交配天堂的鮭魚，或者一群？或者一對情侶？你知道第一種，單純只有需求，但「懸念」挺大，滿足感也很大，你也知道第二三種，多了情感線可以經營，是需求軸併著情感軸的雙軸故事，你將因爲多了情感軸，讓故事更濃郁滑順。

接下來，思考在你選定的角色關係下，該用什麼情境來建立這需求：

第一種是一隻鮭魚想「尬」的情境。

第二種是一群鮭魚想一起「尬」的情境。

第三種是一對情侶想「尬」的情境。

你不妨將三種都拿來想一想，但不要被「尬」這個字影響，你大可不用寫成喜劇，「尬」這個字，會引導你往喜劇思考，你可以用「愛」寫出淒美愛情故事，基調只在創作者一念之間，我們深情一點：

魚海茫茫中，一隻鮭魚意外遇到了另一隻鮭魚，一見鍾情。

一見鍾情是情境，讓這情境幫助你快速讓觀眾認同角色，認同角色需求，接下來就是兩魚洄游前往交配聖地，讓牠們去面對人類帶來的環境破壞，導致需求充滿困境與險阻，當你可以讓觀眾在乎這段愛情，卻因爲人類的破壞而讓這段愛情充滿阻礙，你的主旨已經在牠們一次次奮不顧身衝過阻礙間散發出來，無須言喻。

這是往淒美愛情發展，你也可以在那一念之間決定放在需求上，而非情感上，也就是放在「尬」上，於是你可以設定角色關係建立的「情境」是開房間。

如果你不借用情境敘事，在故事裡先聊聊鮭魚游泳，聊聊牠的生活，再去讓母鮭魚遇上公鮭魚，然後讓牠們看對眼，然後意外愛上對方，然後又去推展事件軸，談起人類建水壩，然後你已經嘮嘮叨叨推了3、5分鐘的戲，糟糕！你只剩1分鐘去推這對相愛的鮭魚迴游去面對水壩的阻礙？

這樣的鋪陳階段在動畫長片或許行的通（其實行不通），因爲你有篇幅慢慢說（但肯定是一部鬆散的故事，懸念斷續），但你只有5分鐘，連交代流程都不夠，對吧？要再看一次Soar嗎？

「一個好的大眾故事，故事從頭到尾都有需求在拉動觀眾，即使他們並無自覺。」

## 二、你志在故事的娛樂價值，希望透過物的故事來展現

如果你沒有預設的主旨，沒想要文以載道，你志在故事的娛樂價值，那麼，請從各種動物或動物關係中找到一組能充分展現**「娛樂基調」**的生物（或物）或生物關係吧！也就是動物們的行動與互動本身就存在豐富的「四感」，尤其你要的是滿足感，所謂娛樂，當然是追求滿足感。

舉例來說：我們在生活中看過那種戀人愛到難分難捨，不顧別人眼光，露骨的彼此纏綿，噁心芭拉在大庭廣眾甜蜜，讓我們看得雞皮疙瘩掉滿地，這是一種娛樂基調，你也可以尋求其他基調。例如：喜劇、愛情浪漫或驚悚、武打，你要找到能夠充分展現符合你基調的生物或生物關係，確保你選定的生物（或物）能發展出笑梗連連，經營出逐漸升溫的濃情蜜意，恐怖到毛骨悚然，打出驚心動魄，或者纏綿到讓人雞皮疙瘩掉滿地，於是你要說的那個噁心戀人的故事，你決定請這兩隻黏膩的蛞蝓來說，蝸牛也不錯！因爲夠黏膩，而且會不斷發出啪躂啪躂聲，或者兩隻接吻魚？然後開始發想這對蛞蝓或接吻魚可以怎麼恩愛，又怎麼恩愛到讓觀衆受不了，等你找到許多漂亮的情節，便請回頭設定開場的情境。

「請記得，你要建立的情境是為了讓你的故事能在短篇幅內完成絕佳的感受歷程，這情境必須協助你讓觀眾快速接近角色，快速認同角色需求。」

你可以選擇兩種情境：

寧靜的森林午後，知了也睡了，安心的睡了……不久傳來聲響打破寧靜，一對蛞蝓在接吻，就在蟲鳥眾目睽睽下，一對蛞蝓在樹幹上纏綿起來……。

一隻大蛞蝓好不容易把受困玻璃瓶的小蛞蝓救出來，英雄救得美人歸當然要來個報恩的吻，沒想到兩隻蛞蝓越演越烈，越來越乾柴烈火……。

或者是用其他方式開場，別輕易放過自己！選定你要的開場情境，如果是我，我選第一種，因爲我受夠了那些大庭廣衆放閃的情侶！！！第一種就是以旁觀者的視角建立，我可能還會找一隻在樹林裡叫了三天三夜都沒人理的知了當主角，去面對這對姦蛞淫蝓，不要臉！！！

現在你有了開場，有了一些衝突階段的構想，你知道你的成敗在於你能不能讓觀眾看著這對蛞蝓纏綿，又好笑、又害羞，朝著這目標去追求極致，去找到更好的戲，讓故事更臻於完美。

## 三、選擇四感卓越之「物的情境」，並由此情境推展故事

參考影片 70 －
The Short Story of a Fox

即使我已經不只一次在國家地理雜誌及動物頻道看到雪狐抓老鼠，每次看，每次還是讓我又驚嘆又擔心，擔心的是狐狸會不會一頭「插」進雪裡，剛好裡面有一塊大石頭。

如果你開發故事前，沒有預設主旨或類型，你可以直接從各種情境中去抓感覺，先廣泛蒐尋各種生物（或物）的情境，去找到情境中具有夠深刻或夠強烈的「四感」，作爲故事開發的第一個定數，如同《The Short Story of a Fox》一般，以「雪地狐狸抓老鼠」這充滿強烈「懸念」與「意外」的情境做爲發展的第一個定數，直接用選定情境裡的關係，也就是用**「狩獵者」**與**「獵物」**關係發展成故事。

## 四、以物的「關係」來詮釋人類情感關係

這是與上列第一種方法一樣的寓言故事，但你不從主旨先行，作爲你故事開發的第一個定數，直接從動物關係裡找到可以拿來寓言的主旨。

不過以關係定位主旨，你需要一項額外的技巧來協助發想，我們先來談談從動物情境取材的困境。

如果你想用動物來影射人情世故，你會發現動物之間的關係大多是狩獵者與獵物的關係，且需求都是**「求生存」**，這是必然的現象，因爲人們熟知的動物情境，不是動物求生存就是動物交配，相較於上一章節「從你與生物（或物）的經驗」中取材，那方向的取材，角色需求可以涵蓋馬斯洛金字塔的各層。相反地，動物的情境則大多是生存情境或求偶情境。

這侷限同樣發生在「從物與物的關係」取材上，因爲「物」本身連需求都沒有，所以當你從動物或物來找主旨，你需要仰賴**「詮釋」**的技巧來幫助你跳脫取材的侷限，否則你的主旨會一直繞著求生存與交配。

舉例來說：一株小樹苗與月亮和太陽的關係，可以被詮釋爲孩子面對離異的父母，父母是太陽與月亮，孩子是樹苗，孩子永遠只能單獨見到一位家人，你可以透過這樣的詮釋，賦予太陽、月亮和樹全新的生命，並進一步用失婚家庭的角色原型與需求，乃至於失婚家庭眞實發生的種種遺憾符號。

像是父母總是會對孩子旁敲側擊，打聽對方是否有新的交往對象，孩子又怎麼回答？或者親子間一些只存在失婚家庭才會出現的動作或習慣？把這些符號植入故事，述說一個失婚家庭的感人故事。

## 五、尋找高強度四感之「物的情境」做爲故事發展的起點

這項開發技巧，你要找的是人與生物（或物）互動的情境，從這些情境，找到「四感」無敵強烈的情境，用這無敵「四感」來開發無敵故事，你將因爲觀衆擁有類似的強烈經驗，進而透過故事引發觀衆記憶中的強烈感受。

例如：在生活中，我們都曾吶喊過：「糟啦！我的手機沒電了！」、「喔！馬桶塞住了！」、「我的水蜜桃爛掉了啦！」這些都是我們可能經驗過的極端遺憾，在我們心底也可能積累了相當深刻的感受，只消輕輕撩撥，我們就會焦慮起來。

桃樹結著一顆顆飽滿粉嫩的小水蜜桃，大夥都拼命地吸收養分，希望早點被採收，小蜜也是其中一顆桃子，她拼命的長大，終於看到她眼下的水蜜桃都比她還小，她正得意，卻發現她上頭樹枝還有一顆水蜜桃長得居然比她還大，小蜜可不服輸，她開始跟那顆水蜜桃競爭，儘管小蜜很努力，也變成一顆超大的水蜜桃，終究

還是比上面那顆小，沒想到對方居然還嘲笑她，小蜜好難過，就在這時，上面那顆水蜜桃的樹枝再也撐不住她的重量，果梗斷了！瞬間整顆墜落地面，散了！！！這可嚇壞了所有的桃子！小蜜更是嚇呆了！現在她可是這棵樹上最大的水蜜桃了！

這是故事的鋪陳階段，後續小蜜將無法停止地繼續長大，她一邊長大，一邊得想辦法讓自己不會墜落。

當你找到無敵強烈的感受時，就用生物（或物）來說故事，忘記人類的存在，或者頂多讓人類跑跑龍套，而你的設計策略必定會將這無敵感受運用到極致，讓那感受持續挑起**「觀眾因爲有充分的經驗而累積在心底」**的心，所以這類故事必然以避免那遺憾發生爲需求。

例如：手機的需求是不關機，馬桶的需求是不塞住，水蜜桃的的需求是不爛掉，觀眾因爲害怕眞的發生手機沒電、馬桶塞住或水蜜桃爛掉，而對故事產生極大的「懸念」。

發想起點：

唉呦！我的「……」怎麼了！

當你曾經這麼吶喊過，你的主角也將懷有同樣的恐懼，就能幫牠/它找到最有力道的需求。

本章從幾個切入來設計萬物有靈，分別從「主旨先行」、「娛樂先行」、「動物情境先行」、「動物關係找主旨」以及「極端四感先行」，並在切入後，提點你可能會遇到的困境，然而對於萬物有靈的設計，最重要的觀念還是在於你能不能善用**「觀眾對動物或物既有的豐富且深刻經驗」**，從取材到設計，你能否借用觀眾經驗，是萬物有靈能不能推展出好故事的關鍵。

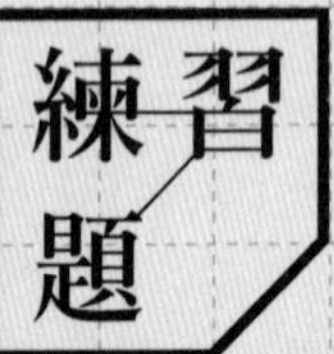


循本章第五項的方向，以高強度的感官經驗需求來發想創意，並完成故事。

01

aka.

第二十二章

# 穿鑿附會

「穿鑿附會，也是故事創作者不論在面對實拍故事與動畫故事都必須擁有的技巧，考驗著創作者『掰』的功力。」

「掰功」在故事推展中所扮演的角色是「說服」的功能，或者說服觀衆相信某些事物的成因，進而說服觀衆相信某些事物會帶來怎樣的結果。

我曾經接手改編一本長片劇本，原著劇本裡敘述一位能與植物說話的奇人，我爲了拉近這位奇人與觀衆的距離，決定透過一位醫生所提出的「生病的貓被野放到陌生的森林，仍能找到治療自己的藥草」，來支撐「動物都能夠與植物以某種形式溝通，只是人類在接受文明後，這種能力退化了」，這就是「穿鑿附會」。

「穿鑿附會」用來合理化故事，大多運用在科幻、奇幻故事或歷史劇上。舉個例子，歷史劇的形成全都經歷過「穿鑿附會」的再造，因爲史料內容有限，往往是不帶感情的客觀描述，創作者大多在史料上只能取得故事的雛型，之後在角色和角色關係上進行大量的「穿鑿附會」，才能將史料轉化成動人的故事。

「穿鑿附會」除了協助故事的推展，同時也能造就短片動畫的優質創意，我們就從「穿鑿附會」在取材上該找什麼「四感」談起：

## 一、找尋極端懸念、且帶有強烈遺憾與滿足感的人事物

「人們能夠對某些人事物產生強烈的懸念，必定是這人事物存在著人們一時無法解釋或解答的特徵或稱訊號，也因為這困惑，令你產生懸念。」

不同於前面的只找「遺憾」或「滿足」，「穿鑿附會」需要先找到強烈的「懸念」，也就是那種讓你無法克制不斷地去看著或聽著人事物，如持續擴大的黑洞將你攫住。

例如：地面上遺留標示屍體的白色人形線，你想知道發生了什麼，但你沒有一個答案，你當然知道那是有人死在那兒，怎麼死？什麼時候死？怎麼被發現？你明明知道那只是警方留下來的記號，但你就是被懸住，忍不住看著，忍不住亂想⋯⋯。

當你獲得對特徵（或訊號的）解答，「懸念」也會隨之消散。而當這人、事、物能懸著你很久時，那麼它必定懸過很多人，「穿鑿附會」用在創意上，就是在借用這種經驗讓你成功造就上乘的故事。

我再舉個例子，希望你能夠像一條眼鏡蛇般神準地獵取好材料。你今天上學，看到老師額頭上多了一顆小黑球，糟了！你開始陷入一連串的聯想，這小黑球究竟是鼻屎？痣？還是癌細胞？老鼠屎？直到老師告訴你原由，你的「懸念」才停止，而你胡思亂想的過程就是「穿鑿附會」要運用的經驗。

當然，你不會想用老師額頭上的小黑球來寫故事，不是因爲噁心，而是你選材應該要有更高的標準，從擁有強大的「懸念」的材料下手，這當然不是老師額頭上有顆「大」黑球可以滿足的，我們需要的是更強大的「懸念」。

「讓你無法克制的看著或聽著那人事物，你找不到解釋，如持續擴大的黑洞將你吸住。」

你要的不只是強烈「懸念」，還要附帶有強烈的「滿足」或「遺憾」。例如：屍體移走後，所遺留地面人形標示線，讓你充滿「懸念」。接著我們再拿《Kiwi》來舉例：《Kiwi》講述一隻奇威鳥用生命實現牠第一次也是最後一次翱翔天際的夢想，奇威鳥這材料，讓人充滿「懸念」又驚奇，同時帶有些遺憾，讓你忍不住去想這世界怎麼會有這種鳥，牠怎麼生活？牠怎麼看待其他的鳥，奇威鳥帶給你持續不間斷的「懸念」與「遺憾」，達到你「穿鑿附會」的取材要求。

參考影片 71 －Kiwi

好了！不要再想「大」黑球了！我們來談除了強烈「懸念」、「遺憾」與「滿足」，取材上還有另一項必備條件。

## 二、材料必須存在人們無法解釋的特徵或訊息

如果前面的解釋還是說服不了你，那麼接下來我簡單提個反證，相信你立刻明白－

我們來穿鑿原子筆為什麼可以寫出字來，因為原子筆裡面都有一隻蟲蟲在便便呀！所以我們寫出來的字都是蟲蟲的便便啦！

你這是在汙辱觀眾的智商！因爲觀眾每天都親眼看到原子筆內就是一根筆心，根本沒有蟲蟲！！！

這一點其實跟我們在前面幾章所提到的合理性一樣，每一個人對故事的合理性都有不同的標準，或者對弱智故事有著不同的接受度，如果你像我一樣打算一輩子靠當編劇來餬口，你是該隨媒材、客戶、市場，隨時調整自己的智商來撰寫不同的故事，否則請盡量把標準拉高，確保你的故事所向皆捷。

我們再讓世界單純一點，穿鑿附會取材的必要條件：

★材料帶有極端的「懸念」，讓你揮之不去，外加帶有強烈「遺憾」或「滿足」。
★材料有著人們無法解釋的特徵或訊息。
★材料有著人們有所解釋，不論是科學解釋或者傳說中的解釋，但始終沒有親眼目睹。

## 三、從故事及生活裡取材

走到這裡，你大概掌握「四感」的標準，也知道必要條件，接下來要告訴你一個壞消息，大部分有著極端「懸念」又難以解釋的材料都已經被用過，所以你得仰賴你敏銳的感受能力，去找到沒人用過但具備同樣標準的材料。

你可以從下列兩種方向去找：

參考影片 72 － Ritterschlag Sven Martin

**1. 從故事類去找**

歷史、童話、小說或傳說。我想你知道「四感」標準，也知道必備條件，你可以從各種故事去找，但務必是觀衆熟知的故事，而你也明白，動畫短片的觀衆最好是群國際觀衆，但要找到國際觀衆都熟知的故事來穿鑿，看來也只有格林童話，我們華人又何必去再造格林童話呢？所以我比較建議往生活中尋找，因爲你更容易找到放諸四海而皆準的情境來穿鑿。

**2. 從生活中尋找**

從生活中去找材料具有那「四感」的強度與必要條件。比方說，你在某大樓安全梯看到牆上一枚血掌印，然後你就被懸住了！你問了管理員和附近住戶，沒人知道血掌印從何而來？於是你開始胡思亂想，難道是一樁謀殺案？武林高手滅門血案？然後你想起這一章！「穿鑿附會」！是「穿鑿附會」的寶石啊！趕緊寫進你的生命材料裡！

當你找到了好材料，你也開始會飛天遁地的胡思亂想後，接下來我們得進入設計的技巧，好好分析你手上的珍貴材料，決定你要穿鑿的是哪一個段落－是起因穿鑿，或過程穿鑿，或者後續的穿鑿。

## 四、由起因、過程與後續中穿鑿

### 1. 如果你是先取得一塊極端「懸念」的材料，穿鑿在過程與後續

當你擁有一塊強烈「懸念」又帶有強烈「遺憾」或「滿足」的材料，你會從起因去找故事，也就是去描述材料如何形成，比方那血掌印從何而來？或者那「大」黑球怎麼出現在老師臉上？或者死者墜樓身亡的過程？於是你著手去發展起因的故事。事實上，以我們從一塊強烈「懸念」的材料做爲第一個定數，發展起因的故事是否是爲最佳的敘事策略？

可能不是。因爲你手上已經有一塊可以帶觀眾入戲的材料，憑藉觀眾對這一塊材料的感官經驗，你可以讓觀眾很快沉浸在故事裡，如果你發展成起因的故事，你要不被迫倒敘，要不，就只能將這材料置於故事後段，所以這種擁有強大「懸念」的材料，通常都會放在故事開頭。

《Alma》這故事在講述一個小孩發現娃娃店居然有娃娃跟她穿一樣的衣服，後來靈魂被娃娃懾走的故事，穿鑿的是有個小孩被懾走的過程，而非第一尊懾人娃娃的形成。

因爲觀眾對娃娃都有相當的經驗，我們都曾目睹栩栩如生的娃娃，都產生過一種帶有「懸念」摻著詭異「遺憾」的感受，甚至曾脫口說出「好像真的……」。換句話說，大部份的觀眾早就建立靈魂與娃娃之間的關係，而且跟你一樣曾經忍不住目不轉睛看著……這就是拿來「穿鑿附會」最好的材料。

參考影片 73 －
Alma

聰明的創作者總是知道該如何借力使力，你順勢而爲，是因爲你知道觀衆早就信以爲眞了，也有過聯想，你只要開頭擺進栩栩如生的娃娃，觀衆進來了，你可省去複雜的推展並簡約帶過，便可以花更多精神在氛圍的經營上，去成就動畫短片難得一見的驚悚題材。

再舉一個參考影片，你看過不少外星人電影吧？應該也看過飛碟射出的那道光把人吸進飛碟！中間發生了什麼？中間有考試！

參考影片 74 －
Lifted

這故事當然是取材自「那道光」，一樣借用了觀衆的「懸念」，一開始就出現「那道光」，但這故事要從「那道光」，發想到「加入考試的情境」，可能是在試過幾種情境之後的最後選擇，畢竟有無限的情境可以來說這故事，可以是外星夫妻吵架導致這場混亂，也可能外星人的寵物頑皮，最後創作者決定用考試這情境來說這故事，哪個觀衆沒考過駕照？觀衆共鳴更強了。故事也用到了「絕配」的技巧，讓這考生超沒自信又超無能得以形成反差。

參考影片 75 －
Morty's

如果死神是忙碌到沒時間照顧小孩的媽媽。

參考影片 76 －
Le Building

至於後續的穿鑿，我沒找到相關的影片，我用墜樓的屍體標線來推展，供你參考：

故事一開始當然是路旁有著屍體標示的白線，一個鐵齒的孩子經過，聽著神經病遊民胡謅……。

「你只要在每年 12 月 12 日午夜 12 點 12 分那一刻，躺進這人形線裡，躺好躺滿，你就會沉入地底，直達地獄。」

鐵齒的孩子斥爲無稽之談，他就在那一天出現在現場，躺給那遊民看，一開始沒事，但時間一到，怪事果然發生了！接下來是鐵齒孩子求生的衝突，最後孩子沉入地底。

這是個後續的穿鑿，同樣這材料也可以發展成過程的穿鑿。

一位上班族（主角）在頂樓抽菸，卻發現遠遠一樓的地面怎麼有人形標示，即使他在十層樓高的頂樓往下看，依舊清晰可見，主角不安問起其他抽菸的人，最近是不是有人墜樓？但奇怪的是別人怎樣都看不到，還怪主角裝神弄鬼，主角直呼人形標示明明就在那地面啊！但就是沒人看得到，就在其他人離開了頂樓後，主角發現一股看不見的力量拉著他往下跳，他拼命的想掙脫……主角終究墜樓身亡，而那人形標示也在主角斷氣前一刻，他看到半透明的白線逐漸具象了，所有的人都看得到那框著他軀體的白線……。

我們讓世界更單純一點：

★找到一塊材料帶有極端的「懸念」，讓你揮之不去，外加帶有強烈「遺憾」或「滿足」感。

★你知道這一塊材料將被植入故事的開頭，你開始朝過程與後續發想，你也知道你要找的是一段精彩的衝突階段。

**2. 如果你選用的材料沒有足夠的「懸念」，穿鑿起因**

當你的材料沒有動人的懸念，或者你志在穿鑿的樂趣、志在喜劇，那麼你就不需要把讓觀眾塞進入戲的觀影位置，這時候你的材料不是用來經營故事一開始的「懸念」，而是故事後段的「意外」與「滿足」。

起因的穿鑿，穿鑿原來月亮的圓缺是有人負責布置，觀眾因為最後發現眞相而意外，進而會心一笑，故事加入祖父孫三代的情感軸，也沒忘記讓三代在故事中段出現一段假衝突。

參考影片 77 — The Moon

起因的穿鑿，原來人類誕生前是這樣啊！

參考影片 78 — Get Out

阿華是個胖子，他足不出戶，三餐都叫外賣，生活就是不顧死活的一頓猛吃，吃飽就是坐在沙發上看電視，他是越來越胖了。

最近他開門拿外賣時，總會聽到大樓隱隱傳來的喘息聲，後來他連吃飯都聽到那喘息聲，日日夜夜的喘息聲，搞得他快崩潰，他開始尋找聲音的來源，在自家那扇對著大樓天井的窗戶看到隔著天井對面窗裡有個老翁跑著跑步機，他一連觀察了好幾天，發現那老翁居然 24 小時都在跑步，他一邊跑一邊吃，他一邊跑一邊尿……。

阿華覺得太詭異了，他忍了幾天，終究忍不住踹開那家的門，他可是連活下去都懶了，哪管招惹到誰？他進到屋內就開始逼那老人不准再跑，爭執間阿華注意到這跑步機長得還真奇怪！怎麼是個半球露出樓地板？彷彿一顆圓球被箍在地板裡，只露出半球，而且那球面還畫了世界地圖？

別跑啦！阿華終究把老人拉下跑步機，沒想到一下來，撲通一聲，老人居然就這麼昏倒了！阿華趕緊打電話叫了救護車，人躲回自己家裡，不久他得知老人掛了，阿華卻沒有自責，甚至替老人開心，至少他離開這個令人討厭的世界，終於解脫了……。

當晚，新聞卻報導著世界末日的消息，因為地球不再自轉了，地球沒了洋流，沒了季風，太陽也永遠照著同樣的地球半球……。

阿華看著電視新聞大笑，阿華心想，像他這樣的廢物，注定孤單等死，沒想到這下全世界陪他一起死，但他笑到最後卻痛哭流涕……。

那天以後阿華再也叫不到外賣，他兩天內吃光了家裡的食物，於是跑進對面那老人家裡，打算偷點東西吃，卻不小心踢到了那顆球，這一踢，球轉了一下，阿華驚覺窗外的雲也跟著動了一下，阿華不可置信的蹲在半球旁，又推了半球，果然，天上的雲又動了……。

阿華傻了……。

那一夜他抱著老人家搜刮來的食物回到家，看著電視新聞報導著地球災難頻傳，阿華即使餓壞了，卻什麼也吃不下……。

「這令人討厭的世界，關我屁事……。」阿華一副大快朵頤的吃著偷來的食物……。

幾天後，電視台接到了一通神秘的電話，告知電視台的人拯救地球唯一的辦法，不久，大批的警察和記者來到阿華家對面，阿華也裝路人，跑去看熱鬧，卻發現警方根本推不動那顆球，警方和記者只當是有人惡作劇，離開了他家大樓，任阿華怎麼拉也拉不住。

原來阿華那天根本沒吃偷來的食物，他一個人回到老人的家，去推那顆球，球動了，雲動了……。

「媽的，這令人討厭的世界……。」

然而就在警察離開老人家的隔天，新聞報導著地球又恢復轉動了，整個世界慢慢恢復了生機……。

阿華呢？他正賣力的跑著。

跑步機這故事其實也是穿鑿起因，由主角去發覺起因，自己接替擔起任務。結構很像「從前有座山，山裡有座廟，廟裡有老和尚和小和尚。有一天小和尚對老和尚說：『師父師父說個故事給我聽吧！』老和尚說：『好。』他說：『從前有座山，山裡有座廟，廟裡有老和尚和小和尚，有天小和尚對老和尚說：「師父師父說個故事給我聽吧！」老和尚說：「好……」』」

故事穿鑿了地球自轉的起因，因為是瞎掰的，材料本身不具「懸念」，所以材料不會放在故事開頭，而是用來經營故事中後段的「原來是這樣」的意外與滿足。故事透過一個自暴自棄的主人公來詮釋這故事，面對著賴活與好死之間的兩難，最後選擇好死。

跑步機與地球自轉是沒有關係的，即使我將跑步機換成地球儀，兩者在觀眾既存的印象中，關聯仍然薄弱，所以這故事就必須花篇幅去說服觀眾兩者間的關聯，說服完了才能作戲。

參考影片 79 – Jurannessic

與《Alma》相較，即使跑步機花了篇幅說服觀眾，觀眾依舊不全然相信，所以較適合處理成喜劇。至於說服的技巧，是透過主角的發現來引導觀眾相信，故事先放置一個帶有驚奇的「懸念」上，亦即老人吃也跑、尿也跑，再讓主角帶著觀眾發現跑步機與地球自轉的關連。

最後我們再看一部我很喜歡的短片：

越短的故事越仰賴技巧，我當然可以不負責的說這故事的起點是創作者問自己「現代人看 A 片，那原始人怎麼看 A 片呢？」。但事實上，這故事的起點應該是壁畫，創作者發現壁畫連續畫下去就成了動畫，而他評估觀眾也都知道這原理，他才會聯想到－原始人可以看 A 片了！換言之，這故事能這麼俐落，是因爲創作者找到一條帶有「意外轉折」的材料，「壁畫動起來就是動畫」，創作者才進一步穿鑿到原始人看 A 片，光是「穿鑿附會」的技巧是不足以形成這麼俐落的好故事。

好材料無所不在不是嗎？總有一些創作無法畫成藏寶圖，不過沒關係！你要做的，除了把本書羅列的技巧熟稔，接下來是好好感受這世界，去找到人類共有的深刻經驗，記得牧羊少年奇幻之旅的那句話嗎？「當你真心渴望某件事，整個宇宙都會聯合起來幫助你！」，如果你眞心想寫好故事，宇宙的共同經驗就是在幫你！找到宇宙的共同經驗，你從來不是孤獨的完成故事，你有整個宇宙在幫你。

根據本章第一個方法「找極端懸念的人、事、物」，並完成一個穿鑿附會的故事。

01

第二十三章

# 一模兩樣（一）

小華和小明去露營，夜半兩人閒聊間，小華突然問小明「有沒有帶火柴？」小明順手拿出打火機，小華卻瞪著小明「最好我可以用這個挖耳朵……。」

笑話就是一種簡約的故事，**「一模兩樣」**的技巧常常用在笑話裡，主要在經營笑話末段的意外，並在意外同時，從觀衆期望發生的滿足瞬間轉爲遺憾，你一定也聽過這個故事：

咪咪六歲，因為是獨生女，倍受父母寵愛，咪咪一直以為自己很幸福，有一天她從夢中驚醒，她聽到爸媽房間傳來媽媽的慘叫聲，咪咪嚇壞了，又聽到媽媽哀求著不！不要！

這老掉牙的故事源自「一模兩樣」的設計技巧，這故事對於成人你我而言早知道謎底，但對許多兒童來說，這故事將在他們心中經營出「發生什麼事？」的強烈「懸念」，他們以爲「媽咪被家暴了！」直到咪咪問了爸媽，爸媽紅著臉開始他們人生當中第一場性教育，咪咪才知道原來爸媽正爲她未來的弟弟妹妹而努力，於是咪咪帶著兒童觀衆一起從「遺憾」轉爲「滿足」，那滿足也包含因爲領悟而生的滿足，而旁觀的人會心一笑。

或許這麼解釋，你還不能眞正理解這技巧對短片動畫的價値，那麼我進一步說明，如果你不透過技巧來設計故事，要在3、5分鐘的故事當中經營出一個強烈意外其實難度頗高，主要是因爲短片通常由單軸來推展，也就是以需求軸來推展，不像長片有雙軸或「三軸」推展，可以在需求軸不斷插入情感軸或事件軸的「轉折」來製造意外，單軸很容易讓觀眾看穿故事的發展，而「一模兩樣」的技巧能讓故事透過單軸推展，不只帶來強烈的意外，還能出現「遺憾」、「滿足」的變化。

談到這裡，我們得再補充一個故事設計概念－**「意外」**。意外，意料之外，剛剛兩個故事範例都是經營出意料，才接續一個意外，當然我們不一定要有意料，才能經營出意外感。請看完這部片：

參考影片 80 －
Fanta

這是《Fanta》早期在日本以 Fun time 作爲 Slogan 的一系列廣告之一，沒有意料的「意外」，我稱之爲「Kuso 的意外」。「學生讀書突然咳出一瓶可樂」，觀眾沒有意料，但仍感到驚奇，也能刺激觀眾想笑，這種「Kuso 的意外」通常在強度上不會比意料之外弱，反而更強，而且年輕觀眾也很愛這樣荒謬喜趣，相反的，意料之外的「意外」去跟觀眾鬥智，去操作觀眾的相信。

意料之外的「意外」是一種操作到觀眾思維層次的「意外」，故事如果能讓觀眾經歷一趟絕佳的感受歷程，還能造就觀眾思維的運作，甚至帶來領悟，那已經離好故事不遠了！而「一模兩樣」所設計的「意外」就是這種質感的「意外」。

我們直接進入「一模兩樣」的技巧介紹，沿途提醒設計的訣竅。

## 一、發想起點

這技巧取材不找感覺，找這句話：

「哇！這個跟那個好像喔！」

回想看看，你什麼時候說過這句話，只要你找到這「好像」，你就有機會寫出一個「一模兩樣」的故事，就可以經營出故事末段的那一串連續發生的「遺憾」、「意外」而後「滿足」。這「好像」可以是樣貌的相似，可以是用途的相似，可以是聲音相似，比方雲和綿羊，紅豆和蟑螂蛋。

當有了「兩種東西好像」，下一個步驟你將進入發想階段，你雖然因爲有了技巧指引，發想不再漫無目標，也因爲技巧讓你能有效率的完成好故事，但你也因此必須習慣在限制內尋找適合的材料，接下來的發想就需要一點耐心，因爲有點複雜也有點難度。

爲方便解釋，我們得先定義這兩種相似的東西，第一種我們稱它爲A，另一種稱爲B。

## 二、從AB鎖定你發想的方向

你接下來要找的是一組「主角與主角需求」，這組主角與需求會對A感到（極端）「滿足」，卻對B感到「遺憾」，或者對AB都感到（極端）「遺憾」，或者第三種對AB都感到「滿足」。

這三種不同質感AB，可以推展出兩種結構，我們先來談第一種

### 1. 對A感到（極端）滿足且對B感到遺憾

從A與B中，尋找出各種角色在各種情境當中會對A感到「滿足」，對B感到「遺憾」。我們先看例子，看完進一步解釋：

監獄警鈴乍響，熊囚犯越獄了！牠正從監獄高聳圍牆跳下來，跌了個狗吃屎，起身一路朝著監獄外的大草原狂奔，不久一群狗獄卒從監獄追出來，熊囚犯腿又肥又短，眼看自己越來越跑不動，狗獄卒也越來越逼近，熊囚犯只能拖著老命繼續跑，還好牠發現草原上居然有一台動力板車，就在不遠的鐵軌上，就是那種板車上有鐵棒連動齒輪，只要拉壓鐵棒，車就能持續前進的動力板車！而鐵軌一路通向遙遠的山洞。

熊囚犯開心極了！牠眼看就要抵達板車，開始對著後方的狗獄卒叫罵，甚至囂張的脫下褲子露屁股，嘲笑狗獄卒追不到牠，然後開心跳上板車，握住鐵棒猛拉猛壓，沒想到竟然噴出「水」來了？熊囚犯才發現，這不是動力板車，只是一台有四個輪子的板車剛好在汲水器旁，熊囚犯懊惱看著狗獄卒撲上來，汲水器不斷流水出來，牠也哭了出來。

動畫終究是透過影像說故事，你千萬要確定汲水器與板車放在一起，看起來就像卡通常出現的那種動力板車。接著我們進一步解釋設計原理。

創作者先找到兩相似的AB，這裡是動力板車VS板車＋汲水器，他們在樣貌上相似，接著找到某角色與需求將對A感到「滿足」，對B感到「遺憾」，這裡是逃獄的胖囚犯。接著談敘事的技巧，創作者接著在敘事上，透過主角引導觀眾以爲是A，讓主角滿心歡喜等著A的「滿足」到來，而觀眾也在觀影中全然沒想到是B，主角滿心期待間赫然發現眞相是B，瞬間主角「滿足」成了「遺憾」，觀眾恍然大悟，也會心一笑。

你循著這步驟，寫一兩篇試試，我順道談一個故事設計的概念。

這故事讓熊囚犯錯以爲那是動力板車，創作者透過主角熊囚犯，去引導觀眾一起誤解，也一起發掘眞相，換句話說，觀眾已經跟著主角入甕，但你也可以只讓主角入甕，讓觀眾在外面看笑話，你的觀眾早知道不是動力板車，他們笑看這笨囚犯一路誤入歧途，這兩種處理將產生不同效果，而後者觀眾相對抽離，卻也更具喜感。

我們用一樣從「對A感到（極端）且對B感到遺憾」的技巧來創作，這一次是紅豆VS蟑螂蛋。

那是一場蟑螂世界的浩劫。人類的毒氣瀰漫了整條水管，大批的蟑螂來不及逃跑，只有強弟剛好從下水道回來，他眼看大勢已去，倉皇抱著一顆蟑螂蛋就跑，一路逃回下水道，卻還是聽到族人從水管口傳來的慘叫聲，強弟悲痛不已，他抱著蛋誓死要替族人報仇，於是他小心翼翼找了一個洞穴，將蛋藏在裡面，從那天起他死守著洞口，等著蛋孵化，他幻想著等蛋孵化，他將有一大群兄弟跟他一起去報仇！

他忍住飢餓，躲過了淹水，他甚至為了對抗蜥蜴而受傷，無論如何都要守住族人僅剩的香火，但奇怪的是，蛋始終沒孵化，強弟越等越困惑，他於是走進洞裡查看，卻發現蛋不見了！倒是有一株小植物在洞裡發芽，強弟慌張挖遍整個山洞，就是沒找到蛋，更不見他的兄弟，強弟絕望不已，沒想到……老天連他兄弟也奪走，看來他報仇無望了。

從此強弟喪志，沒再離開過下水道，行屍走肉一般在下水道苟延殘喘的活著，有一天他無意間走回傷心地，他發現地上居然有一顆蟑螂蛋！不！兩顆！不不不！有好幾顆，然後他發現一棵高聳的植物從那洞裡長出來，他發現植物的莢果裡都藏著蟑螂蛋，強弟哭著大笑，這麼多蟑螂蛋！這麼多弟兄！天助我蟑螂復仇大業啊！人類你們完蛋啦！

在故事開始不久，觀眾就知道強弟抱的其實是顆紅豆，創作者必須依故事的需求，選擇要引誰入甕，是觀眾？是角色？或者都知道，或都不知道。

看完這兩個小故事，你大概明白爲什麼一模兩樣可以經營出「意外」，又同時從「遺憾」轉到「滿足」，或從「滿足」轉爲「遺憾」，一切都是透過技巧事先布局，但是要布這個局，沒先找到「對 A 感到（極端）滿足且對 B 感到遺憾」，不可能做到。

**2. 對 AB 都感到（極端）遺憾，或者對 AB 都感到滿足**

這兩種材料則形成另一種故事結構，我們直接拿個例子來談：

參考影片 81 －
Rubato

故事述說一位街頭音樂家失去了他謀生的節拍器，還被一隻野狗糾纏，卻意外發現……。

看完之後，我們忘記故事內容，你現在就是那創作者，你的設計所定下的第一個定數是節拍器與狗搖尾巴的相似性，而你也發現兩者都帶來滿足感，你知道故事是線性發展，你在這條線上放入兩個滿足的點，中間該是「遺憾」還是「滿足」？

我想勢必是個「遺憾」，因爲如果這是一部長片，這樣的篇幅還存在更多可能，但如果是一部單軸的5分鐘的短片，你不可能讓故事一路都是滿足，因爲你懂「滿足」、「遺憾」交替與「懸念」的關係，然後你會繼續發想，這故事可能是：

一個愛狗人原本有一隻健康的小狗，愛狗人總是因為狗狗開心對他搖尾巴而一掃一天的陰霾，沒想到狗狗卻因故而尾巴受傷，從此牠就算再開心也沒辦法搖尾巴囉！最後愛狗人找到什麼方法讓節拍器成了狗狗表達開心的尾巴。

又或者：

街頭藝人的演奏總是因為有節拍器而安心，卻遇到一隻野狗糾纏，藝人一心專注在表演上，想要除去狗狗影響，後來卻失去了節拍器，藝人因為沒有節拍器，導致無法好好演奏，他只好放棄街頭表演，狗狗卻意外成了慰藉，也因為狗狗，讓藝人再次勇敢站上街頭！

在沒有節拍器的狀況下，藝人試著演奏，但終究失敗收場，此時卻意外發現狗狗尾巴就是最好的節拍器。

又或者如該部影片的發展。

同樣的，如果你有了相似的AB，你發現AB都是「遺憾」，中間必然有一個「滿足」。

最後本章以我一部動畫長片的開場做爲收尾，故事是以「一模兩樣」的技巧來開發，它叫《長鹿漫漫》。

大草原的長頸鹿媽媽懷孕好久了，那天長頸鹿媽媽終於要生了，長頸鹿爸爸趕緊帶著媽媽躲到樹林裡，得找個安全的地方生寶寶啊！爸爸終於幫媽媽找到一片矮樹叢，還一心想幫忙助產，媽媽笑說爸爸沒接生過小孩，也沒自己生過，怎麼幫忙啊！？爸爸只好走到一旁當起守衛，他對媽媽大吼說，他會守在這裡，一步都不會離開，但是如果有什麼事，媽媽千萬要叫他，可別有什麼閃失啊！

新手爸爸當起了英勇守衛，心底是又緊張又期待，等了好久，生了！生了！而且居然是雙胞胎！爸爸太開心了！跑過去卻發現媽媽的眼神有些奇怪，那是種憂傷的眼神……爸爸這才發現，其中一個寶寶並不正常，脖子居然跟狗一樣短，爸爸的心情瞬間跌到了谷底。

那晚媽媽和爸爸商量著，媽媽打算棄養其中那隻畸形長頸鹿，這是動物們都懂得道理，媽媽有限的奶水，只會餵養有機會生存的孩子，草原大旱好幾年，草都死了，畸形短脖子長頸鹿吃不到樹葉，不可能活下去，何況到處是兇狠的肉食動物……。

但爸爸卻央求著媽媽，讓這孩子決定自己的命運，讓他試試看吧！

媽媽無奈答應。那晚爸爸失眠了，他看著畸形鹿睡在旱地上，四條腿短得可憐，脖子更是比笨驢子還短，這孩子就算活得下去，也將面對無止無盡的生存挑戰，那將是一條漫漫長路。爸爸不捨地抱住孩子「漫漫……就叫他漫漫吧！」

漫漫這隻侏儒長頸鹿，一直倍受歧視，一直讓爸媽擔心，後來族人面對空前危機，漫漫拯救了族人，原來漫漫竟是神獸麒麟。

參考影片 82 －Angel

參考影片 83 －立體悲劇

## 三、自建一模兩樣

透過取材，可以設計出「一模兩樣」的故事，但如果經驗足夠，我們可以自己來建構「一模兩樣」。

《MOMSTER》

陰暗的隧道裡，一顆怪異的蛋孵化了，一隻軟趴趴的可愛小生物濕漉漉地從蛋殼探出頭，他叫了幾聲媽媽，卻只有迴盪在地道裡的風聲淒厲地回應他……他不安地又叫了幾聲，還是只有風聲……。

小生物不安地爬出蛋殼，一邊爬，一邊注意到他後腦長著一根與自己毛色的相似的軟骨，他困惑地摸了軟骨一下，軟骨也彈了一下……。

隨著他爬離蛋殼，他才發現那軟骨還真長，他一邊爬，一邊用眼睛餘光瞄著自己細長的軟骨從蛋殼裡滑出，眼看軟骨尖銳的尾端就要脫離蛋殼，卻剛好被蛋殼的裂縫卡住，他想去扳開蛋殼裂縫，好讓自己脫身，卻發現軟骨已經硬化，成了一根又長又硬的骨針。這下他骨針卡在蛋殼，寸步難移，骨針又硬，他也繞不回蛋殼，這讓遠在蛋殼另一端的他連轉個脖子都看起來很好笑，小生物只好拖著長針，長針卡著蛋殼，一路賣力往前跑，只盼地面的磨擦力能讓長針脫離蛋殼……。

就在這時，他聽到了喘息聲，遠遠地，一隻龐然巨獸兇狠的瞪著他，那巨獸幾乎占滿整個隧道，一步步走來……小生物嚇得轉身快跑，這一驚嚇的狂奔，長針順利拔出彈殼，小生物沒命的跑，這巨獸追了上來，巨獸又大又醜，全身皮毛猶如盔甲一邊堅硬，排山倒海的追來，一路撞斷上方的鐘乳石，還好沿路鐘乳石不斷擋住巨獸，巨獸一時還追不上來，於是巨獸試著踩住小生物細長的骨針，小生物只好極力搖頭好讓骨針擺動，就怕被踩著，誰知道接下來的隧道越來越開闊，巨獸眼看要越追越近，小生物這時也發現洞口就在前方，那洞口顯然小到巨獸鑽不過去，只要他跑出山洞，他就得救了！但這時巨獸已經踩住他骨針，只見小生物一陣劇痛—卡嗤！骨針應聲斷掉，小生物因此重重彈起，彈向隧道頂部，還差點肉身撞向一根尖銳的鐘乳石，還好他偏身躲開撞向岩壁，在下墜時，他在千鈞一髮之際攀住了一根鐘乳石。

巨獸趕到，一時之間沒看到小生物的蹤影，開始緩步四處嗅著……而小生物早嚇得拼死抱著鐘乳石，嘴巴忍不住又低聲喚著媽媽。巨獸似乎也嗅到什麼，小生物還以為巨獸發現牠了，只見巨獸吼了一聲，衝向一旁的大石頭，大石後立刻跳出一隻比小生物大上一倍的另一種野獸。

野獸和巨獸展開了搏鬥，巨獸全身又硬又厚的盾甲，野獸根本咬傷不了巨獸，沒兩下，巨獸將野獸一口咬死，小生物看到這景象簡直嚇壞了，他看到巨獸又開始嗅，他試著抱著鐘乳石想往上爬，卻在這時，他聽不到巨獸的嗅聲，他不安回頭，果然巨獸發現他了，小生物跳下鐘乳石，躲過巨獸咬來的血盆大口，拔腿衝向洞口，卻看到山洞外，一大群野獸奔來，正是剛剛被吃掉的野獸的同夥，小生物回頭，巨獸也追上來了，小生物索性一頭撞向邊壁，巨獸停不下來，石破天驚的滑過小生物眼前，這一刻，他與巨獸四目交接，小生物發現巨獸眼神變了，變得有些感傷，然後巨獸滑向洞口，整個頭卡在洞口動彈不得。

小生物驚魂甫定，看著巨獸塞住洞口，急欲掙脫，小生物趕緊跑去撿起那根骨針，舉著骨針衝向巨獸，卻因為頓甲堅硬，他被骨針彈了回來，而巨獸這時更瘋狂的掙扎了，四肢更是瘋狂亂踢，小生物再次舉起骨針，他知道骨針刺不穿盾甲，此時他發現巨獸腹部的頓甲有個皮質的凹洞，小生物舉針刺進去，骨針直沒到底，巨獸慘叫著，不久便死了，小生物驚魂甫定，卻發現肚子咕嚕嚕叫著，他看著巨獸傷口流出的血，他撲過去，饑讒地喝了起來。然後疲憊的睡著了。

後來小生物就靠著巨獸屍體維生，日子一天天過去……。

也不知道過了多久，隧道的另一頭，巨獸的臉早已經枯成白骨，一隻當初與巨獸搏鬥相似的野獸睡在洞口，這時這野獸聽到了聲響，是隔著巨獸臉骨，從洞裡傳來，野獸興奮大吼引伴前來，一群野獸開始在巨獸臉骨旁挖地洞，突然一根骨針刺穿了巨獸白骨，白骨開始崩裂，野獸紛紛埋伏在一旁，準備伏擊。

（以下走小生物主觀）漆黑裡，裂開巨獸臉骨透進了光，那是小生物的主觀視線，眼前巨獸臉骨崩解，他走了出去，突然一隻野獸撲向他，但那野獸的眼神卻與奮轉為惶恐—黑畫面，野獸慘叫聲此起彼落……。

淡入美麗的森林景致，隨著小生物主觀視線一路往奔跑，來到了湖邊飲水，卻在湖裡看到了那隻巨獸！

原來小生物不在是小生物，已經長成了巨獸，原來巨獸是他的媽媽……。小巨獸回想起那片刻的四目交接，那巨獸的眼神是如此疼惜，如此不捨……。

小巨獸終於明白這一切，他悲憤仰天怒吼。（淡出）

（淡入／回述）母巨獸卡在隧道裡，她苦笑著，這時整群異獸撲向她，啃噬著母巨獸的臉……（淡出）。

這一樣是「一模兩樣」的技巧設計出來的故事，卻沒有如前述的AB相似的材料，卻靠著母親與敵人兩種關係的誤導，來經營出「一模兩樣」。故事是從一種世界觀開始建構：

有一種生物靠吃掉母親活下去。這種生物因為在幼兒時期非常脆弱，而且有著漫長的成熟期，成熟後也才能長出足以保護自己的盾甲，也因此演化出子食母的生物特性。

參考影片 84 – Cathedral

請參考本章的開發步驟，以「對 A 感到（極端）滿足且對 B 感到遺憾」來開發一篇故事。

01

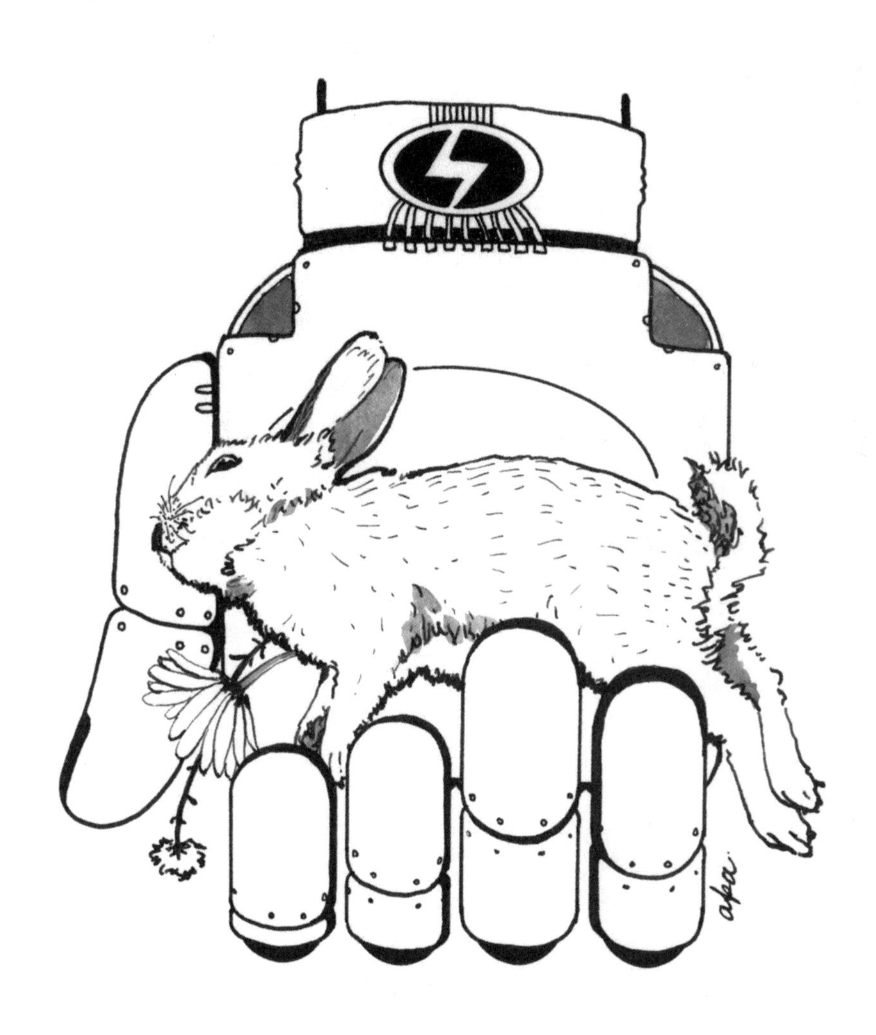

第二十四章

# 異曲同工

「異曲同工」的技巧，與「一模兩樣」的技巧一模兩樣，請參照「一模兩樣」，一樣都著眼在經營結尾的「意外」，並在「意外」的同時，從觀眾期望發生的「滿足」瞬間轉為「遺憾」。

不過一開始取材必須從功能下手，找到一種物件能有 AB 兩種功能，或者兩種有因果關係的物件，兩物件都可以有同樣功能。不過這種材料遠比一模兩樣難找，舉例來說：我們常常看到搞笑劇，角色無法把門拉開，後來才發現門是用推的。

## 一、發想起點

「哇！兩邊都可以用耶！」

《機器人與兔子》

小機器人從他啟動的那天開始，就面對著一座美麗的森林，終日看著森林裡的動物覓食或嬉戲，只有他孤單地站在一面高聳的鐵牆前，一條電源線的「插頭」插在牆面的插座上，另一端則連在他身上。

那是一片座落在人造星球裡的森林，星球上只有小機器人，沒有人類，也沒有另一架機器人，只有維持這座森林永續的機械設備，提供了森林適當的溫度和日照，而小機器人只是站在鐵牆前，隔著草原，遠遠看著熱鬧的森林，在這顆漂流在宇宙的人造星球裡……。

小機器人當然想進森林看看，但他知道自己拔掉插頭，他將失去電源，說不定走到草原半路就停機了。

有一天，森林裡一隻剛出生沒多久的小兔子居然跑出森林，一路跳過遼闊的草原，好奇地跳到他跟前，那可是有史以來第一次有生物來到他眼前，小機器人趕緊拔了腳邊的嫩草餵小兔子，小兔子那天吃了幾口草，一溜煙便又衝回森林，小機器人真不知道下一隻動物出現在他眼前會是幾年後？沒想到後來小兔子天天都來找小機器人吃草，兩人也因為天天接觸而越來越熟，小機器人不只餵兔子吃草，也陪著兔子玩，陪著兔子睡覺，有一天他終於把電源線可及之處的草都拔光了……。

那天他將小兔子抱在懷裡，把最後一點草餵給了小兔子，小兔子顯然意猶未盡，但他已經沒草餵兔子了，他眼看兔子失望地跳回地面，一路跑向森林，那一刻小機器人明白，小兔子不會再來。

眼看著小兔子跳進森林，就快失去蹤影，小機器人當下決定不顧自己可能停機的風險，拔掉插頭，一路衝過草原，他心想至少在停機前，再陪兔子玩一次，他也心滿意足，小機器人拼命地跑，深怕自己隨時停機，還好沒有，他眼看就要追上小兔子了，卻在半路上，他發現了怪事，他發現人工日照滅了，氣溫驟降，他發現整顆人工星球的機器運轉聲不見了，是人工星球停機，不是他……。

小機器人站在草原上，看著小兔子快凍死了……小機器人才終於明白他才是整座人工星球的電源。小機器人衝回鐵牆，把身上的插頭插上，這一插，果然整座星球又重新啟動，森林也重新恢復生氣，小機器人看著小兔子慢慢甦醒，小機器人好希望兔子會回頭，但小兔子沒有，牠只是一溜煙地衝進樹林，消失得無影無蹤。

小機器人孤單地站在鐵牆前，隔著草原，遠遠看著熱鬧的森林，在這顆漂流在宇宙的人造星球裡……。

插頭和插座兩邊都可以是電源來源，只不過觀眾經驗裡，電源是從插座來。我們找到這種「異曲同工」的材料後，一樣是去找主角與主角需求，能對A與B有相反的「遺憾」、「滿足」感受，從而設計成故事。《史瑞克（Shrek）》第一集當中，公主沒變回公主，反倒變成沼澤怪，也採用同樣的創意技巧，青蛙親公主可以變王子，當然公主也可以變青蛙。

參考影片 85 －
Motus et Bouche Cousue（Gobelins）

以「兩邊都可以」發想一篇故事。

01

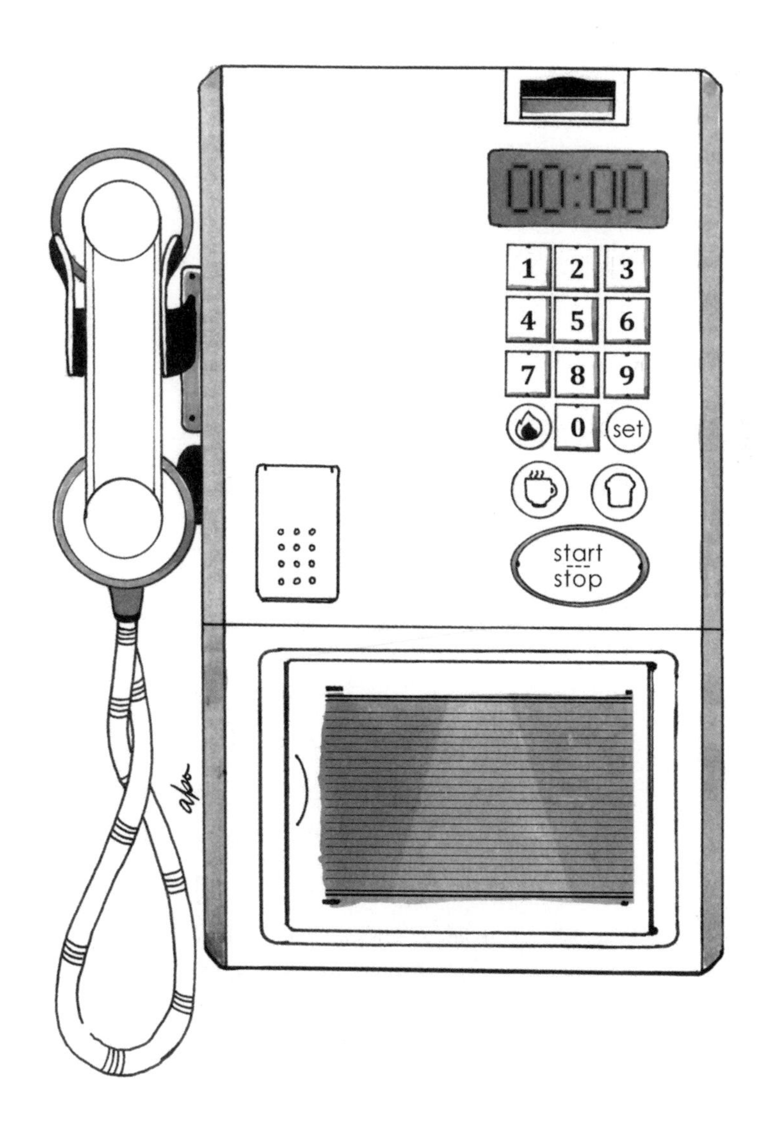
00:00
1
2
3
4
5
6
7
8
9
0
set
start
stop

第二十五章

# 聯想的穿越

「聯想的穿越是運用人心的聯想經驗。」

顧名思義，透過人心對相似的多種事物擁有豐富經驗，藉由其相似的環節進行情境的穿越。這些相似且人們有豐富經驗的事物，可以是門、瓶蓋等等。

## 一、發想起點

找到超過兩種以上的類似現象（聲音 / 樣貌 / 動作 / 光影），且觀眾經驗豐富，你就可以設計出瘋狂的「處境穿越」動畫。比方鍵盤面板。提款機都有個讓我們輸入數字的面板，讓我們再來想想，我們還在哪裡看過類似的鍵盤面板？電話？微波爐？

小明夜半急著提款，好不容易找到了一間提款機房，他進門，在提款機前插了卡，輸了金額，沒想到提款機旁那支原本用來緊急連絡銀行的話筒卻響了！小明困惑接起話筒，卻聽到對方喂了半天，小明還以為對方是銀行人員，沒想到電話連到住家，對方還怒斥小明打來幹嘛？小明解釋了半天，對方生氣地掛他電話，小明不安地又重新插了卡，輸了金額，還好，這次電話沒響，卻發現天花板亮起了黃燈，然後地面居然有轉盤轉動起來，小明發現提款機房的溫度是越來越高……。

以這故事爲例，你明白一個道理，當我們在不同功能的物體上找到一樣相似的關鍵物件，且觀眾對每一種物體都經驗豐富，創作者就能借用這關建物件來進行穿越，觀眾也因爲經驗豐富，透過關鍵物件很快能觸發聯想，接受這穿越的合理性。

如果你懂了這道裡，一張舒服到所有的人一躺就會睡著的躺椅，就可以帶著觀衆穿梭在不同的幻境裡，一扇門推開，就可以到世界任何角落，因爲我們有開不同門的豐富經驗，每一扇門都會有一片不一樣的風景，但你就是不會妄想著靠一包茶包泡入熱水杯裡，就想要觀衆相信泡茶可以穿越空間。

阿華急著要大號，他衝到大樓公廁間，一打開公廁間的門，門內怎麼會有一位上班族全身濕漉漉，一臉驚恐看著他，阿華急著大號，也沒多問，一衝進公廁，怎麼整間公廁溼答答一片，那傢伙是在這裡洗澡是嗎？也太誇張了吧？！阿華舒服的完成解放後，擦了屁股，在他伸手壓沖水閥之際，聞了聞另一隻手，顯然沾到了……。

咦！沒水？

阿華又壓了一次沖水閥，卻聽到門旁的洗手台傳來水聲。阿華困惑的走出馬桶區，轉開洗手台的水龍頭，也沒水？他卻聽到馬桶區那一頭傳來水聲，阿華困惑又轉了一次水龍頭，還真的馬桶區又傳來水聲，他跑回馬桶區，拉了馬桶沖水閥，洗手台那頭果然傳來水聲，阿華懂了，他趕緊再拉一次沖水閥，衝向洗手台，無奈他每次都慢一步，人還沒到，水龍頭的水已經停了，好吧，那就索性不洗手，他走向公廁的門，心想肯定是水電工嗑藥，把水管接錯，不過剛剛那神經病為什麼全身濕透？ 阿華拉了門把要開門，卻打不開，就在這時天花板的消防灑水器噴了，阿華就是怎樣都打不開門，在那大雨傾盆的公廁裡……。

觀衆的聯想經驗是故事創作者創造奇幻故事的重要基底，聯想的穿越運用到觀衆「橫向的聯想經驗」，後續會進一步在「倒因爲果」的章節裡談到如何運用「垂直的聯想經驗」。

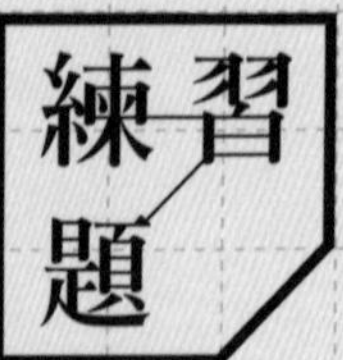


運用本技巧，開發一篇瘋狂的穿越故事，當然，你必須找到水龍頭、門、提款機以外的梗。

01

魚占
鉄口直斷

第二十六章

# 類型顛覆

「觀眾的經驗永遠是好故事必備的材料。」

當某種類型電影叱吒市場，熱度夠火，也紅的夠久，自然就有大量的觀衆對這類型有足夠的經驗，市場很快就會出現顛覆該類型的電影！

例如：大量的超人類型出現後，就出現「類型顛覆」的《全民超人》、《超人特攻隊》、《死侍》等電影，而喪屍片在市場上經營出大量死忠觀衆之後，《殭屍哪有這麼帥》便尾隨而來，這裡談到的幾部電影都締造了精彩的票房成績，而這些電影能成就這樣的成績，那是因爲他們守住了該類型的死忠影迷，同時開發了新的愛好者，如何能兼顧既有市場又能開發新的市場，全然在於故事設計之初的精打細算，算計著如何改造或植入新材料，才能夠帶來看似全新的樣貌卻仍保留原有類型的迷人之處。在此，我們得先來談談這令人著迷的原因。

我找了個「類型」電影的定義給你，類型「指電影在風格、主題、結構、甚至角色形態上，表現出類似趣味的影片，例如：美國西部片、警匪片、歌舞片……等等，類型電影往往能反映若干社會現象……。類型電影與社會現象關係密切，而類型電影初起時，全爲觀衆及票房需要……」（節錄自國家電影資料館，《電影辭典》）

有了類型定義，「類型顚覆」的電影則仍維持著以最大市場爲目標，所進行的類型改造，改造的程度，大則將類型故事的主題改變，或將「三軸」當中的一兩軸抽換掉，抽換事件、情感，或是需求，甚至混入另一類型，成了混合類型的故事；小則從結構、風格等等「三軸」外的材料著手改造，乃自於故事展現的材料的進行替換，而抽換的結果，必須盡量不損及原類型吸引人之處，讓新材料與類型融合之後，增加新鮮感與意外感，並且因「錯置」持續帶來新鮮的衝突感。

而短片動畫的「類型顚覆」也是類似的概念，在方法上其實就與「錯置」的概念與技巧雷同，只不過你故事設計的第一個定數就是類型的長處，也就是類型令觀衆著迷的種種，而你要找尋的也就是你拿來與既有類型「錯置」的材料，必須不破壞類型的長處，才能與類型相得益彰。

所以你必須深深了解你要顚覆的類型，你必須知道這類型爲什麼吸引觀衆？哪些材料帶來類型的膾炙人口？哪些「四感」及感受歷程能撩撥觀衆讓他們愛到無法自拔？也就是你知道什麼是不能改的，然後再去找可以被抽換，且「錯置」進去的材料能帶來類型全新樣貌，而故事質地也不能變糟。我們來看個例子，一樣是用我原創的電影長片故事來舉例：

《打狗棒》

「這是間不起眼的客棧，但是絕對不是普通的客棧，因為這裡臥虎藏龍……那位平常蜷縮在牆角的阿婆曾經把七八個大漢摺倒，我想她哆嗦地倚在牆角是在運氣。躺在病床那位，可是個什麼都吃的下的大鋼牙。至於他……你別看他胖得連床都起不了，他可是東洋相撲力士，更恐怖的是躲在床下那一頭散髮的老頭，是個龍爪高手，那床墊下的床板早被他抓出個大洞。

還有這個每天用頭撞牆的傢伙，太太太招搖了！鐵頭功就這麼大剌剌地練起來。只有那個整天孤伶伶站在床前的小姑娘……她半點武功也不會，只會靜靜的掉眼淚。武林中的人都知道只有高手才能看出誰是高手，也只有高手才能察覺高手偽裝的呆滯眼神裡會瞬間迸出一殺氣！

懂嗎？！只有高手才看得出誰是高手。

可惜我到現在還不明白他們為什麼全聚集在這裡，但是我肯定他們都在等待什麼，而我呢？我也在等，等著打通我的任督二脈，只有打通，我才能報仇，報我殺母的血海深仇。」

說話的人叫張玉龍，在醫學上他是一位幻聽幻視的妄想症病患，不過在護士眼中－非常配合的病患，除了他滿嘴的武林瞎話。

張玉龍常常偷偷向護士透露其他病患是哪個門派的高手，只是當護士逗趣問他屬於那個門派，他立刻警戒起來，老李－醫院的老看護算是他唯一信任的人，所以張玉龍教他點穴。老李還真有耐心，張玉龍點他穴時，他可真得一動也不動。

有一天老李退休了，新的看護是個年輕人，他依樣畫葫蘆學著老李，和張玉龍玩了起來。可是怎麼玩都可以，新看護千不該萬不該，他居然回頭去點張玉龍的穴，更糟的是他點完，打卡下班去了。

隔天那新看護回到病院可嚇壞了，因為張玉龍還站在原處一動也不動，臉上還帶著痛苦萬分的表情。不會吧？

醫生和護士們用盡各種科學方法，又對他按摩，又打肌肉鬆弛劑，卻半點用處也沒有！最後新看護索性在張玉龍身上亂戳，沒想到越弄越糟，只見張玉龍面目猙獰，臉色發青，脈搏亂了，最後連鼻血都流出來了……靠！難道點到死穴了？

還好醫院即時把老李召回醫院，老李這才照著張玉龍當初教他的方法幫他解穴，果然見效，張玉龍如洩氣的氣球軟癱在地上。

隔天張玉龍不見了，醫院還以為他嚇壞了才逃離醫院，只有張玉龍知道其實昨夜的意外不只是普通的意外，那意外意外地打通他任督二脈。

所以他去尋仇了，而且帶著那愛哭的女孩。至於為什麼帶走那女孩，理由很簡單，見到老弱婦孺不救，他還能稱得上「俠」嗎？

2019年的台北很武俠，因為張玉龍來了，因為在他眼中—

這城市就是江湖，他來報仇了！

這是個神經病與武俠混合的類型故事。

其實「類型顛覆」的故事開發，如果是以市場爲目標，你要做的，就是去分析類型內含，然後嘗試把各種材料替換進去，去預想可能的發展與可能經營出「四感」成果，但我後面仍整理了兩種類型常被置換的材料，做爲你上手的起點，我們先來談談「類型顛覆」的取材：

## 一、類型顛覆的取材

首先你所顛覆的類型必須是觀眾所熟悉，但越多觀眾熟悉的類型，也就有越多顛覆的作品出現，你一不小心就會跟別的作品雷同，比方每年我總會在學生作品中看到小紅帽或者金斧頭銀斧頭的顛覆。

另外，你也不能直接取材自某部類型電影，進行「同人式」的顛覆，你不能直接用他們的人物或場景，因爲那涉及侵權，但我們其實也不需要神力女超人或蝙蝠俠進到我們的故事，我們只需要有符號來挑起觀眾對該類型的聯想，形成一種預料，我們就能進行顛覆，帶給觀眾意外感。

例如：超人的具體符號是披風，任何人綁披風在脖子上，誰都能聯想到超人。同時，也建議你避免去顛覆當下熱門的電影，因爲當潮流一過，一兩年後，你的動畫的梗可能就沒人看得懂。

## 二、類型的材料當中，兩種常被置換的材料

### 1. 角色顛覆

角色來顛覆是最容易上手的方法，你可以從類型角色的性格、需求、階級、性別……等等來思考，一一評估顛覆後，對整個故事的貢獻。

### 2. 基調的顛覆

《Rabbit》用的是兒童認字書在美術上的類型慣例，《Happy Three Friends》也是借用兒童動畫在美術上的形式，色材繽紛、造型可愛，但《Rabbit》直接在「軸」上動手腳，給了兒童認字書不該存在的角色需求，那需求是貪婪的，而《Happy Three Friends》則在意外的結果上作怪，兩者都造就「類型顛覆」所帶給觀眾的意外感，但是《Happy Three Friends》保留更多兒童動畫類型既存的滿足感，包含角色的表演及音樂……等等。而《Rejected》就顛覆得更澈底了，故事的內容看似兒童教學短片，卻也只有一這一點「看似」，其他全替換了，到底該留多少原類型原素？其實沒有絕對的道理。

參考影片 86 －
Stain boy

參考影片 87 －
Rabbit

參考影片 88 －
Happy Three Friends

參考影片 89 －
Rejected

請找到一個膾炙人口的故事，針對角色進行顛覆，並發展出喜劇基調的故事。

01

1
12
11
2
10
3
9
4
8
5
6
7
aku

第二十七章

# 倒果爲因

電影長片《愛你！晴空萬里》

阿賓和弟弟阿義幼時遭逢家變，因為一場豪雨將雙親和賴以維生的渡船捲入河底，也因為豪雨阻斷了救援，阿賓和阿義當時只能仰天嘶聲哭喊，求那老天別再下雨……。

但雨還是一直下……。

兄弟倆送走了雙親，十三歲的阿賓撐起家計，雖然賺來的錢勉強餬口，終究付不出房租，寡婦房東無情要兩兄弟搬走，那一晚阿賓幫阿義洗了澡，要阿義先睡，自己穿上阿爸的襯衫，抹了油頭，悄悄進了房東家門，從此房東沒再來催繳房租，從此阿賓也每晚睡在房東家，留阿義一個人睡家裡……。

十六年過去，阿義研究所畢業後，如願進了氣象局，憑藉他對氣象科學的鑽研以及程式設計能力，讓他自行開發出不同於以往的雨量預測運算程式，讓氣象局的預測誤差值降到了5%，他的貢獻也早被國際氣象公司給相中，想盡辦法要挖角他，阿義卻拒絕了，只因他希望他的努力可以讓像父母一樣的平民百姓受惠，即使阿義早無法忍受局裡運算設備的不足，讓他只能做到5%誤差值。

「可以再降的，可以的！」

而哥哥阿賓靠著自己的俊美養活了兄弟倆，也實現了爸媽的願望讓阿義念到了博士，他就靠自己的美色誘騙富婆上鉤，靠著一場場仙人跳養活了兄弟倆，一轉眼間十六年就這樣過去了，阿賓這輩子有太多不能選擇，唯一能選擇大概就是雨天不出門，他真討厭下雨，而現在弟弟大了，他毅然告訴老大，這是最後一攤，他決定收山了。

有一天阿義在氣象局接到哥哥電話，哥哥阿賓興奮的問他「人有沒有可能影響天氣？」哥哥說他發現有人可以影響天氣，阿義大笑，這一笑可惹得國中沒畢業的哥哥不開心了。那一天阿義在氣象局百忙中仍內疚的打開即時衛星雲圖，他發現台北市上空出現有一片渾圓的雲雨帶，圓的出奇，而且一路循著捷運新湖線緩緩前進，到站就停，又緩緩前進……。

那雲雨帶真的跟著一位傷心欲絕的女孩，她叫樂樂，富商的情婦，她正是阿賓金盆洗手前最後一攤仙人跳對象，哪知道阿賓跟了幾天，也算準怎麼讓她上鉤，正要出手時，樂樂卻先目睹富商跟另一個女人進了賓館，阿賓意外的不只是因為樂樂對那富商還真的是一片真情，哭得死去活來，更因為她歇斯底里的時哭時笑，他驚覺天空時晴時雨。

樂樂的出現讓兩兄弟著迷，阿賓從沒想過他只要努力讓一個女孩快樂，她的燦爛笑容可以換來一片晴空，阿賓慢慢從讓樂樂的快樂裡，開始希望自己可以讓樂樂幸福，而阿義也迷上了樂樂，人居然可以影響天氣！他在樂樂毫不知情的情況下，和阿賓帶著她在颱風天來到了土石流紅色警戒區，或者大雨天帶著樂樂到了總統府靜坐的現場，阿義一輩子都在努力猜測老天要下多少雨，如今他居然可以透過樂樂控制天氣！

就在阿賓準備向樂樂表白，他卻發現樂樂愛上了阿義。阿賓選擇讓給弟弟，他知道他這種人配不上樂樂，就在這時一家具有特務背景的國際氣象公司也發現雲雨帶中央有一片圓的出奇的晴空……。

這是我一部長片劇本的短綱，概念一樣源自「倒果為因」，類似創意的電影例如：《口白人生》。

在「聯想的穿越」章節裡，我們談到如何借用觀眾對事物某種共同特徵的豐富經驗，來協助我們做情境的穿越，這是運用到觀眾橫向的聯想能力。**「倒果為因」**則是借用觀眾對事物「垂直關係的經驗」來進行設計，而「倒果為因」的技巧對故事「四感」的主要貢獻是在鋪陳階段經營出一股強大的「懸念」。

我們進一步分析這《愛你！晴空萬里》是如何運用「倒果為因」的技巧。

我們的經驗中，好天氣讓我們心情愉快，大雨讓我們心情低沉，同時，當我們看到燦爛笑容，總愛形容那笑容如和煦陽光，我們也常常覺得晴空是老天好心情，下雨則是老天都在哭了。

天氣是因，心情是果，透過「倒果爲因」的技巧，我們創造出樂樂這女孩，她的心情影響天氣，這女孩將在故事裡帶給觀衆驚奇，進而對她產生一股強烈的「懸念」，於是我們的故事除了傳統敘事透過「三軸」經營「懸念」之外，又多了一項祕密武器。

進一步來說如果「角色需求」、「情感」與「事件設計」處理得當，能夠全都著眼在樂樂的神力上，故事將匯聚出一條更強大的「懸念」。所以你會看到這故事的「角色需求」設定，包含邪惡的氣象公司，你也可以看到樂樂是如何填補了阿賓和阿義的「遺憾」。

我們直接進入步驟，一邊解釋一邊提點這技巧的要訣：

## 一、材料的來源

創作者評估哪些生活中的材料能拿來「倒果爲因」，必須包含三個要件：

1. 具有因果關係。

2. 這因果關係必須是觀衆擁有經驗深厚的因果。

3. 觀衆對這因果未曾親眼目睹。

注意這幾個關鍵字：**因果**、**深厚經驗**、**未曾目睹**。

舉例來說：看手錶，我們從手錶知道時間流逝，這是因果關係，也就是我所謂的**「垂直關係」**，時間流動是「因」，手錶的轉動是「果」，我們看時間的經驗也相當豐富，而且我們擁有時間流動的知識，卻都沒眞正看見過時間的存在，也摸不到。在有了這三項條件後，小明就可以撿到一只「可以改變時間的神奇手錶」，或許你覺得這樣的創意沒什麼大不了，但是你就是沒辦法輕易讓觀衆相信「一支棉花棒在耳朵裡轉動」，就能讓時光倒流，你必須花更多篇幅說服觀衆，所以「一支棉花棒在耳朵裡轉動」這樣的梗或許可以在長片裡出現，在長片裡透過「穿鑿附會」，或者透過效果驗證給觀衆看，進而入戲，但你卻很難在很短時間鋪陳篇幅，讓觀衆相信一只手錶能改變時間。

《愛你！晴空萬里》，天氣與心情的因果關係，是因爲觀衆經驗足夠深厚，當然觀衆也沒親眼看過這因果的發生，所以在《愛你！晴空萬里》當中，我們不需要設計像蜘蛛人總得先被蜘蛛咬一口，才能讓他擁有超能力，只需要簡單示範幾次效果，捷運的雲雨帶，讓觀衆看到樂樂哭，下雨，樂樂笑，轉爲晴空，觀衆早就相信，也早已經把心思投注在角色需求與情感的發展上，這就是「倒果爲因」。所以你每天重複的事物，都可以透過「倒果爲因」而神奇起來……不是的！你必須進一步評估。

## 二、找到倒果爲因，並評估是否能帶來強烈懸念

「倒果爲因」主要就是在幫你經營出額外的「懸念」，所以當你找到了因果，試著讓角色擁有這樣的神力，你去感受這神力帶來的「懸念」，然後選擇「懸念」最強的神力來發展故事。

這也是爲什麼不少這類的創意都跟影響世界或宇宙有關，比方心情影響天氣、衣著影響天氣或手錶影響時間等，人類能改變世界或宇宙，自然能產生相當大的「懸念」，但這並不表示只有影響大環境的「倒果爲因」才能推展出好故事，例如：刑事局的黑板登錄著上個月轄區所發生兇殺的件數，有一天那負責登錄的警察發現數字自己變了。或者你撿到了一本日記，你發現失主是誰，但你沒還給他，而且你還發現到你在日記上寫什麼，失主隔天就會照著做。

你得去找因果，然後讓角色擁有這神力，然後去品嘗每一股神力的「懸念」，如果你設計的是長片，你還得從中設計描述你欲辯證的故事主旨。

## 三、進入故事設計的發想

當你有了一塊能符合上列要件的材料，擁有了一股額外的「懸念」，但你還沒有故事，你只知道通常這神力的產生會發生在故事的鋪陳階段。接著你是以這第一股神力所帶來的「懸念」做爲故事設計第一個定數，思考故事該是什麼樣的主角、什麼樣的需求，可以搭配這神力經營出絕佳的感受歷程。以下提供一種可能的發展，依序爲：

1. 主角發現自己擁有某些人渴望的能力。
2. 主角因能力而滿足。
3. 主角滿足中，面對反作用力的反撲。
4. 主角一意孤行，最後得到遺憾結果；或者主角放棄能力，回到平凡的幸福。

接下來，我想借由《愛你！晴空萬里》順道來談創作者從自己生命尋找材料的意義，做爲後續「理性操作」的前導。

《愛你！晴空萬里》源自於我生命經驗中一種無法化解的遺憾。我總相信著女人是比男人更進化的動物，一種高度進化、可以具體感知「愛」存在的動物，相反的，我和許多男人並無法具象感受到愛的流動，因爲感受不到，只能不斷努力去執行愛的行爲，當然再怎麼努力，也還是感覺不到，我總相信這是男人沒有完全進化的關係，而唯一可以讓我們察覺到「或許愛眞的存在」，是對方的反應、是對方的表情、是對方話語中的肯定，從這些蛛絲馬跡，帶給我這類男人極大的滿足，也卑微的認定自己終於做到了什麼。

而這故事透過「倒果爲因」的技巧，讓我這類男人的滿足感擴大了，因爲故事裡的男人，也就是阿賓，只要他願意努力讓女人幸福，他的獎勵不只是甜美的笑容，不只是稱讚，還有萬里晴空。

這世界上有多少像我爲此所苦，就有多少人從這故事中得到滿足，也讓我們從現實中薛西佛斯的奮戰中脫身，片刻滿足之後，再回去繼續戰鬥。

我們都活得夠辛苦了。

於是你明白了，你不只在找因果經驗深厚的經驗，你同時再找一種遺憾的滿足，如果你可以同時找到一種倒果爲因的奇幻能力，同時能滿足某一種遺憾，那遺憾有多少人經驗過，就會有多少人被這故事所吸引。

參考影片 90 －
A Single Life

以本章介紹的方法，發展出「倒果爲因」的奇幻故事。

01

ako

第二十八章
# 寓言

「沒有不能說的道理，只有沒設計好的故事。」

故事可以娛樂觀衆，也能改變世界。**「寓言」**技巧下的故事則以改變世界爲目標，而好的寓言故事總是在觀衆觀影中卸防之際，悄悄帶出主題，然而創作者又是如何讓觀衆預防？

那就是讓觀眾深深困在戲裡。

以短片來說，通常也就是在主角追求需求、滿足的「懸念」裡，趁機帶出主題，換句話說，好故事才有機會進一步改變觀衆想法，否則，觀衆連故事都看不下，又怎麼會相信創作者想說的道理呢？

至於什麼道理適合透過動畫短片來詮釋？你在乎的道理。

沒有不能說的道理，只有沒設計好的故事，如果你花點時間去研究好萊塢電影，每一部論述的主旨都弱智得可以！但你一樣因爲被劇情感動而深深被啓發，重點還是你能不能說個好故事。這裡並不是鼓勵你用故事論述弱智的道理，我只是想強調好故事好重要。

「寓言」的發想起點有二：

## 一、你曾經形容過的處境

★發想起點：

「_____（處境）就像 _______」

「人生就只是一場徒勞無功的拼搏」

你生命中一定說過類似這樣的話「_____（處境）就像 _______」，只是你忘記了，讓我們一起進入你大腦，回到記憶裡，不需要去抄偉人說過的話，千萬要找自己說過的，找的方法是回到記憶去找與你有長久關係的人，或者你曾長期置身的環境，任何你相處夠久的人、事、物，你必定有抱怨，在那許多抱怨當中，或許會出現過這樣一句話－「_____（處境）就像 _______」，一句對那長久關係的形容。好好的研究並體會那句話，你會想起更多與這句話相關的回憶。

比方：

「國民小學存在的目的只是讓（病毒聚在一起）小朋友（交換病毒）集體增加免疫力」這一句話透過轉移觀點與穿鑿附會的方法，我看到一群病毒的熱血奧運，比的是誰可以在最短時間讓最多小朋友流出綠色鼻涕，我知道這創意怪怪的，但我相信你一定可以想出更怪的，繼續想下去，想不出來就翻翻本書的各種技巧，再繼續想下去。

如果你現正處在讓你抱怨的關係或環境中，請帶著這句話去面對那關係或環境，它將協助你產生許多聯想。舉例來說，你察覺你生活的某個場域，人爲了私利彼此攻訐或欺騙，你說這「眞是個弱肉強食的世界」，從一個情境，你體悟到一種看法，這就是很好的寓言創意起點，有了看法，你將帶著這句話，進入那世界好好觀察，你會開始發現人們都帶著一種獸味，慢慢的那些人都會浮現獸的樣貌，你開始發現有人奸詐的像隻狐狸，你幾乎看到他的狐狸尾巴，有些人蠻橫的像隻黑熊，有些人看似可愛，其實一口便可以咬死人，喔！那一定是一隻河馬。

然後你可能會在現實當中發現一個最能夠詮釋弱肉強食的事件，這事件讓你看到一群動物如何互相殘殺，接著你開始設想，在這事件當中，誰是主角？這故事該用誰的觀點來敘事？

如果你不知道誰該當主角，去想想這群動物裡，誰在經歷這事件之後有了最大的改變，誰轉折了？ 誰獲得領悟了？或者誰一開始的遺憾，在事件結束後獲得滿足了？那他就是敘事觀點，你回頭去鋪陳它，再讓這角色去面對那事件。

你也別忘記，把那些人在行爲上的一些特徵放回你那禽獸的故事，讓這禽獸故事裡的禽獸不時出現一些我們似曾相識的特徵，讓這些特徵協助你激發觀眾觀影間的共鳴，例如：那狐狸總是面帶「慈祥微笑」，那急著搶功勞的狒狒「被暗地裡插了一刀」，那隻牆頭草型的樹懶總是抱著他主管的大腿，眼看大勢不妙，他會「瞬間移動」，人已經抱住另一位占上風的主管。

## 二、你歷經某些事後領悟到的一段話

★確定你想說的道理。

例如：「愛讓你活下去，也讓你失去自己。」

這一定是言簡意賅的道理，如果你寫的太長，一方面表示你沒眞正體悟那道理，也會因爲表述過多，訊息混亂，讓你在發想情境時，陷入多頭馬車的困境。試著眞正了解你想說的道理，最好一句話能完成清晰地表述。

★找到適合的情境（故事）來詮釋。

例如：懸絲偶

★進入基本設計。

《懸絲偶》

女孩很有跳舞的天分，在一場舞蹈比賽中，她在台上的演出贏得台下觀眾滿堂采，沒想就在她準備進入這支舞最高潮的原地迴旋，她轉沒兩圈，她爸媽出現了，把她拉下台，那一刻女孩腦海浮現一只木偶也在跳舞，如她那般盡情跳著，接著她發現那偶其實被畫外的手操控著，是懸絲偶，畫外的手想逼著懸絲偶離開舞台，但懸絲偶卻不打算乖乖就範，他努力抵抗著懸絲的控制，堅持繼續跳舞，這看在女孩眼底，好羨慕他的堅持，沒想到那操控也變本加厲阻止懸絲偶跳舞，讓他的舞步變得好滑稽，懸絲偶於是決定扯斷懸絲，女孩開心鼓掌，女孩的掌聲讓懸絲偶倍受鼓舞，他毅然抓住一條懸絲要扯斷，但扯斷的那一刻，他愣住了，他和女孩都發現連接在他肢體的每一條懸絲都連著他身上的血管，原來每一條懸絲都是血管……。

懸絲偶惶然放開懸絲，他被懸絲拖下舞台，女孩沮喪看著，她知道懸絲偶放棄了，就跟她一樣，放棄了，但懸絲偶沒有，他居然開始原地迴旋，他不管畫外的手如何拉扯，他就是原地迴旋，還笑看著女孩，女孩也開心笑了，卻赫然懸絲偶上方的懸絲早捲成一捆，而且隨著他繼續迴旋，越捆越緊，女孩終於知道他的意圖，女孩哭著說不要，懸絲偶卻搖頭苦笑，越轉越快，那一刻他和女孩彷彿都聽到掌聲和歡呼聲，然後啪一聲，懸絲全崩斷了，懸絲偶自由了！但血液不斷從斷掉的懸絲流出來，懸絲偶卻掙扎起身，用他最後的一絲力氣，對著女孩做了最優雅的謝幕動作，從此倒地不起，血早染紅了整個舞台……。

女孩回過神來，淚流滿面，她卻只是乖乖跟著父母走出表演廳，踏入座車，車緩緩駛離，越駛越遠。

「愛讓你活下去，也讓你失去自己，你要不要失去自己？」

設定清楚你的主旨，然後發想能寓言這主旨的適當情境，透過道理，想到懸絲偶，然後發展出故事，才又想到「懸絲＝血管」更能經營出強大的衝突，至於怎麼想到「懸絲＝血管」，我想這多少來自經驗，但經驗只是讓我想得比較快，你可以一開始不用這麼快，慢慢想，老實說時間可能只對故事創作者存在價值，但這世界上沒有人會問一本劇本要寫多久，因爲這世界總以爲編劇像魔術師，故事是變出來的，變魔術哪有流程問題，又哪能量化？所以重點是你能不能想出好創意、寫出好劇本，你只要願意繼續發想下去，你會想到比老手更好的創意，寫出比老手還更好的劇本。

「經驗可以讓你更快，但是只有堅持可以讓你造就好故事。」

另外談談這故事的收尾，故事能夠觸發觀眾思考或改變想法，通常是仰賴遺憾來觸發，如果故事還以悲劇收場，觀眾越悵然所失，觸發的領悟就越深刻。相反的，圓滿收場的故事，觀眾看完猶如過往雲煙。人們總是遭遇遺憾，才會去思考，我們會記一輩子的事，通常帶有領悟，也通常是個遺憾的結局。

參考影片 91 －
Balance

請以此方法，編寫一篇啓發人心的故事。

01

第二十九章

# 從文化著手

文化就是觀眾的生活形式，也就是觀眾頻繁、強烈或深刻經驗的所在，只是我們（創作者）和觀眾長期生活在文化裡，朝夕相處，漸漸的文化變得如同空氣般理所當然，甚至毫無意義。直到我們看到國外創作者運用了我們的文化素材，展現出極佳的效果，我們驚訝之餘，也汗顏了，汗顏的不只是我們無感於那一大片文化寶藏，汗顏的更是身爲創作者，失去了敏銳的感受能力，把文化寶藏棄如敝屣。

然而創作者採集文化作爲素材進行故事創作，對於創作本身卻不僅僅是因爲文化爲觀眾最有經驗的材料，創作者所屬的文化也造就了創作的**「獨特性」**，尤其當我們的作品有機會出現在國際舞台上，你可以從那些在國際舞台上嶄露頭角的各類藝術創作者身上體悟到這個道理。

即使你不在乎「獨特性」，也不在乎取材所帶來的創作「效益」，你或許也會從文化中找到創作的動力，畢竟全世界都面臨美國強勢文化的肆虐，畢竟台灣電影九成以上的票房都是好萊塢大廠獨占，畢竟電視上都是美劇日劇韓劇，畢竟年輕一代對我們的文化嗤之以鼻，畢竟幼稚園老師只帶孩子在萬聖節 Treat or trick，卻從沒在課堂上提過媽祖，你知道問題所在，你知道當文化無法隨著時代演繹，不斷再造，只能等著被後代拋棄，於是你扛起文化再造的責任，你也找到另一股創作動力去突破創作上的重重難關。

「不管是什麼原因，我們都看到各種故事創作者在耕耘多年後，重新回到自己文化的懷抱，踏踏實實的從文化材料中發展出一篇篇動人的故事。」

所以該如何從文化材料，發展成短片動畫故事呢？

## 一、從文化抓到感覺

首先，文化無所不包，一個族群的生活形式都包含在內，這讓創作者不知從何下手，其實取材的方法一樣是從**「感覺」**下手，如果一時找不到，請好好靜下來回憶那些文化相關的活動當中的感受，那些活動可能是婚禮、成年禮、編織，是對他族的刻板印象，是一種人際關係，也可能是口述傳說，甚至是族人特有的問候語，如果還找不到，去進行資料蒐集，然後到現地田野調查，去旅行，去試著抓到感覺。

例如：這幾年各級政府開始禁止廟宇施放鞭炮，這些新聞當然是文化與環保的衝突，但對我的解讀是「傳統文化正被拋棄」，千百年來鞭炮是一種驅邪的象徵，那是整個廟宇文化的重要環節，我們的上一代當然也覺得放鞭炮很吵，當然也覺得鞭炮帶來空汙，但他們心中有神明，他們心中的天平在「污染」與「信仰」間也曾搖擺，但他們終究選擇神明，如今人們只感受到鞭炮帶來的汙染與噪音，這讓我感到遺憾，有了「四感」的一種，創作者就有說故事的動力，也有進一步蒐集材料的方向。

我進一步發想，可以想像到那些神靈千百年來有巡街有鞭炮作陪，如今靜悄悄，會有多麼不習慣？ 而少了鞭炮，年獸就不逃了？或者神靈巡街，沿途鞭炮趕走惡靈，如今沒了鞭炮，他們可能得另外找個方法解決那些沿路的惡靈？又或者鞭炮其實是敢死隊來著，千百年來都勇於犧牲，沒想到人類要剝奪他們長久存在的價值。這些胡思亂想，都將是某一個故事的開始。

抓到感覺，終究是所有藝術創作的源頭，是的！先找到「四感」夠味的文化材料，作爲故事創作的第一步，千萬不能從文化以外的材料開始發想故事，把文化內容擺在一旁，卻希望故事等有了雛形，再來拿文化當香料灑，這樣的發展方式，一定會將文化與劇情分成兩塊，也因爲硬塞入文化，必導致結構鬆散。

你一定要直接進入文化材料，去抓到「四感」的某一種，然後從那感覺進一步去發想各種故事情節，然後從那可能的情節，找到你的主角，你的對立角色，找到你主角的需求與衝突，絕對必須一定要直接從文化這方向先找到材料，再發展故事。

## 二、資料蒐集與田野調查，然後用聯想圖協助發想

在你大量資料蒐集與田野調查之後，回到書桌，開始畫聯想圖，你從一個材料開始，接著把這材料拆解，從外型、製程、使用方式、各種細節的拆解，一片片拆下拿來亂想，如果你對本書的各種技巧都有某種程度的熟練，你很快會找到一些可以發展故事的材料，剩下的只是你自己過不過的了門檻，願不願放手就現有創意去發展故事。

我進一步以舞獅團文化爲例，當你做完舞獅團的資料與田野的功課，你在白紙的中央寫下「舞獅」，然後你開始拆解舞獅的一切，從外觀開始拆解，獅面、獅鬃和獅身的顏色、形式等逐一拆解，一邊進行創意聯想，你因爲懂一模兩樣的技巧，所以你從七彩的獅鬃聯想到同志的彩虹旗，那就可能發展出「一位舞獅的老師傅最後接納自己孩子是同志」的故事。你因爲發現獅嘴可以張開，就可能發展成「一位舞獅的窮小子愛上富家女的故事，當然階級的差異，讓窮小子終於放棄對富家女的愛，有一天他帶著獅陣浩浩蕩蕩遊街，女孩擋在路中央，她知道那窮小子正是獅頭的舞弄者，她走向那頭獅，她鑽進了獅嘴裡，她在獅嘴裡，吻了那窮小子」，或許這小短片就叫《獅子吃了那女孩》。這些都只是故事的雛形，創意能不能變成故事，最後一道門檻終究在於創作者願不願意堅持，不放過自己，只要不放過，創意就變成故事。

## 三、運用本書創意方法設計故事

當然，你也可以直接以一些文化相關的情境爲材料，直接採用本書的方法，去找新的敘事觀點，比如以端午節那顆渴望站立的蛋當主角，萬物有靈的說個故事，或將高反差的角色錯置在情境裡，當然文化中有太多類型情境，你可以拿來顛覆類型，這只是幾個方向建議，其實各種方法都有機會找出好故事，差別只在你有多少毅力的問題。

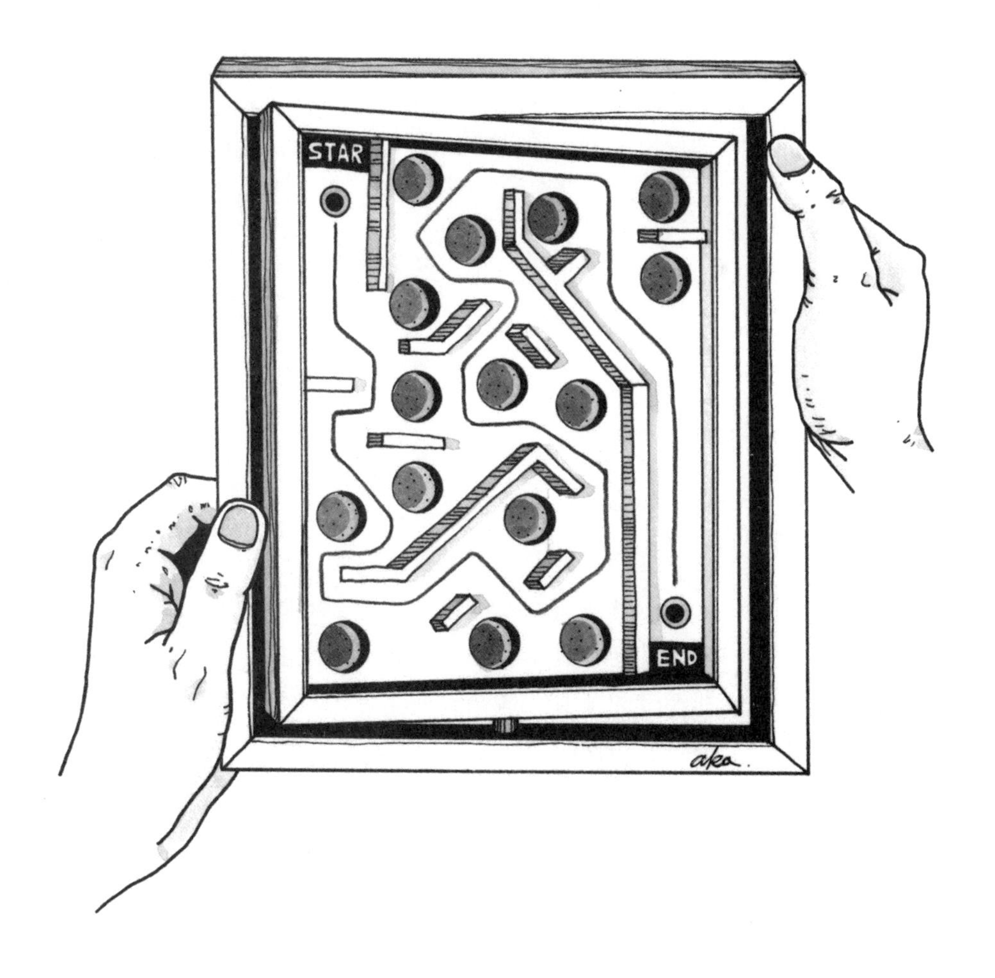
STAR
END
aka.

第三十章

# 理性操作

在前面的寓言章節裡，我們探討了同屬於「理性操作」的「寓言設計」技巧，本章將進一步介紹「理性操作」的其他技巧，也一邊提點要訣，讓你設計過程所面臨的許多設計決策，能有精準地判斷與選擇。我們就從一個問題開始：

純粹的娛樂故事，算不算是個好故事？是不是一定要文以載道？

如果故事只娛樂觀眾，卻沒來任何啟發，是不是就不算言之有物？

我一樣沒有答案，反而想談談一個創作的現實。

創作者致力於經營故事的價值，這價值如果市儈一點來談，就是這劇本可以賣多少？可以幫委託者籌到多少資金？當劇本實現成影片後，可以帶來多少票房？有機會得到什麼獎？當然這價值絕非憑空叫賣，懂劇本的買家或評審評估的就是劇本能經營**「人心」**到什麼程度。

有些委託者與創作者在意故事對人心「橫向」的影響程度，在意的是「人心的數量」，他們相信高票房與高點擊率才是偉大的作品；有些委託者與創作者著眼於故事在人心「縱向」的影響程度，在意故事影響「人心的深度」，他們認為能觸動觀眾內心深處才是偉大的作品，而如果一個故事能同時達到「縱向」與「橫向」極致的影響，我想那就叫「經典」了。

然而所謂的「縱向」的影響力，也就是「深刻的故事」到底如何造就？

故事這媒介第一層作品是在人心經營一趟絕佳的感受歷程，經營的是感覺，無奈即使創作者讓這趟感受歷程再動人、再深刻，終究只是感受。感受總是很快被時間沖淡，這就像一個男孩或女孩認識了一位新朋友，即使這新朋友相處起來感覺很舒服，但當新朋友離去，男孩女孩也會隨著時間淡忘了，可是如果男孩（或女孩）當時生了一個念頭，比方認定彼此「一見如故」，又或者動了念頭認為對方「或許是可以交往的對象」，當這念頭一產生時，魂牽夢縈就開始了。

這道理同樣驗證在影音故事的創作上，一個感覺很好的故事，終究會隨著時間被沖淡、被忘記。如果你希望你的故事能停留在觀眾心中久一點，就必須經營深一點，還必須在經營絕佳的感受歷程之外，作用到觀眾的理性上，或觸發思考，或改變想法，如果你能做到，那些觀眾活多久，你的故事的生命就有多長。

所以當這世界讚揚著許多創作者的故事啓發人心，改變世界，啓發人心是種目的，還是手段？

當然，如果一部連觀眾都看不下去的故事，就算你故事植入再偉大的人生道理，觀眾也只會體悟到人生很短，別浪費時間在這部爛片上。

## 一、認識故事的理性操作程度

我們回到「理性操作」設計，也就是你第二層次的作品，故事可以經營出觀眾三種思維變化：

1. 故事觸發觀眾思考。

2. 故事造就觀眾領悟。

3. 故事造就觀眾領悟後行動。

事實上，這二層作品要經營好並不容易，尤其對一部 5 到 10 分鐘的短片動畫來說，上列一與二已經相當困難，更遑論能激發觀眾觀影後有所行動。

故事能有多少篇幅的確深深地影響著創作者對觀眾理性操作能否成功，當篇幅太短時，觀眾總是一眼就看出你故事說教的企圖，而只要觀眾意識到這點，你的理性操作基本上已經澈底失敗，你應該在很多政府的宣導影片中，看過很多這類失敗的作品，而長片因爲有足夠的篇幅，一方面在較複雜的敘事軸線交替間埋藏意欲啓發人心的主旨，同時也透過主角在兩種對立價值觀的掙扎間，讓觀眾得以在飽滿的戲劇娛樂中毫無防備的跟著主角去面對兩難，進而被觸發思考，甚至引導觀眾形成想法，但短片受限於篇幅侷限，要能達到有效的理性操作，遠比長片更加困難。

不過，對創作者來說，能達成第二層設計是故事創作令人著迷的原因，更是創作上的成就，你絕對記得你曾看過許多動人的故事，在欣賞到片尾字幕或闔上書本之際，那一刻你發現你看世界的角度不同了！你發現你存在的世界改變了！你也想達成這樣的成就！

可你想要達成，你就得相信那些創作上的不可能中都存在一絲可能，你必須朝著那不可能全力去嘗試，去找到那突破口，因爲你相信故事以「人」爲材料，而人性存在各種可能，不是嗎？

故事設計沒有不可能，而故事設計也如同各種藝術設計，我們永遠在探索那人性未知的領域，我們也像所有的藝術創作者，永遠不遺餘力去觸及那人們從未到過的故事藝術疆界，成爲全新敘事的先驅。所以理性操作即使很難，但你必須相信 5 分鐘的短片也能足以改變人心。

## 二、主旨設定

主旨指的是你意欲啓發人心的那句話，也就是你想透過故事對這世界說的那句話，在設計的流程上，你以「主旨先行」先決定你想對世界說什麼，主旨就是你故事設計流程上的第一個定數。

你必須知道一件事，你現在看過的好萊塢電影都只能在兩種價值觀中進行辯證，他們片長大約 100 分鐘或 150 分鐘左右，但主旨也只是告訴你「這世上存在兩種價值觀，哪一個才是眞理」，而你創作的篇幅只有 10 分鐘，你的主旨更須要在一句話的長度裡說清楚，比方「天生我材必有用」或「每一次擁有，也都是在失去」。

務必讓你的訊息清晰而且只傳達一項具體的內容，這對「主旨先行」的創作尤爲關鍵，因爲這一句話是你第一個定數，內容單純又具體，可以清楚畫出你發想的範圍，不會漫射，你想出來的任何創意也可以透過這一句話來協助判定是否離題。

當你主旨設定完成，你還想進一步用文字闡述這主旨，你可以在**「創作概念」**進一步詮釋。

至於這句話在內容上是不是有什麼原則？這一句話是不是有什麼限制或有什麼禁忌？有什麼可以說？有什麼不能說？

沒有。你的創作，你想說什麼就說什麼，但你必須能說服觀眾，或者至少讓觀眾相信到某種程度，如果你完全說服不了，那麼也只是另一個硬加入一個人生道理的野人獻曝罷了！於此同時，你也必須面對一個折損的故事的創作，究竟意義何在？

## 三、理性操作的技巧

除了第二十七章所討論的寓言技巧，我們再介紹幾種「理性操作」的方法。

### 1. 具有爭議性的主旨，你必須先找到說服觀眾的方法

以「主旨先行」，先設定完主旨，並不表示你就可以進一步寫成故事，你必須找到說服觀眾的手段，你才有機會把你想傳達給這世界的那句話給送出去，我們先來看看長片最常說服觀眾的手段。

故事主角是一位刑警，他正在追查一件冷血的殺人案，卻在追查到殺人犯後，逐漸發現這殺人犯是爲愛而殺了被害者，目的是爲了幫痛不欲生的被害者解脫，主角在情與法之間兩難，猶豫要不要將殺人犯繩之以法……。

故事的推展方式必然引導觀眾一開始站在法這邊，唾棄殺人犯的冷血行徑，然後跟著主角逐漸了解到這世上存在一種「深愛」，愛到願意成全摯愛，犧牲自我。

你會發現這樣的故事有著複雜的戲劇軸線，以刑警這故事現有的描述，「三軸」都在，包含「外在事件」、「主角需求」與殺人犯「情感線」，透過這「三軸」，整理出法與情的兩難，也就是兩種對立的價值觀。你知道你的短片沒辦法推展出雙軸，更別提這兩難的布局，再者，長片有足夠的篇幅讓觀眾從全知的觀影位置，被你拉到入戲的位置，但要到達這位置，觀眾必須願意相信故事真實發生，你知道你可以透過系列的「轉折」拉著觀眾入戲，但你寫的是短片，你沒有這樣的篇幅，你知道你沒辦法像上述的長片一樣，使觀眾全然入戲，或者入戲之後能真切的體會到被害者的「活著有多痛苦」與殺人犯的「愛」，你知道你的觀眾就是卡在入戲觀影位置，你無法如長片造就後續在觀眾心中那兩股勢均力敵的內在衝突。

你永遠知道你的觀眾並不全然相信你的短片動畫故事真實發生，你知道他們認定是虛構的，你知道你再怎麼努力，觀眾的觀影位置也頂多在全知與入戲之間，所以你知道你不會用長片的方法來闡述你的主旨，你會採用在那觀影位置最有效的策略，例如：善用同情，讓觀眾可以高高在上，但依舊因你角色悲慘給他們看，而形成「懸念」，你也會善用喜劇，並保留相當程度的娛樂性，在觀眾被娛樂的同時悄悄植入你的主旨。

接著我們來看一個故事：

蟑螂決定平反人類對牠們的歧視，因為蟑螂受夠了人類把蟑螂當邪惡的昆蟲！

於是蟑螂世界派出全世界最聰明蟑螂，而且還是一隻能說人話的強博士出面說服人類，強博士勇知道牠這一去凶多吉少，但為了世世代代蟑螂不再被人類視為仇敵，牠決定慷慨就義，強博士認真的想了好多方法，牠先從環保下手，牠出現在人類眼前時，鄭重地告訴人類蟑螂在環保上可是絕佳的分解者，無奈說沒兩句就被人類拿拖鞋啪吋一聲，打成了雙腿殘廢。

強博士斷了腿卻沒放棄，這次牠決定動之以情，牠再次出現在人類眼前，談起蟑螂與人類長久為伴的歷史，兩方不但合作無間，關係也遠比貓狗還久啊！「人類和蟑螂是天作之合」，無奈無情的人類一樣啪吋一聲！

這次強博士被打到破肚腸流，強博士差點死去，但牠又想到世世代代的蟑螂莫名其妙地被人類仇恨，牠不能死啊！牠拖著老命爬回了蟑螂世界，一邊靜養，一邊苦思，終於想到最好的說法，那天他帶著一顆硬碟，裡面放了一張5×4的照片，牠將硬碟裡的照片呈現在人類的電腦螢幕上，居然是一張「蟋蟀」的照片，就在這時，強博士將5×4的照片拉成16×9，這一拉開，神奇的事情發生了！照片裡的蟋蟀立刻變成蟑螂，強博士誠懇的告訴所有人類，蟑螂其實只是「長得比較扁」的蟋蟀！啪吋一聲！拖鞋還是出現。

你是不是也察覺，當我們用動畫來呈現「蟑螂在生態上是絕佳的分解者」，無論你如何透過影音表現，就是會比實拍少一點說服力？

回頭我們分析這故事的設計，我選擇了觀衆（包含我自己）都深惡痛絕的蟑螂，我知道再怎麼努力，也不可能讓觀衆認同蟑螂，即使篇幅再長也很難去說服觀衆，所以我沒採取讓觀衆認同主角的策略，而是改以讓觀衆同情主角的形式，這是動畫不同於實拍故事所經常採取的手段，下重手，讓觀衆同情角色多於認同角色。但因爲蟑螂與觀衆非常疏離，即使我再怎麼讓觀衆同情，觀衆一樣保持某種距離，那距離確保觀衆始終能高高在上的看著蟑螂受苦，而一笑置之，於是故事維持了喜劇的調性，反之，如果角色從蟑螂換成人類，觀衆看到是以人當主角，這麼正派又被整得這麼淒慘時，觀衆可能就笑不出來了。

這故事的主旨只是想告訴觀衆「蟑螂只是比較扁的蟋蟀」，創作概念也只想傳達蟑螂只是一般的昆蟲，卻深受不白之冤，被人類莫名的仇恨。談到這裡，我並不是要阻止你去傳達一個具爭議性的主旨，而是提醒你，你必須找到說服的方法。

**2. 如果是觀衆所支持的主旨，建立可共鳴的遺憾處境，並擠壓出主角令人滿足的決定，並將現實中導致遺憾的事物轉化爲阻礙，讓主角這決定在進行中持續遭遇阻礙**

這類故事的主旨是觀衆早就支持的道理，我們直接用故事來示範：

手機看似讓我們擁有世界，其實隔絕了愛。

這主旨是觀眾早就支持的看法：

小明透過手機經營了一個美好的網路社群世界，他忙著貼文、忙著回文、忙著按朋友讚，他終日滑手機而忽略了他的妻子，直到他在手機裡看到一張他和妻子初戀相擁的合照，他才想到妻子，他抬頭卻驚覺他與隔著餐桌的妻子間出現千百層無形的牆，妻子也忙著滑手機。

小明大聲喊著妻子，妻子卻彷彿聽不見般毫無理會，小明起身試著撞破第一道無形的牆，那是一道Facebook的牆，但妻子根本沒發覺他的努力，小明奮不顧身的衝撞，但每次衝撞失敗，牆上就會出現很多讚、很多笑臉符號，小明終於衝破第一道，然後第二道，第三道……每一道都是小明曾經沉溺的網路活動，一道比一道更難撞破，他撞得頭破血流，筋疲力竭，好不容易撞破最後一道牆，他的手機卻變成怪物阻止著他……。

小明拼死在餐桌上對抗怪物，最終小明打敗了怪物，爬到餐桌另一端的妻子面前，緊緊擁抱妻子，妻子不知何故，紅著臉問小明幹嘛像小情侶那樣抱著她？然而小明只是深情的擁抱妻子，妻子也終於動容的抱住小明，而她手上的手機也隨之滑落地面。

你會發現這故事只是透過戲劇強化一種觀眾已經懂得道理，但多少觀眾能看下去，重點在於你能不能經營出精彩的衝突。你也會發現到我讓觀眾直接去面對「遺憾」，挑起觀眾經驗中類似的遺憾處境，然後主角做出「滿足」的「決定」，就能拉著觀眾看下去。

我們進一步談談這個小故事裡的兩個設計關鍵：

**★一個能連結並拉動觀眾的關鍵轉折。**

一個觀眾共有的「遺憾」－情感關係的貌合神離，這是處境，也就是「轉折」裡的「發現」，然後主角義無反顧的彌補那遺憾、追求重修舊好，這是需求，也就是「轉折」裡的「決定」。這其實是本書一再強調的觀念，「遺憾對觀眾的共鳴」程度與「決定對觀眾的滿足」程度，始終影響故事的效果。

**★衝突的娛樂性。**

參考影片 92 －
Dip N Dance

一條需求線上夠精采的衝突設計。

故事的主旨即使是觀眾都懂得道理，只要設計得當一樣可以是精采的故事，觀眾一樣充滿「懸念」的看完，就如同你看過許多商業電影一樣。

**3. 善有善報，惡有惡報的故事**

這類故事的主旨也必須是觀眾所支持的主旨，讓我先從故事的復原特性談起。

大衆戲劇通常具備強化社會主流價值的社會功能，而戲劇的「復原特性」就是這種社會功能實現的具體設計，所謂「復原特性」指的是當故事中的角色做了社會所支持的事，完成事大，結尾回報就大，小事就得到小的回報，反之，當角色做了違背主流價值的行爲，他也終將得到對等的報應或懲罰，而故事的主旨就是透過結局的善有善報，惡有惡報來彰顯。

參考影片 93 －
Deuspi Short Film

這類故事通常建構在一個善惡二元的世界，亦即主角是好人，對立角色是類型壞人的世界觀，你可以在很多好萊塢的正義對抗邪惡的電影中看到很多類似的例子。

你會發現，在這二元世界的原型裡，這類故事並無意從二元與復原去改變觀衆的價值觀，或者學到新的人生道理，而是借用善惡的對立，讓壞人壞到骨子裡，壞到讓觀衆同仇敵愾，恨不得看到壞人被嚴懲，這樣的安排不但增加戲劇的衝突與張力，更經營出強烈的「懸念」，也就是報應會不會發生的「懸念」，於是故事再也不再只是「三軸」所帶給觀衆的「懸念」，更是觀衆擔心自己原本抱持的價值觀或信仰無法在故事中獲得實現的恐懼所帶來的「懸念」，這類故事也總是在第三幕幾度讓觀衆在失落之後終於復原，讓好人有好報，讓壞人有惡報。我們來看一個例子：

地球原本充滿綠意，後來工廠林立製造廢氣，火力發電廠排放著濃濃黑煙，馬路上塞滿汽車不斷製造廢氣，所有的廢氣都飄向在空中包覆了地球，而整個地球越來越熱，北極南極冰山融化、海水上漲，最終淹沒了島嶼、淹沒了工廠、淹沒了發電廠、淹沒了大馬路……。

這故事當然談的是溫室效應的問題，試圖說服觀衆停止製造空氣汙染，你看得出這故事只寫了故事的單軸，卻不是需求軸，也不是情感軸，只有事件軸，讓這故事就像科普報導一般的解釋完地球暖化的「流程」，究竟這樣能不能成爲一個好故事？

如果你覺得不可以，我們看一下這一部短片。

參考影片 94 －
MAN

你讀到這個章節，你明白你只要能讓故事「遺憾」、「滿足」交替下去，沿途經營出「意外」，就能在觀衆感受中經營出「懸念」，你只要能懸住觀衆，故事就能成立，而溫室效應的故事從頭到尾都是一連串的「遺憾」，沒有所謂的「意外」，沒有「遺憾」、「滿足」交替，也就經營不出觀衆觀看下去的動力，也就是「懸念」。

反觀《MAN》的主角一連串肆虐這世界，觀衆同仇敵愾，創作者更進一步在這一條「遺憾」不斷加劇，主角的表演和表情都是滿足的，音樂也是滿足，並在主角在需求上持續獲得更大的「滿足」，直到毀了世界，最終惡有惡報。

相反的，你可以設定主角堅決做一件他認爲對的事，而觀衆是全然支持主角的決定，然而這世界沒人相信是對的，主角力排衆議堅持下去，他面對排山倒海的阻礙，堅持做對的事，甚至面對生命威脅，甚至付出他最珍惜的人事物，主角開始懷疑自己這麼做是對是錯，最後皇天不負苦心人，主角的堅持解決了衆人的危機，主角也成了衆人的英雄。坐上衆人肯定的英雄寶座就是回報，在許多民間故事裡，主角最後會得到神的回報，也是一種可能的結局。

### 4. 戲劇是主角轉變的過程

這技巧是從「戲劇是主角轉變的過程」的概念發展出來的方法，亦即主角必定在故事中有所成長或改變，方法是「透過主旨來反向設定主角，並將主角推展到主旨」的設計。我們用例子來說明會更容易了解。

假定故事的主旨是「天生我材必有用」，你知道故事的結局必定彰顯這主旨，你的主角最直接的設定方法就是讓他一開始是個無用的角色，這就是我所謂的「反向設定」，而這技巧是短片經營「理性操作」最常用的方法。

故事會從主角一開始被他人認定無用，讓主角順勢形成需求－想找到自己存在的價值，衝突的階段就在於他努力找尋卻始終受阻，始終找不到自己的生存價值，就在主角快放棄的時候，一件大事發生，證明他是最有用的人。

參考影片 95 － Some Thing

《Some Thing》就是以「天生我材必有用」爲類似主旨的故事，同樣反向設定。故事講述一座小山羨慕大山們分別擁有黃金、石油與火，他只有小種子，小山好想跟大山一樣，但最後小山接受了自己只擁有種子的事實，結果種子在他身體裡長出一棵比大山都還大的大樹。

參考影片 96 － Wing

《Wing》以義大利知名作家 Luciano De Crescenzo 的一句話作爲主旨“We are, each of us angels with only one wing; and we can only fly by embracing one another.”（我們是彼此的天使，因爲我們都只有一支翅膀，唯一能讓我們飛翔是靠著擁抱彼此），故事在一開始當然是反向設定一位單翅的主角。

★發想起點：

清楚的主旨設定。

★構思捷徑：

設定你故事的主題。

將你的角色設計為相反的狀態。

設計一個處境讓主角努力去追求主題下的需求，卻一直挫敗，且越來越讓人絕望。

設計一個處境讓他最後成功彰顯主題，或以他最後的下場彰顯主題。

**5. 烘托手法**

這是我最喜歡的「理性操作」技巧，因爲這方法非常適合短片，他能帶來你創作的熱情，相較於前面的三種方法，更不容易被觀衆一眼看出你說教的意圖，卻能在觀衆觀影的娛樂過程裡，不著痕跡的讓觀衆感受到你想傳達的訊息。

參考影片 97 －
Voyager Loïc Magar and Roman Veiga

參考影片 98 －
積木之屋（la maison en petit cubes）

★發想起點：

找到你想反對的事物。

★構思捷徑：

將你想反對的事物推展到極致，那事物或世界必然因為極致而呈現負面的狀態。

讓你的主角在這背景裡進行一項能持續帶給觀眾滿足的需求，而那遺憾只是隱隱作祟，不直接介入需求，不直接成為阻礙，甚至可以帶給主角與觀眾滿足感。

讓主角需求持續滿足，背景的遺憾持續是一種慣例，你可以設想出別種布局，重點是遺憾、滿足能夠交替。

如何建立一個極端毀敗的世界？這需要你的想像力，比方說貪婪世界到了極致是什麼狀態？核汙染的極致是什麼風景？只有智商 180 的人類才能活下來，會是什麼樣的世界？透過誇大加劇，想像出那極端的世界觀，也將美學上推展出充滿「滿足」與「意外」的符號，帶來奇幻的氛圍，正適合動畫表現。

至於爲什麼是個能帶來持續滿足的需求？爲的是讓觀衆不會一眼看出你的主旨，卻也是大衆戲劇調味的基本原則，因爲帶來滿足的需求能讓觀衆聚焦在需求線上，以便讓觀衆慢慢發現主角身處的世界的遺憾。

另外，也因爲身處的世界帶著遺憾，搭上滿足的需求後，會使故事產生種酸酸甜甜、味道豐富的感覺，讓「背景的遺憾」與「主角行動所帶來的滿足」產生「遺憾」、「滿足」的交替，形成故事「懸念」，如果「背景的遺憾」又加入一路「遺憾」的需求，我想不會是大衆會青睞的口味，也許拿去藝術市場販售可能會更有機會吧！

參考影片 99 － Birthday Boy

參考影片 100 － Geri's Game

附錄

# 動畫短片劇本常見問題

1. 沒有創意就設計角色打架。

2. 角色需求不明：沒有需求就沒有人物。

3. 衝突階段過短，或沒有衝突階段：沒有衝突就沒有故事。

4. 主角中途換需求：讓你的主角需求貫徹到底，直到解決。

5. 懸而未決：故事懸念必須解決，尤其主懸念，例如：故事主角的需求。

6. 角色及場景過多：用最少的材料說好一個故事，才有機會經營出深刻的故事。

7. 故事超過預定片長：

   請將故事中每一個「轉折」寫出來，那包含每一個「轉折」裡的發現決定進行，然後粗估每個「轉折」所需的時間，你就能約略估出片長。

8. 用寫實畫面來發想，用實拍來構思敘事設計：

   你要設計的是動畫故事，務必用自己用動畫角色與世界來進行想像，同時也必須將影音敘事的設計轉換成動畫的敘事，你必須清楚掌握表現媒材的特性，3D 和手繪有著不同展現上的限制與長處，動畫與實拍差別更大，你甚至必須了解製作團隊與預算下可以達到的品質，在這品質限制下，設計出最有效的劇本。

9. 雞同鴨講：

   短片動畫必需避免使用雞同鴨講的梗，也就是玩錯解字義的梗，因爲大部分動畫短片目標放在國際影展，也經常透過網路平台播放，玩文字梗只有本國人能懂，當然如果故事的目標市場是國內，則不在此限。

國家圖書館出版品預行編目（CIP）資料

寫,在動畫製作之前：動畫短片劇本寫作＝Scripting, before making animations / 魏嘉宏編著. -- 二版. -- 新北市：全華圖書股份有限公司, 2021.04

面； 公分

ISBN 978-986-503-665-2（平裝）

1. 劇本 2. 動畫製作 3. 寫作法

812.31 110004653

# 寫，在動畫製作之前：動畫短片劇本寫作

作　　者　魏嘉宏
發 行 人　陳本源
執行編輯　田悅庭
封面設計　張珮嘉
出 版 者　全華圖書股份有限公司
郵政帳號　0100836-1號
印 刷 者　宏懋打字印刷股份有限公司
圖書編號　0825901
二版一刷　2021 年 4 月
定　　價　新臺幣 520 元
I S B N　978-986-503-665-2
全華圖書　www.chwa.com.tw
全華網路書店 Open Tech　www.opentech.com.tw
若您對書籍內容、排版印刷有任何問題，歡迎來信指導book@chwa.com.tw

臺北總公司（北區營業處）
地址：23671 新北市土城區忠義路21號
電話：(02) 2262-5666
傳真：(02) 6637-3695、6637-3696

南區營業處
地址：80769高雄市三民區應安街12號
電話：(07) 381-1377
傳真：(07) 862-5562

中區營業處
地址：40256 臺中市南區樹義一巷26號
電話：(04) 2261-8485
傳真：(04) 3600-9806(高中職)
(04) 3601-8600(大專)